猫猫《マオマオ》は口をきゅっと結ぶ。
男は曲刀を猫猫の首に当てる。
日向夏
Natsu Hyuuga
illustration
しのとうこ
薬屋のひとりごと
12

「私でないと駄目なのか？」
飛《フェイ》龍《ロン》が申し訳なさそうに言っているのに対して、
陸《リク》孫《ソン》はにこにこしている。
壬《ジン》氏《シ》がどう対応するか楽しんでいるように見えた。

雀《チュエ》は礼拝堂の真ん中で座り込むと、
何やらぶつぶつ呟《つぶや》き始めた。

馬《バ》良《リョウ》はわからない。
ただ、何もできない。
左手に触れた。指先が冷たい。
「……ん」

悪餓鬼《わるがき》が小紅《シャオホン》の髪を引っ張っていた。
「玉隼《ギョクジュン》！何をしているのですか！」

猫猫《マオマオ》は妙に安心していた。
毛足の長い絨毯《じゅうたん》が気持ちいいのだろうか。
それとも密着した体温がちょうどいいのか。
「……そうですね」
振りほどこうにもほどけない。
猫猫の息がゆっくりと規則的になる。
壬氏《ジンシ》の息もそれに重なる。

薬屋のひとりごと

INTRODUCTION

雀《チュエ》の真実

猫猫《マオマオ》たちは否応なしに西都のお家騒動に巻き込まれてしまいました。
玉鶯《ギョクオウ》の三人の息子たちを後継者として育成してほしいと頼まれたうえ、
鴟梟《シキョウ》の息子・玉隼《ギョクジュン》は中央から来た猫猫たちを
目の敵として邪魔をしてきます。
誰が西都を継ぐのか……多くの思いが交錯する中、
猫猫の元に事件が舞い込みます。
玉鶯の孫たちの不仲。
醸造所で起きた食中毒。
謎の病を訴える異国の娘。
そしていつも以上に不可解な行動をする雀。
彼女の本当の目的とは一体何なのだろうか。
ついに、雀の本当の顔も明かされることになるのですが……。
猫猫は無事、中央へと帰ることができるのでしょうか。
そして、壬氏《ジンシ》との関係をはっきりさせる時が来るのでしょうか。

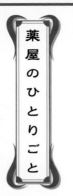

薬屋のひとりごと

12

日向夏

ヒーロー文庫

目次

薬屋のひとりごと

目次

12

illustration : しのとうこ

人物紹介

猫猫《マオマオ》……元は花街《はなまち》の薬師《くすし》。後宮《こうきゅう》や宮廷勤務を経て、現在西都にて医官付きの官女《かんじょ》をやっている。薬も毒も酒も好きだが、西都に来てあまり摂取できないでいる。周りに流されつつも自分の立ち位置を考えている。二十歳。

壬氏《ジンシ》……皇弟《おうてい》。天女のような容姿を持つ青年。玉鶯《ギョクオウ》の死亡により、いろんな厄介ごとが集中している。特に陸孫《リクソン》に押し付けられることが多く、そのうち仕返しをしようと考えている。自己評価は低いが、平穏な世では立派な為政者になれる器の持ち主。本名、華瑞月《かずいげつ》。二十一歳。

馬閃《バセン》……壬氏のお付《つき》、高順《ガオシュン》の息子。人よりも痛覚が鈍い体質のため、人間の限界を超えた力を発揮する。西都に来てから、父高順と仕事をすることが多いが、両親が揃《そろ》ったところはあまり見たことがなく、たまに二人が一緒にいるとなぜか緊張する。家鴨《あひる》の舒鳧《ジョフ》の保護者。二十一歳。

雀《チュエ》……高順の息子である馬良《バリョウ》の嫁。やたら我が道を行くおちゃらけた性格で、謎多き道化者。壬氏の侍女だが他に仕えている主人がいる模様。

李白《リハク》……武官。猫猫の護衛として同行している。大型犬のような人懐っこい男だが、やるべきときは残酷な行為も辞さない。

羅半兄《ラハンあに》……羅漢《ラカン》の養子である羅半の兄。実際はかなり優秀だが本人に自覚がないため、損してばかりいる性格。本名はそろそろわかりそうな気がする。

やぶ医者……宦官《かんがん》。後宮医官だが、実力はなく大体運の良さで生きてきた。周りの人の毒気を抜くのが上手い。対『羅《ラ》の一族』の最終兵器。

高順《ガオシュン》……馬良《バリョウ》と馬閃《バセン》の父。がっしりとした体つきの武人で壬氏の元お目付け役。壬氏が西都へ行くということで、護衛としてついてきている。妻の桃美《タオメイ》も壬氏付きのため、一緒にいることが多いので、息子二人はたまに気まずい思いをしている。

羅漢《ラカン》……猫猫《マオマオ》の実父、羅門《ルォメン》の甥《おい》。片眼鏡《モノクル》をかけた変人。猫猫を可愛がるが、何もかも裏目に出てしまう人。零《ゼロ》か百かを体現した人物で、使い方を誤ると何するかわからない。

陸孫《リクソン》……元は羅漢の副官。現在、西都で働いている。人の顔を一度見たら忘れない特技を持つ。正体は族滅させられた『戌《イ》の一族』の生き残りであり、家族の仇《かたき》を秘密裡に始末した。人生の目標を達成したためか、張り詰めた糸が緩み、今の趣味は皇弟《おうてい》いじり。

玉袁《ギョクエン》……玉葉后《ギョクヨウきさき》の父。西都を治めていたが、娘が皇后になったことで都へとやってきた。西都の領主代行を玉鶯《ギョクオウ》に任せたが、補佐に中央で働いていた陸孫を西都へ送った。

玉鶯《ギョクオウ》……玉袁の長男。玉葉后の異母兄。西都を父に代わり治めていた。西都では絶大な支持を得ていたが、何かと壬氏《ジンシ》をないがしろにした。異国人への私怨を政治に結び付けたため、暗殺された。

水蓮《スイレン》……壬氏の侍女であり乳母。年配だが壬氏のために西都まで同行する。

馬良《バリョウ》……高順《ガオシュン》の息子、馬閃《バセン》の兄。対人関係が苦手ですぐ胃をやられる。家鴨《あひる》とは仲が良い。

魯侍郎《ルージろう》……礼部《れいぶ》の次官。壬氏と共に西都に来た。猫猫の同僚である姚《ヤオ》の叔父。

舒鳧《ジョフ》……嘴《くちばし》に黒い点がついた白い家鴨《あひる》。里樹《リーシュ》が孵化《ふか》させていた雛《ひな》だが、馬閃を最初に見たためそのまま懐いて西都までついてきた。世渡りが上手く、どこにでも現れて餌を貰う。

玉葉后《ギョクヨウきさき》……皇帝の正室。赤毛碧眼《へきがん》の胡姫《こき》。西都出身であるが、異母兄に関しては複雑な思いがある。二十二歳。

大海《ダーハイ》……玉袁の三男。西都の海運を束ねる。

鴟梟《シキョウ》……玉鶯の長男。二十五歳。

銀星《インシン》……玉鶯の長女。二十四歳。

飛龍《フェイロン》……玉鶯の次男。文官型の男。二十三歳。

虎狼《フーラン》……玉鶯の三男。腰の低い男。十八歳。

小紅《シャオホン》……玉鶯《ギョクオウ》の孫。銀星《インシン》の娘。髪の毛を食べる癖があったため、腸閉塞《ちょうへいそく》を起こしたが、天《ティン》祐《ユウ》と猫猫《マオマオ》による外科手術で摘出した。

玉隼《ギョクジュン》……玉鶯の孫。鴟梟《シキョウ》の息子。悪餓鬼《わるがき》。

イラスト／しのとうこ
装丁・本文デザイン／5GAS DESIGN STUDIO
校正／福島典子（東京出版サービスセンター）
ＤＴＰ／伊大知桂子（主婦の友社）

序話

何か価値があるものになりたかった。

父にとって母と自分が最高の宝物であったように、誰かの特別なかけがえのない存在になりたかった。

母は消えた。子どもとして可愛がられていたと思ったのはただの幻想で、実際は、ほんの一時の安寧《あんねい》を得るための手段にすぎなかった。

父と自分にとって最高の家族だと思っていた母。しかし、母にとって自分たちは替えのきくただの道具でしかなかった。

そんな母を信じるあまり、父はいなくなった。おそらく見えないところで死んでいるのだろう。

自分を掌中《しょうちゅう》の珠《たま》のように扱う父がいなくなり、本当に何の価値もなくなった。

どうすればいいか。

価値がないのであれば、何の役にも立たない。何をすればいいのかもわからない。

だから、母を求めた。

きっと役に立つ、立ってみせる。
そう思って追いかけつつ――。
何の価値もない自分がいてもいい場所はないか、そんな願いを持っていた。

一話　本邸の我《わ》が儘坊《ままぼう》

玉鶯《ギョクオウ》の死から、十日経《た》った。

お偉いさんが死ぬといろいろ忙しい。でも、猫猫《マオマオ》の仕事は変わらない。ただ薬を作り、怪我人《けがにん》や病人を診《み》ては、その薬を処方する。

(専門職になるとやることは変わらないからある意味楽だな)

仕事量は増えても、仕事の種類は変わらない。

ただ、管理職になるとそうもいかなくなる。わけのわからない部下の仕事を俯瞰《ふかん》して見なければならない。問題には、迅速《じんそく》な判断を求められるが、簡単に返事をすることもできない。

だから、律儀《りちぎ》な管理職は体を壊し、精神を病む。

というわけで、壬氏《ジンシ》はいつもどおり過労で衰弱しつつ、仕事をこなしていた。

(少しは手抜きの方法を覚えたかと思ったのに)

いつもの診察の時間にさえ、まだ文官が書類を持って部屋の前にいる。猫猫は呆《あき》れてしまった。

「もう今日は終わりにする」

さすがに高順《ガオシュン》が疲れた顔で、文官が持ってきた書類を断っていた。やぶ医者と一緒に診察にやって来た猫猫と目が合うと、無表情のまま頭を下げる。一見、厳粛な対応に見えるが、その横に家鴨《あひる》の舒鳧《ジョフ》がいて餌をねだるように高順の服を引っ張っていた。

（後宮《こうきゅう》では猫を餌付けしていたが）

西都では家鴨を餌付けしているようだ。

「大丈夫なんでしょうか、月の君は？」

やぶ医者が文官を目で見送りながら言った。後宮時代からの顔見知りのためか、高順に対しては少し気が抜けた態度を取る。

「かなりお疲れのようですが、すぐ元気になられるかと」

高順はじっと猫猫を見て、部屋に通す。

いつも通り形ばかりの問診でやぶ医者を先に帰し、猫猫だけ残る手はずだ。

「じゃあ、お嬢ちゃん。あとは頼むね」

やぶ医者が帰り、入れ替わるように猫猫が壬氏の寝室に入る。

（うわー）

壬氏は、寝台に大の字になっていた。やぶ医者との応対で今日の愛想はもう尽きたらしい。何もやる気がしないという雰囲気と共に、何かしらの憎悪の念が感じられる。

「陸孫《リクソン》、絶対許さん……」

壬氏は、何かぶつぶつ言っている。あの飄々《ひょうひょう》とした御仁《ごじん》は、また壬氏に仕事を押し付けたのだろうか。

「お疲れさまです」

「疲れている」

「では、さっさと終わらせますので傷口を見せてください」

「……」

壬氏は童《わらべ》のように不貞腐《ふてくさ》れた顔をして起き上がり、上着を脱いで腹に巻いたさらしを解く。

(本当ならさらしなんて巻く必要ないんだけどな)

こんがり焼き目がついて炭化した傷はもう皮膚が再生し、真っ赤な花の形になっている。これが人間の肌でなければ綺麗だと思うのだろうが、いかんせんやんごとなき身の上の人の脇腹なのでそうもいかない。さらしを巻くのは怪我《けが》の治療というより、火傷《やけど》の痕を隠すためになっている。

(あと、もし腹を切りつけられたとき、内臓飛び出し防止にもなる)

軟膏《なんこう》も必要ないと思うが一応乾燥防止に塗って、またさらしを巻く。壬氏には何度も自分で巻くように言っているが、こうして毎回やらされるわけだ。

「はい、おしまいです」

「このさらし、ちょっと曲がってないか？」

「曲がっておりません」

「いや、もう一度巻きなおすべきではないか？」

猫猫のさらしの巻き方にいちゃもんをつける壬氏。こういう時は大体何かもう少し話したいことがあるのだ。

猫猫は面倒くさいが察してやる。すぐに部屋を出てしまっては、高順に悲しそうな顔をされるからだ。

「どうかされましたか？」

「……それがな」

壬氏の話は少し長くなりそうだ。寝たほうが体力回復になると思うが、今きついのは精神の疲弊らしい。

壬氏の元にはいろんな人間が来る。書類云々《うんぬん》の合間にそんな人たちの対応をいちいちしなくてはいけない。

特にここ数日よく来たのは、都からやってきたお偉いさんの一人と、玉鶯の異母兄弟たちだ。

そのお偉いさん、魯侍郎《ルーじろう》については、猫猫はちらっとしか知らない。確か礼部《れいぶ》の人だという。驚くことに、猫猫の同僚で今は都にいる姚《ヤオ》の叔父さんらしい。ふとした時に、雀《チュエ》から聞いた。

（あれが例の叔父さん）

姚をひたすら嫁にやろうとする叔父さんだ。一度、すれ違った時に妙に見られている気がした。姚と同僚なので、猫猫を気に食わないのかもしれない。

「その魯侍郎がうるさいのですねえ」

猫猫は椅子に座らせてもらい葡萄酒《ぶどうしゅ》をちびちびいただく。壬氏の傷を診《み》るのも終わったし、愚痴を聞く駄賃くらい貰ってもいいだろう。

「ああ。早く都へ戻ろうと言ってくる」

「戻りましょう、今すぐ」

猫猫は正直に言った。本来なら西都に残る必要はないのだ。

「今すぐ戻れるか？」

ここで戻ろうとしないのが壬氏だ。少なくとも何も片付けずに帰ることはできない。最後まで責任を持とうとする損な性格だ。だから陸孫に仕事を押し付けられるのだろう。

（責任感が強い人ほど、心を病む）

猫猫は知っている。善良な人間だからといって、良いことがあるとは限らない。

「西都にはたくさん玉鶯さまの代わりになるかたがいらっしゃると思いますけどね。玉袁《ギョクエン》さまもご存命ですし。何か息子のことで言ってこなかったんですか？」

正直、自分の留守中に息子が死んでしまったら慌てるものだろう。だが、玉袁は高齢であることを理由に西都に戻ってくる気はないらしい。

（戻ってきたら戻ってきたで荒れそうだもんな）

玉袁が西都へ戻れば今度は中央が荒れる可能性がある。正室となられた玉葉后《ギョクヨウきさき》だが、その血筋を嫌悪する者も多い。新たに東宮となった玉葉后の長男は后譲りの赤毛と碧眼《へきがん》の持ち主だ。まだ色素が薄い乳児の頃に会ったが、年齢と共にさらに色濃く表れよう。茘《リー》人らしくない髪と目の色に難色を示すのはわからなくもない。

また、戌西州《いせいしゅう》を僻地《へきち》の田舎と揶揄《やゆ》する人たちもいる。

数か月違いで梨花妃《リファきさき》も男児を産んでいるので、何かあろうものなら東宮をすげ替えようとする輩《やから》も多かろう。

（うん、政治は面倒くさい）

猫猫は酒の肴《さかな》に沙其馬《おこし》を食べる。小麦菓子の一種でふわふわとした食感が特徴だ。壬氏のつまみにしては素朴な気もするが、食糧供給に不安が残る中では十分贅沢《ぜいたく》だろう。

「玉袁殿は、玉鶯殿の直系に西都を治めてもらいたいらしい。便りにはそうあった。具体的に名前を挙げてくれたらよほどいいのに」

玉鶯の異母兄弟たちが、西都を治めるのに手を挙げない理由だ。その件で兄弟たちが壬氏の元を訪れているのだろう。

「ええっと、玉袁さまの次男と三男がよく来ますよね？　そちらの方々に任せるわけにはいかないのですか？　その話をしているのかと思っていましたが」

次男の名前は聞いたことがないが、三男は大海《ダーハイ》といわれていた。

大海は三十半ばのがたいのいい男で、戌西州の港を取り仕切っているらしい。

今日、別邸に来た来客の一人はその大海だった。

「大海殿は、俺に頼み事があって来た」

「面倒くさいことですか？」

壬氏の不貞腐《ふてくさ》れぶりから、良い話には思えない。

「大海殿から、拠点を移さないかと打診があった」

「拠点？」

どういうことだろうか、と猫猫は首を傾げる。

「まあ、大したことではない。別邸から本邸に移動しないかという話らしい」

「そうなのですね」

「大したことではないよな？」

「大したことないと壬氏さまがおっしゃったじゃないですか？」

別邸と本邸の距離は、鼻歌まじりで歩いて行ける距離だ。

「本邸に行くと、隣は公所《やくば》ですね。いろいろ仕事を追加しやすくなるからでしょうか？」

「だよな」

「あと、いきなり公所に連れて行くと警戒するので、段階的に慣れさせようとするのかと」

「俺は拾ってきた猫か？」

壬氏も気が抜けている。いや、疲労のため取り繕うことを放棄しているようだ。

「簡単に移動すると、また中央に帰るのが遠のきそうだぞ」

自分から帰らないと言ったのに、帰るのが遠のくと言っている。

かたや壬氏を中央に戻したい、かたや西都にいてほしい。板挟みがきついのだろう。

「では、拠点の移動を断ればよろしいでしょう」

「断りたいのは山々だが——、今、皇弟《おうてい》は西都でどう言われているか知っているか？」

「……見目麗《うるわ》しいときゃーきゃー言われている一方、玉鶯さまを暗殺したとの陰謀論が出ています」

猫猫は正直に答える。

「うむ」

「やりましたか？」

「やっとらん！」

（ですよねー）

壬氏は暗殺といった裏工作は苦手そうだ。まだ色恋に関しては、宦官《かんがん》時代は手段を選ばぬようにやっていたと見えるが、最近は幼児化したと思うくらい退化している。

「そういうことで、西都を乗っ取るためにやってきたなどと言われている」

「こんな乾いた土地に来るくらいなら、中央でちまちまやっているほうが、ずっと利益が上がりますよね。穀物の買い占めを行い、高値で売り払って銭をせしめるとか」

「えげつないことを言う」

「これ、雀さんが言っておりました」

　雀はよく駄弁《だべ》る侍女だ。猫猫の元にたびたび仕事を怠けに来る。

「ともかく本邸に行ったら、乗っ取りだとさらに言われるんじゃないですか？」

「本邸には、玉鶯殿の兄弟や子どもたちがいる。警備の面を考えると、別邸と分けるより本邸にいたほうが安全という考えだ」

「兄もしくは父の仇《かたき》とか言って刺されることはないですか？」

「……ないと思いたい。というより、そこまで感情的になれるならとうに刺客《しかく》の一人でも送ってきてるだろう」

　今後、公所への行き来を考えると、本邸から移動したほうがずっと楽なはずだ。猫猫たちも壬氏についていくことになるのだろうか。

（それは嫌なんだけどなあ）

猫猫の周りを妙なおっさんがうろうろしそうで怖い。たしか向こうには変人軍師が滞在しているはずだ。なので、猫猫は現状維持を求める。

「壬氏さまにとってさほど利点はなさそうな気もしますし、はっきり断っても問題ないのでは？　話していると妙に迷っているように聞こえますけど」

「おまえの言い分もわかるが、だからといって歩み寄りがなければ、話も進まないだろう」

（こういうところなんだよな）

実直すぎて利用され、損をする性格。猫猫は好ましく思うとともに腹立たしくもなる。

（がつんと断るように言わねば）

口を開きかけた時だった。

「あー、あと本邸にはあれがあるんだ」

「あれ？」

あれとはなんぞや、と猫猫は首を傾げる。

「温室だ。前に来た時に見なかったか？」

「お、温室!?」

猫猫は思わず目を輝かせる。昨年、本邸に滞在したときに仙人掌《さぼてん》が植えてあるのは見かけたが、温室などあっただろうか。

「本邸に来たら、生薬の栽培に使ってもいいと言われたのだが――」

壬氏はちらっと猫猫を見て、顔をほころばせる。

「別に猫猫は、別邸に残ってもいいが？」

「な、何をおっしゃるのですか、壬氏さま。私がちゃんとついていきますのでご安心を」

猫猫はどんと自分の胸を叩《たた》き、勢い余ってむせてしまった。


本邸への引っ越しはつつがなく進んだ。いてもいなくても変わらないが、やぶ医者も一緒に移る。

ただ別邸に残る者もいた。

「温室か、それは専門外だな。別に遠くもないし、俺は別邸に残るわ」

羅半兄《ラハンあに》から意外な言葉が出てきた。彼の頭の上には家鴨《あひる》が、横には山羊《やぎ》がいる。

「羅半兄のことだから、作物なら玄人《プロ》の俺に任せとけってなると思っていましたのに」

「誰が玄人だ！　まあ、できねえわけじゃねえけど、俺は自分が責任持てる範囲しかやれねえの。俺ができるのは、あくまで習ったことをなぞるだけだ」

できないことはできないと言えることも玄人らしいと猫猫は思うが黙っておく。変に知ったかぶりをする者よりよほど頼りになる。

「大体、俺の専門は穀物だよ。生薬なんかだと、おまえさんのほうが詳しいだろ」

「それもそうですね」

（専門って言った）

羅半兄の言を聞かなかったことにしてやる猫猫は優しい。

「まあ、場所は近いんだ。なんかあったら呼んでくれ」

「はい、その時はお願いします」

猫猫は、羅半兄に頭を下げる。言われなくても何度も呼ぶことがありそうだ。

本邸は別邸より一回り大きく、猫猫たちが案内された医務室も広かった。

（確か李《リ》医官が任されていた場所だな）

都から派遣された医官のうち、真面目で気難しそうな人だ。前回会った時から、その印象にさらに『苦労性』が付け加えられている。

（まだ街中の診療所にいるみたいだな）

薬の類はほとんどそちらの診療所に持っていかれたが、棚は使いやすいように揃《そろ》えられていた。寝台と椅子も綺麗に並べられている。猫猫たちが持ち込む道具もそれほど多くないので、すぐ片付きそうだ。

「お嬢ちゃんの部屋、私が一緒に片付けておこうか？」

やぶ医者は、なぜかきらきらとした目で言う。手には刺繍《ししゅう》入りの帳《カーテン》があった。

「いえ、自分のことは自分でできますので、医官さまは医官さまの部屋を片付けてください」

もう二度と、猫猫はあのひらひらした悪趣味な部屋で寝泊まりする気はない。今度、さらしが足りないときは、あの帳を裂いてさらしにしてしまおうかと考える。

「おい、嬢ちゃん」

がたいのいい武官がやってくる。

「どうかしましたか、李白《リハク》さま？」

「俺はちょっと厠《かわや》に行きたいんだが、離れても大丈夫か？」

「別に問題ないのでは？」

李白は見た目によらず勤勉だ。新しい医務室の前にはもう一人護衛がいるので問題なかろう。

「悪いな。休憩中に小便行けなくて」

「いえ、大丈夫です」

武官は休憩を挟むとはいえ、長いときには半日立ちっぱなしのこともある。暇で良さそうだと嫌味を言う文官もいるが、これはこれで大変な仕事だ。

李白はもう一人の護衛に頼むと、厠を探しに行った。慣れぬ場所なので見つけるのに時間がかかりそうだ。

とりあえず猫猫はせっせと道具を運び、最後の荷物を入れる。

「よーし、終わりだな」

大きく体を伸ばしたその時だった。

「あいたっ！」

医務室の外からやぶ医者の声が聞こえた。

何事かと思って猫猫は外へと向かう。医務室の前で転んですねを撫《な》でるやぶ医者と、修練用の木剣を持った子どもがいた。

護衛は医務室の猫猫を見ていたので、やぶ医者まで目が届かなかったらしい。

「せいばいしてやったぞ、じゃまなむしめ！」

子どもは八、九歳くらいの男児だ。綺麗な服を着て、髪も丁寧に整えられている。いいところの坊ちゃんのようだが、そんなことは関係ない。

猫猫はしゃがみこみ、やぶ医者のすねを見る。たとえ子どもでも思いきり木剣で叩《たた》かれたら、あざができる。

猫猫は子どもを睨《にら》みつけた。

「何している！」

猫猫が大きな声を上げると、男児は一瞬びくっとなったが、強がるように前に出る。

「ざいにんをばっしたまでだ」

（何が罪人だ？）

猫猫は一発、げんこつを落とすために近づこうとした。

「坊ちゃま、いけません！」

慌てて使用人の女が男児を捕まえる。

「申し訳ありません、申し訳ありません」

使用人は男児を抱きかかえると、ぺこぺこと頭を下げる。

猫猫はぎゅっと拳を握り、生意気な子どもを睨《にら》みつける。

「おい、はなせ！　そいつらをみなごろしにしてやる！」

「坊ちゃま、ここは駄目です。いけません。申し訳ありません」

使用人は頭を下げたまま、男児を連れて行く。

猫猫は握った拳を緩めるほかない。

使用人がさっさと下がってくれてよかった。子ども相手でも、猫猫はげんこつを落とすところだった。

加減を知らない子どもは、容赦ない。

「申し訳ありません」

護衛の顔が青ざめていた。李白に任された以上、やぶ医者が怪我《けが》をしたのはこの護衛の落ち度となる。

「謝罪はいいですから、医官さまを運んでください」

「い、痛いよ……」

猫猫がすねを触るとやぶ医者が過剰なくらい反応する。骨は折れていないが、数日は歩けないだろう。

（あの身なりと使用人の態度からすると）

玉袁の身内と見て間違いない。

早速、面倒ごとの予感しかなかった。

猫猫はやぶ医者の足に湿布を当てる。ろくでもない子どもに叩《たた》かれたすねは、翌日腫れてしまった。

「二、三日は安静ですね」

猫猫は、やぶ医者は仕事を休みにして自分の部屋の寝台で寝ていてもいいと思う。しかし、本人が仕事をすると言う以上、医務室から追い出すわけにいかない。

（いてもいなくても問題ないと思うけど）

それを口にするほど、猫猫はやぶ医者に冷たくなかった。

「ううっ、痛いねえ」

「すまねえ、おっちゃん」

李白が頭を下げる。男児は、ほんの少し李白が離れた隙にやってきた。護衛の不注意はほんの一瞬だった。

相手が子どもだったのもあろう。だが、それでも護衛の目をかいくぐって子どもがやぶ医者に暴力を振るうことができた理由があった。

（私を護衛しているからだろうな？）

表向きは、医官の護衛だ。だから、本来やぶ医者を守るべき立場だった。でも、残った護衛は猫猫についていた。

猫猫の前では表立って特別扱いしてこない。おそらく、壬氏あたりの配慮だろうが、暗黙の了解として猫猫が何者なのか知られているのだろう。

（あの変人の娘と思われるのは嫌だなあ）

なので、猫猫も相手がそのことに触れない限り、一介の医官手伝いとして振る舞う。それしかない。

でも、その結果、やぶ医者が危険にさらされるのは困る。

昨日の護衛は、まだ要人警護には慣れていない武官だったらしい。李白が申し訳なさそうに手洗いに行ったのも、それが理由であったようだ。

医務室の警備は李白が固定で、他の護衛は順番でまわってくるが、最近新顔が多い。

「とんとんとーん、しつれいしまーす」

医務室の戸を叩《たた》く真似をして入ってくるのは雀だ。

「やぶさーん、お見舞いですよぅ」

雀は果物を持っている。西都では一般的な葡萄《ぶどう》だ。

「雀さん、すまないねえ」

（いやいやいや）

普通に『やぶ』と呼ばれているところは、気にしないのだろうか。

「猫猫さん、昨日やぶさんを襲った不届き者が誰か知りたいですか？」

「誰ですか？　この屋敷にいるということは、玉袁さまの孫かひ孫あたりでしょうけど」

「大当たりです。玉鶯さまの長男の息子さんです」

（やっぱり）

玉鶯は、玉葉后と親子ほど年が離れていると聞いていたので、あれくらいの孫がいてもおかしくない。

「名前を玉隼《ギョクジュン》というらしいですよぅ」

雀が指で字を書く。玉鶯といい、子どもには鳥の名前を付けるのだろうか。

「そして、その玉隼が謝罪したいということでお母上とともに、今、医務室の前にいるのでどうしますか？」

「そっちを先に言ってくださいよ」

猫猫はやぶ医者を見る。やぶ医者は「はい」のかわりに、にっこり笑う。

「まだ子どもだからね。悪いことをしたと思って謝るっていうなら、通してあげようじゃないか」

（お人よしだなあ）

猫猫は思いつつも、被害者はやぶ医者なので、言う通りにする。

「どうぞ」

猫猫は不機嫌な顔で、医務室の戸を開ける。

すると、これまた不機嫌な顔をした玉隼とかいう餓鬼《がき》と、おどおどした顔の女性が立っていた。

「このたびは息子が申し訳ありませんでした」

深々と頭を下げる女性。生意気な餓鬼の頭を押さえつけ、謝らせようとする。

「お、おれはあやまらない！」

「謝りなさい！」

「いやだ、やだ」

駄々をこねる玉隼。

母親は苛立《いらだ》った顔になり、大きく手を振り上げた。ぱぁんと音が響くとともに、玉隼の体が倒れこむ。

平手打ちは傷は残らないが、音がよく響く。おそらく怪我《けが》はないだろうが、まだ体の小さな子どもなので衝撃に耐えきれなかったのだろう。

「謝りなさい！」

母親は泣き出しそうな顔をしていた。子育てで不安になっているのだろうか、いろいろ溜《た》めこんでいるのかもしれない。

玉隼は鼻をすすり、口をぎゅっと閉じていた。泣き出したいのを我慢している顔だ。

「も、もうしわけありません」

いかにも形だけの謝罪だ。

この様子だと、またやらかしそうな気がするが、やぶ医者がおろおろしながら母親を見ている。

「もういいよ、私は気にしていないさ。大丈夫だから頭を上げておくれ」

「申し訳ありません」

母親は念を押すようにもう一度頭を下げる。顔を上げた玉隼は、忌々《いまいま》しげにやぶ医者をにらんでいた。

（反省の色なし）

母子が帰ると、どっと疲れが来る。

「大丈夫かねえ。あんなに思い切りひっぱたかれて」

やぶ医者は反省の色がない子どものことを心配していた。

「親のげんこつなんて普通だろう、おいちゃん。男なら剣術《やっとう》で気絶するまで練習するもんさ」

「そうですよ、あんなもんじゃないですかぁ？　棒で叩《たた》かれないだけましですよぅ」

「平手ならいいですよ。ただ、外から見えない位置に傷があれば問題ですね。みぞおちとか苦しいですけど見えませんし」

李白、雀、猫猫が感想を述べる。

「みんなはいったいどんな環境で育ったんだい？」

やぶ医者が少々引いていた。宦官《かんがん》だが元々育ちはいいので、親に鉄拳制裁を食らったことがないのだろう。

ただ、やぶ医者の心配もわかる気がする。

「なんだか、母親はずいぶん慌ててましたね。確かに、皇弟《おうてい》付きの医官さまに怪我《けが》をさせたとなれば、大問題ですけど」

大問題には違いない。だが、母親にはそれ以上の焦りが見えた気がした。

「そこのところは、雀さんが説明いたしましょうか？」

雀が人差し指を天井に向けて姿勢《ポーズ》を取る。

「なにか理由があるのかい？」

　やぶ医者が食いつく。李白も興味深そうだ。猫猫も気になるが、あくまでみんなと一緒に話を聞きますよ、の立ち位置にいるようだ。

「玉鶯さまがお亡くなりになりました。現在、西都を誰が中心となって治めるかで大変てんやわんやでございます。玉袁さまの他のご子息や、中央から来た陸孫さん、はては月の君まで名が挙がっている始末」

「はい、聞いております」

　主に愚痴っぽい壬氏からだ。

「しかし、本来、最重要な位置に立つべき相手が土俵にいないことはご存じですか？」

「……普通なら玉鶯さまの息子が継ぐべきって考えに至るな。皇族でもそういうもんだろ？」

　李白の言う通りだ。だが――。

「はい、しかし、そのご子息はまだ先のことだと、政治関係にはまったく触れずにいました。あまりに無知なため、除外されていると説明を受けました。ここ、おかしいと思いませんか？」

「そうだねえ。普通はもう少し勉強させていると思うけどねえ」

　やぶ医者が言う。

「ここまで言えば猫猫さんあたりはもう想像がつくと思います。実は玉鶯さまの長男はどうしようもないどら息子なのでした！」

　雀は両手からひらひらと紙吹雪《かみふぶき》を舞わせた。

「以前はちゃんと後継者教育を受けていたのですが、ぐれてしまいまして」

「ぐれるって？」

「遅い反抗期ですねぇ。もうその頃には、親が決めた婚約者と結婚し、子どももいたというのに、元服前の青二才じゃあるまいし、盗んだ馬で走り出す始末」

　猫猫はさっきの妙におどおどした母親を思い出す。

「親戚からも後継者扱いされずに、はたまた血縁でもない人間を長《おさ》に上げようとするってことは、かなりひどい放蕩者《ほうとうもの》ってことだよな？」

　李白が腕組みをする。

「そうですよう。長男は御年《おんとし》二十五。数年前から妻子を残して家を出て、まーいろんな事をやらかすやらかす」

（だから、母親が妙に卑屈だったわけだ）

　猫猫は納得する。親戚から「お前が旦那をちゃんと見ていないから」と文句を言われているに違いない。

「どんなことやらかしているんですか？」

「玉袁さまのところの下から二番目、七男にあたる方が二十五歳の同い年なのですが、相性が悪く喧嘩《けんか》ばかり。一度、真剣を用いた決闘騒ぎを起こしています。どちらも腕が立つだけに、止めることもできず大変だったそうです」

（ふむふむ）

「それから、密造酒を造り、瓶をよその醸造所から拝借、粗悪品を売り払う。瓶を盗まれた醸造所は信用がた落ち。なお、玉袁さまの三女が経営している醸造所です」

（んん？）

「あと、以前猫猫さんと一緒に農村に向かった際、盗賊に襲われましたね。どうやらそのこともいくつか関わりがあるようです」

（んんん？）

猫猫はちょっと待ったと、手で雀を制止する。

「どうしましたか、猫猫さん？」

「よく玉鶯さまは勘当しませんでしたね？」

「たぶん長男だったのもあるんでしょう。玉鶯さまは妙なこだわりがあるようなので、次男、三男には政治に関する教育を何もしていなかったようです。何よりぐれる前はよくできた子だったので、そのうち元に戻ると考えたのでしょうねぇ。腕っぷしが強く指導力《リーダーシップ》を発揮する性格で、戌西州で幅を利かせている盗賊の親玉に襲われても、返り討ちにするほどだったそうです」

雀はどこからか取り出した麻花兒《かりんとう》をぼりぼり食べている。やぶ医者と李白ももらって食べていた。

（盗賊を返り討ちねえ）

まさに玉鶯の好きな武生像《ヒーロー》だと猫猫は思った。

「玉鶯さまの弟さんたちとしては、自分たちは仕事で手一杯なので西都を治めるのは難しい。だからといって、玉鶯さまの長男に任せるのは絶対だめだ。ということで、時間稼ぎに陸孫さんや月の君の名前を出したのでしょう。次男、三男は優秀なので、時間稼ぎする間に政治を教える。それまでに長男を廃嫡《はいちゃく》する計画が練られているようです。玉鶯さまがいない今、長男の後ろ盾はないも同然ですから」

「雀さんは物知りだなあ」

やぶ医者が感心するが、たぶん、本来なら知っていてはいけない情報だ。

玉袁の子どもたちだけのことはある。したたかさは折り紙付きだ。皇弟《おうてい》を時間稼ぎに利用している。

「だから、先ほどあの母親はあんなに焦っていたわけですね」

長男の嫁となっても、夫が廃嫡されたら意味がない。さらに息子が皇弟付きの医官に怪《け》我《が》をさせたとなれば、肝が冷えただろう。

「なので、しばらく次男三男のどちらかが月の君の下につくと思われます。残ったほうは陸孫さんにつくのでしょう。どちらかが早く育てば、私たちも中央へ帰りやすくなるでしょうねえ。さて、雀さんも仕事に戻りますか」

おやつも食べ終わったし、と言わんばかりに立ち上がる雀。

猫猫は挙手する。

「質問です、雀さん」

「なんですか、猫猫さん」

猫猫は、今この場所が本邸だということを思い出す。

「そのどうしようもないどら息子が、この本邸に来ることはありますか？」

「あんまり家には帰らないみたいですけど、たまに家族を見に帰っているようです。鉢合わせになる可能性は十分ありますねぇ」

雀は、ぱちんと片方の目を閉じてみせる。

（旗《フラグ》立てるようなこと言わないでくれよ）

猫猫は、前途多難な未来を想像しそうになり、無理やり頭を振って忘れることにした。

二話　温室と礼拝堂

猫猫《マオマオ》は引っ越した部屋をあらかた片付けると、噂《うわさ》の温室へと向かった。

「ふーーーああああああ」

猫猫は目を輝かせ、温室を観察する。煉瓦《れんが》と木の建物で、日光が入るように天井と壁の一部が透明な玻璃《ガラス》になっている。珍しい異国の多肉植物や、胡瓜《きゅうり》が栽培されていた。胡瓜というと、夏場は畑でむしって食べて、簡単に水分補給するような野菜だが、西都では意外と貴重品として扱われている。

「西では胡瓜を育てることが難しく、富の象徴とされます。なので、西からの客人が来ると、新鮮な胡瓜を使った料理をふるまうことが多いのです。あと、玉袁《ギョクエン》さまの好物で、よく薄切りの麺麭《パン》に挟んで召し上がっておられました」

説明するのは温室を任された庭師の小父《おじ》さんだ。ご丁寧に試食用の麺麭と乳酪《バター》も用意してある。

収穫したばかりの胡瓜をその場で調理する趣向のようだが――。

「猫猫さん、踊り出してますねぇ」

「嬢ちゃん、人前だからほどほどになあ」

雀《チュエ》と李白《リハク》が生温い目で見ている。

「わかっております！」

猫猫はしゃきっと懐《ふところ》から鋏《はさみ》を取り出した。

「黄瓜《おうか》～、黄瓜葉《おうかよう》～、黄瓜藤《おうかとう》～」

猫猫が歌いつつ胡瓜の茎を手にした瞬間だった。

「何をなさるおつもりですか？」

こめかみに青筋を立てた庭師の小父さんが猫猫の肩を掴《つか》んでいた。

「胡瓜はもう季節的に要らないかと思いまして」

これからどんどん寒くなる。いくら温室栽培でも胡瓜はこれ以上育たないだろう。

「まだ収穫できます」

庭師の手に力がこもる。

「葉や茎、もちろん果実も生薬となりますし、枯れたら使い物になりません。今取らずしていつ取るのでしょうか？」

猫猫とて引かない、目をそらさない。互いににらみ合う形になる。

「・・・これは食用です」

庭師の目が血走っている。

「今、西都は未曾有《みぞう》の危機。生薬不足を解消すべく協力すべきでは？」

多くの薬を代用品でまかなっている。今は嗜好品《しこうひん》を育てる余裕などないはずだ。

「温室の使用許可は貰っていると思いますが、元々植えられていた植物を勝手に採取していいと言われたのでしょうか？」

「胡瓜《きゅうり》はもう終わりがけ、しかも果実にはほぼ栄養がない。ならば、生薬の材料として利用されるのが作物として本望では？」

猫猫と庭師のにらみ合いが続く。

しばし膠着《こうちゃく》状態の後、雀が庭師の上司を連れてきた。上司は庭師にいろいろ説明しているが、庭師は納得していない。

「なんか月の君が聞いた話とずいぶん食い違いがあるようですねぇ」

「上司がよそのお偉いさんにいい顔するために、現場の人間に都合の悪い話をしていない類型《パターン》だな」

意外に頭が回る李白が、的確に現場の状況を述べる。

その通りでかわいそうなのは庭師だ。きっと自慢の温室のために、試食用の麺麭《パン》まで用意してくれたに違いない。

申し訳なさもあるが、猫猫とて聞いていた話と違うのだ。

(何のために本邸にやって来たと思っている)

結果、猫猫は温室の三分の一だけ使用することになった。

もう終わりがけの胡瓜《きゅうり》は取り払うことになり、庭師は悔しそうに猫猫を睨《にら》む。泣きそうな顔で、多肉植物には触れさせまいと立ち入り禁止の札を作製していた。

「どんな薬になるんだ？」

李白が胡瓜の実のほか、葉っぱや茎を採取しながら、猫猫に聞いた。

「熱冷ましなどによく使われますね。あとは食あたり、ほかに利尿作用もあります。嘔吐《おうと》剤《ざい》の材料としても使えますよ」

「嘔吐剤って、いつ使うんだよ？」

「致死量以上の毒を飲んだ時とかに」

「普通、飲まねえよ」

李白のつっこみは、にこにこしながら結構辛辣《しんらつ》だ。あまり腹が立たないのは彼の人徳だろうが、贅沢《ぜいたく》を言うなら羅半兄《ラハンあに》のような切れ味が欲しい。

猫猫たちは実も葉も茎も蔓《つる》も取った。丸裸になった胡瓜は根っこごと引っこ抜いて更地にする。庭師の小父《おじ》さんが、親の仇《かたき》でも見るかのように猫猫を見るが気にしない。

いつのまにか家鴨《あひる》が来て、掘り返した地面から出てきた虫を啄《ついば》んでいた。どこにでも現れる家鴨だ。

「更地にしたところで、何を植えるんだ？」

「そうですね。とりあえず手元にある種子は全種類、植えてしまおうかと考えています。温室でどの生薬が育つかなんてわかりませんので、よく育ちそうな植物を後から選定していこうかと思います」

「全種類って、場所足りるのか？」

「……あそこの胡瓜畑も更地にしたら、余裕ができるんですけど」

庭師の小父さんとまた火花を散らす猫猫。互いに譲れないものがある者たちに和解の道は遠い。

「猫猫さん、猫猫さん」

「どうしましたか、雀さん？」

雀は何かを見つけたらしく、壁の玻璃《ガラス》にくっついて外を見ている。

「あっちに礼拝堂があるので見てもいいですか？」

「礼拝堂？」

猫猫は雀が指差すほうを見る。

西方式の独特な建物があった。西都にもよくある建物で、多くは宗教関連の施設だ。

（前に入った場所とはちょっと違うな）

昨年、西都に来た時も礼拝堂のような場所に入ったが、そことは違う。

猫猫も気になり、雀についていく。礼拝堂は廟《びょう》のようなものだと聞く。

（確かに厳《おごそ》かな雰囲気だ）

礼拝堂は六角形の一部屋のみの簡素なものだ。だが、色玻璃《いろガラス》で描かれた絵に日光が差し込み、無地の床に美しい色彩の光が揺らめいて、何とも言えない不思議な気分になる。

雀は礼拝堂の真ん中で座り込むと、何やらぶつぶつ呟《つぶや》き始めた。

猫猫はわけがわからぬまま雀の隣に座りこみ、雀の呟きが終わるまで黙っていた。李白は、礼拝堂が狭いので外で待っている。

「ふう」

しばらくして雀は顔を上げる。彼女にしては珍しい行動だと思った。

「雀さん、さっきのは何ですか？」

猫猫は純粋に質問を投げかける。

「異国の古い言葉で『神よ、私たちを見ていますか？』という意味です」

「……意味が分かりません。なんです、それ？」

「異教の教典の一節ですねぇ。西都では敬虔《けいけん》な信者が多いので、会話の中に上手く教典の内容を挟み込むと商売がしやすいんですよぅ」

雀は懐《ふところ》から筆記用具を取り出すと、さらさらと何か書き始めた。

「はい、猫猫さん、どうぞ。西都暮らしも長くなりそうなので、せっかくなんで覚えてください」

さっきの謎の言葉を、猫猫にも読めるように読《よ》み仮名《がな》付きで書いてくれている。

「覚えなくていいですよ」

猫猫にとってどうでもいいことなので、覚えようとは思わない。

「いえ。覚えておくべきですよぅ。さん、はい！」

雀は引かず、猫猫の両肩を抱いてじっと見る。やるしかない状況だ。

『神よ、私たちを見ていますか？』

『きゃみょ、わたしたちをみゅてましゅか？』

雀が書いた通りに言っているはずなのに、発音が違うらしい。

「うーん、赤子が駄弁《だべ》っているように聞こえますよぅ。もう一度」

「いいですってばあ」

「いや、せっかくなので覚えてください」

雀にしては珍しくしつこかった。

何度か繰り返して発音がいくらかましになったところで、ようやく解放してもらう。ついでに祈りの仕草も教えてもらったが、役に立つのかどうかわからない。

猫猫たちが礼拝堂から出ると、李白は暇なのかあくびをしていた。

「まー、今度、抜き打ち試験しますからね」

「はいはい」

次はついてこないよ、と猫猫は思った。

「とりあえず一度戻ってごはんにしましょう、雀さん」

猫猫は、食い意地が張った雀が飛びつくようにと、食事の話をする。雀は、姑《しゅうとめ》にいびられぬように猫猫の元で食事をとることが多いので、すぐさま動き出す。

「そうですね。やぶさんもお腹《なか》を空かせているでしょうし。というか、やぶさんはお手洗いはどうしているんですか？」

雀が素朴な疑問を投げかける。

「俺がいるときは厠《かわや》まで連れて行くけど」

李白がいつもやぶ医者を抱っこして移動させている。

「とりあえず尿瓶《しびん》を置いてきたので大丈夫だと思います。女性用の物なのでたぶん使えるはずです」

猫猫はさらっと答えた。やぶ医者は宦官《かんがん》なので、男性の男性たる象徴がない。

「おいちゃんがかわいそうになってきたから早く帰ろうか」

李白が足を早める。妙に気の毒そうな顔だった。

三話　玉鶯《ギョクオウ》の子どもたち

猫猫《マオマオ》たちが医務室に戻ると、中から何やら話し声が聞こえた。

（誰か患者が来ているのか？）

やぶ医者が診《み》ているのだろうか、ならば早く代わらねばと猫猫は扉を開ける。

「ただいま戻りました」

「おや、お帰り。お嬢ちゃんたち」

やぶ医者は知らない青年と話をしていた。

（誰だ？）

まだ若い。猫猫よりも年下だろうか。優しげな目元の小柄な青年だ。顔立ちは整っているといえば整っているが、屈強な男が多い西都の中では貧弱そうに見える。

「患者さんですか？」

「違うよ。挨拶に来たんだ、お客さんだよ」

やぶ医者が、怪我《けが》した足を椅子に上げたまま答える。

「お邪魔しております」

小柄な青年は屈託のない笑みを浮かべる。

「ご挨拶が遅れて申し訳ありません。月の君の下《もと》、働かせていただくことになりました。楊虎狼《ヨウフーラン》と申します」

「あっ、はい、猫猫と申します」

丁寧に頭を下げられて、猫猫もつられて深々と頭を下げる。

（ええっと、楊？）

最近よく聞く姓だ。

「この人はね、今度、月の君の下につくことになったんだよ。ほら、玉鶯さまの息子さんだってさ」

「はい。若輩者ですがよろしくお願いします」

（玉鶯の息子？）

猫猫は首を傾げる。父親と全然雰囲気が違う。あまり似ていない。

雀《チュエ》は顔見知りなのか、ぺこっと軽く頭を下げている。

「玉鶯さまのご子息ですか？」

「はい、末っ子の三男です。まさか月の君に仕えることができるなんて光栄です」

虎狼は目をきらきらさせている。

壬氏《ジンシ》と陸孫《リクソン》に、それぞれ玉鶯の次男、三男がつくという話は聞いていた。だが、予想とは少々違った性格の人間が来て、ちょっと驚いている。

（もっと傲慢《ごうまん》そうなのが来るかと思っていた）

　壬氏を駒にしようとした玉鶯の息子だが、ぱっと見る限り腰が低い。宦官《かんがん》であるやぶ医者と茶をすすっていたり、猫猫に丁寧に頭を下げるなど想像とは食い違っていた。虎狼という荒々しい名前とずいぶん乖離《かいり》している。

「次兄は陸孫さまに仕えております。兄弟ともどもよろしくお願いします」

　次男が陸孫に、三男が壬氏につくのは年齢を慮《おもんぱか》ってのことだろう。

（次男だと壬氏より年上になるんだろうか？）

　部下にするなら年上より年下のほうがいくらかやりやすいはずだ。

「今日はご挨拶とともに謝罪に来ました」

「謝罪？」

「うちの甥《おい》が、医官さまに怪我《けが》をさせてしまい申し訳ありません。まだ幼いうえ、父の初孫だったもので、ずいぶん甘やかされて育ったのです。お叱りは私が受けますゆえ、甥には寛大なる処置をお願いいたします」

（どこの誰だ、この人？）

　とても玉鶯の息子とは思えない。

　まるで、上司と部下の板挟みになること数十年の貫禄を思わせる腰の低さだった。

「虎狼さんから、お菓子とお酒をいただいたよ。今、菓子なんて手に入れるのも大変なのにねえ。ありがたいねえ」

やぶ医者は饅頭《まんじゅう》が入った蒸籠《せいろう》を掲げて見せる。横には酒瓶が二本あった。

（おおっー！）

「お口に合うかわかりませんが、西都特産の葡萄酒《ぶどうしゅ》です。とりあえず酒精《アルコール》の強いものと弱いものの二種類を持ってきました」

大変趣味のいい手土産《てみやげ》だ。猫猫は思わず酒瓶に飛びつきたくなるのを我慢した。

「では、私は仕事に戻りますので」

「おや、もう少しいなよ、虎狼さんや。まだ若いんだし、休憩もゆっくりとったほうがいいよ」

やぶ医者はもう完全に砕けた口調だ。

「いえ、叔父、叔母たちに、月の君の下《もと》でしっかり学んで来いと言われました。皆さまに追いつけるよう、できる限り励みますので今後ともどうぞよろしくお願いします」

虎狼はまた深々と頭を下げて医務室を出る。

「……どこが狼《おおかみ》なんだか」

虎狼、名前の通り虎《とら》と狼、欲が深く残忍という意味がある。いくら強そうとはいえ、いい名前ではない。

「狼というより、忠犬ですね」

李白《リハク》がぼそっと言ったことに完全同意する猫猫だった。


虎狼が帰ったあと、やぶ医者が玉鶯の子どもたちについて説明してくれた。

「玉鶯さまには四人のお子さんがいるんだって。虎狼くんは末っ子なんだそうだよ」

猫猫たちは、早速お土産にもらった饅頭を点心《おやつ》にする。

（変な物は入っていないと）

つい毒見をしてしまうのは猫猫の癖だ。中身は肉の餡《あん》が入っていて、そのまま昼食がわりにすることにした。さすがに勤務中なので酒は飲めないのが残念だ。

「上が二十五で年子が続いて、虎狼くんだけ少し離れて十八だそうだよ。だったよね、雀さん？」

やぶ医者はこぽこぽと茶を湯呑に注ぎながら、雀に確認する。

「そうですよぅ。玉鶯さまの子どもは、長男長女次男と続いて、三男だけは少し年が開いて十八歳ですねぇ」

雀は温め直した汁物を並べる。猫猫は椀を受け取り、やぶ医者と少し離れたところにいる李白に渡す。やぶ医者は座ったまま茶を準備し、李白は警備を怠らない。もう半年以上一緒にいるので、役割分担は慣れたものだ。

てきた。


「妙な並びですね。もしかして母親が違うのですか？」

猫猫は椅子に座り、饅頭《まんじゅう》を半分に割りつつ話す。中からひき肉と茸《きのこ》と筍《たけのこ》が入った餡《あん》が出てきた。

「いえ、玉鶯さまは、御父上の玉袁《ギョクエン》さまと違って奥方はお一人ですよぅ」

「へぇ、玉袁さまとは違うんだねぇ」

やぶ医者が意外そうに言った。茘《リー》では男が何人も妻を囲うことは珍しくないが、さすがに十一人の嫁を持った玉袁はねたにされる。皇帝でさえ、片手で足りる人数しか相手にしていなかった。後宮《こうきゅう》には総勢二千人の妃《きさき》と女官《にょかん》がいるが、家柄、資質などを考えると簡単にお手付きにはできないのだ。

「あっ、なんか噂《うわさ》を聞いたことがあるな。玉鶯さまの奥方について」

李白が口を出す。耳と口は会話に参加しているが、視線は医務室の外に向けている。

「どんな噂ですか？」

猫猫は観察し終わった饅頭をぱくりと口に入れる。味付けは中央ふうであり、妙に懐かしい味だ。

「元々、玉鶯さまの奥方は商売上手な方で、率先して働いていたそうだ。でも、次男を産んだあとに商売のため異国の交易船に乗ったのはいいが、船が難破したとか。運が悪いことに、国の情勢も良くなかった。そのせいで数年、異国に滞在することになったとか」

「すごい話ですね。でもそんな人なら、もっと出張ってもいいと思うんですけど」

玉鶯の奥方はまだ一度も見ていない。なので旦那を支える貞淑な妻だと思っていたのだが、その死後も全く顔を出さないのはおかしいと思っていた。

「数年後に戻ってきたとき、奥方はそれまでとは全く違って、目立たず陰で支える存在になったようですよ。まあ、異国でいろいろあったんじゃないですかねぇ」

雀が李白に代わって答える。よく見ると彼女の皿だけ饅頭の数が一つ多いが、注意すべきだろうか。

「玉鶯さまが異国嫌いなのは、奥方関連もあるのでしょうか？」

「さあ、どうでしょうねぇ。今はもうわからない話ですよぅ」

雀はあまり興味ないようだ。饅頭を美味しそうに食べている。

李白は奥方の話はそれ以上知らないらしく、饅頭を食《は》んでいた。特に追求する内容でもないと猫猫も思う。

「そういえば、前に診《み》た子どもは玉鶯さまのお孫さんだったねえ」

「はい。長女の娘ですね」

食べた髪の毛のせいで腸閉塞《ちょうへいそく》になった女童《めわらわ》だ。手術は天祐《ティンユウ》が執刀したが、その後の経過は猫猫が診た。もう問題なく抜糸も終えている。

「お腹《なか》を切っちゃって痛かっただろうに。もう傷口とか問題ないのかい？」

やぶ医者が心配そうに眉毛を下げる。

(傷口はほとんどわかんないよ)

悔しいことに天祐の手術の腕は大したものだ。あれでおかしな性格でなければいい医者になれるのだが、天は二物を与えないらしい。

「はい、今はたまに見に行くだけです。ちょうど明日ですね」

経過は順調だ。どこぞの腹焼き天上人も見習ってほしい。

「そうかい。ならよかったよ」

やぶ医者はほっとしているが、それよりも自分の足の心配をしたほうがいいと猫猫は思った。

四話　深窓の奥方

翌日、猫猫《マオマオ》はやぶ医者に話していたように、玉鶯《ギョクオウ》の孫娘の診察に向かった。

（名前なんて言ったかな？）

固有名詞をなかなか覚えないのが猫猫だ。ともあれ問題なくやっているのでいいのだろう。

いつも通り李白《リハク》と雀《チュエ》とともに向かう。それから――。

「あっ、お気遣いなく」

なぜか玉鶯の三男、虎狼《フーラン》もついてきていた。

「たまには姉と姪《めい》っ子の顔でも見ようかと思いましてついてきました」

「お仕事はよろしいのですか？」

（月の君に仕えられて光栄とか言ってただろうが）

猫猫は顔に出さないように訊《たず》ねる。

「ご安心を。仕事も兼ねてです。父がやっていた仕事について詳しい話を聞きたいと思いましまして」

「姉君に相談ですか？」

仕事をしているようには見えなかったが、と猫猫は首を傾げる。

「いえ、母です。母は本邸は騒がしいとのことで、今は姉の元にいます」

噂《うわさ》に聞く母親だ。

（つまり表舞台から退いたが、裏方として玉鶯を手伝っていたと）

ならば、仕事について母親に聞くのはおかしくない。

玄関先には、患者である女童《めわらわ》とその母親、それから四十をいくつか過ぎた女がいた。

（あれが虎狼の母親か？）

何度か訪問していたが初めて見た。母親は、猫猫たちではなく虎狼を待っていたのだろうか。

（仮に虎媽媽《フーママ》としておこう）

紹介されるかどうかはわからないが、そう何度も会うとは思わないので名前を覚える気がしない。同じように姉は虎姉《フーあね》としておこう。虎姉は母子だけあって虎媽媽に似ているが、虎媽媽のほうが庇護欲《ひごよく》をそそるような美女だった。若い頃はさぞやもてただろうと想像できる。

「母上、姉上、お久しぶりでございます」

虎狼が深々と頭を下げる。

「お久しぶりです」

虎妈妈は虎狼に答えてから猫猫たちを見て、ゆっくり頭を下げる。虎姉と母子なので顔立ちは似ているが、控え目な雰囲気で目元が落ち着いていた。娘と違い、やや垂れた目が独特の色香を醸し出していた。

「虎狼、お客様の前ですので、挨拶はそこそこにしましょう。申し訳ありません、気が利かない息子でして」

虎狼の腰の低さは母親似のようだ。落ち着いた声が響く。

「いえ、お気遣いなく。それよりも、患者さんの傷痕を診《み》てもよろしいでしょうか？」

猫猫は孫娘のほうを見る。

「はい、小紅《シャオホン》をよろしくお願いします」

孫娘の小紅はぺこりと頭を下げる。小紅は愛称だろうが、正しい名前は憶えていない。以前と違い、黒く染められていた髪はだいぶ明るくなり、長さも切りそろえられている。根元が金に近い茶色で毛先の方は黒いので、墨汁で湿らせた筆先のようだ。

「それでは後ほど」

虎狼は虎妈妈と共に別行動だ。

猫猫たちはいつも診察している部屋に入る。診察といっても大したことはない。傷痕を診《み》るだけで、仕上げに傷が少しでも目立たなくなるように軟膏《なんこう》を塗る。

部屋には使用人はいない。傷痕が目立たないとはいえ、腹の手術については公にしたくないのだろう。大人になるまでに、ほとんど見えなくなれば御の字だ。

「今日で終わりです。軟膏が必要な場合は私のところに来ていただければ準備しますが、市販の物でも問題ないでしょう」

「ありがとうございます」

虎姉は深々と頭を下げる。

これといって用はないが、卓《テーブル》に茶と点心《おやつ》が用意されている。雀の目が輝き、「食べて帰りましょう」と言っていた。

「虎狼さんもまだでしょうし、ゆっくりしましょうよぅ？」

「別に虎狼さまと一緒に帰る必要はないと思いますけど」

面倒くさい年頃の娘たちのように、集団行動をする必要はない。護衛には李白がいるので問題ないだろう。

「餓えた雀さんに、こんな美味しそうなお菓子を食べるなと言いたいのですか、猫猫さん？」

「お食べなさい、雀さん」

「ひゅー、さすが猫猫さん、接吻《ちゅー》しちゃいたいです」

猫猫は口をたこのように尖《とが》らせる雀を押しのけた。

「ひどいですよぅ」

「はいはい」

猫猫は雀の目の前に乳茶を置く。

雀はさっと乳茶に蜂蜜を混ぜ、焼き菓子を頬張った。曲奇餅《クッキー》には干し葡萄《ぶどう》や胡桃《くるみ》が練りこまれており、芳醇な乳酪《バター》の匂いがした。胚芽《はいが》が含まれているのか少し色が悪いが、栄養価は高い。材料不足の中、十分贅沢《ぜいたく》な品だ。

猫猫も、ちまちま食べる。

李白といえば護衛任務のために美味しそうな点心をじっと眺めるだけだ。仕事とはいえ、少しかわいそうになる。

「あの、すみません」

猫猫は虎姉に声をかける。

「なんでしょうか？」

「焼き菓子をいくつかお土産《みやげ》にいただくことはできますか？」

やぶ医者へのお土産だ。

ちょっと図々しいお願いだと思ったが、虎姉はかすかに笑うと頷《うなず》いた。最初会った時のぴりぴりした印象よりずいぶん穏やかになっている。

「わかりました。すぐ用意します」

虎姉が部屋を出ようとしたところ、小紅が袖を引っ張る。

「わたしがもってきます」

小紅は少し嬉しそうに部屋を出る。こちらも、以前よりだいぶ明るくなったようだ。

「……」

雀がもぐもぐしながらにこにこと母と子の様子を見ていた。お土産《みやげ》の菓子をたくさんくれとでも思っているのだろうか。

「そういえば奥方さまが滞在しているのですね」

猫猫は、特に話題がなければ話さないが、話の種があったので口にしてみる。お菓子の礼に多少は愛想良くしておきたい。

「はい。本邸はいろいろ騒がしいとのことで、こちらに。小紅を心配してのことでもあるのですが」

虎姉は、実母が来ているのにどこか浮かない顔だ。

（親子仲はよくないのか？）

などと、猫猫が思っていると、外で「きゃっ！」という声が聞こえた。

虎姉は慌てて部屋の外に出る。

猫猫たちもその後に続く。

声の主は、小紅だった。屋敷の庭で誰かに髪を引っ張られている。それが誰かといえば――。

（あの生意気な餓鬼《がき》か？）

玉なんとかという悪餓鬼が小紅の髪を引っ張っていた。周りには悪餓鬼のお目付け役がいるが、止める様子もなくはらはらと見ているだけだった。

「玉隼《ギョクジュン》！　何をしているのですか！」

虎姉が慌てて小紅と悪餓鬼こと玉隼の間に入り、娘を庇《かば》って甥《おい》を睨《にら》みつける。

玉隼はといえば、指に絡んだ小紅の髪を取って捨てていた。

「なにをしているかと言われると、きたならしいそのかみをどうにかしてやろうとおもっただけです」

玉隼は悪びれることなく言ってのける。左手には泥団子を持っていて、小紅の髪にべったりくっついていた。

「きたなくないもん」

ぼそっと涙目で小紅が言った。

虎姉は、娘を庇いつつもどこか居心地の悪い顔をしている。

「小紅は汚くありません。あなたの従姉妹《いとこ》です」

「いとこ？　でも、そいつ、異国人みたいなかみをしています」

「これはたまたまです。西都でも多くの者が明るい髪をしているでしょう?」

虎姉は十にも満たない甥《おい》に丁寧に接しているが、かなり我慢していることがわかる。

「でも、むかしはおばさまも異国人をみると石をなげていたのではないですか? 父上からはなしをきいたことがあります」

玉隼が嫌な顔をする。

小紅は母親の顔をじっと見て、虎姉はさらに居心地悪そうな顔をする。

(あー)

やった覚えがあるのだなあ、と猫猫は納得する。今、玉隼がやっていることはかつて虎姉がやらかしたことなのだ。

(過去は変えられず、だからこそ余計に罪悪感が増す)

「ほら!」

その隙に玉隼が手に持った泥団子を振りかざす。

「はいはい、おいたはやめましょうねぇ」

泥団子は玉隼の手から離れることはなかった。拳ごと雀の手のひらにおさまったのだ。

(いつのまに?)

雀は一瞬で玉隼の後ろに移動していた。

「おい! なにすんだ!」

「あのですね、西都では水は貴重なんですよぅ。こんなもので汚したら、洗うの大変じゃないですかぁ？」

雀は笑ったまま、玉隼の手のひらごと泥団子を握りつぶす。玉隼は痛かったのか、雀が手を離すと顔を歪《ゆが》めながら左手をさする。

「おい、なにすんだ！　おれがだれかわかっているのか？」

玉隼は半分涙目になりながら、雀に噛《か》みついてきた。

「はい。玉袁《ギョクエン》さまの曾孫《ひまご》であり、玉鶯さまの孫であり、鴟梟《シキョウ》さまの長子であられる玉隼さまです」

「わかっているなら――」

「しかーし！」

玉隼の声を遮り、雀が話し出す。

「髪は女の命という言葉がありますよぅ。まあ、本当にそうか知りませんが、まず女性にもてないことこの上ない行為ですねぇ」

雀は髪を引っ張られていた小紅を見る。小紅は母親の後ろで目に涙をためて、鼻をすっていた。

李白は、護衛として猫猫たちのそばを離れないが、干渉するつもりはないらしく遠巻きに見ている。李白にとって子どもの喧嘩《けんか》の範囲なのだろう。

猫猫とて雀が出しゃばっているので、よってたかって子どもに詰め寄るつもりはない。ただ反省がないくそ餓鬼《がき》という印象がさらに濃くなる。

「はあ、こいつのかみなんざしらない。なによりこの間までかみをそめてたんだぞ。こいつはきっと異国人だ。異国人のとりかえ子でおれたちの一族にがいをなすんだ」

「取り換え子？」

猫猫が首を傾げる。話に入るつもりはないが、聞き慣れない言葉なので、条件反射で口に出ていた。

「取り換え子というのは、妖怪か何かが生んだ子を自分の子と取り換えたら、その取り換えられた子どものことを言うんですよぅ」

雀がご丁寧に説明してくれる。

「みてわからないか？　こいつのおやはどちらもかみが黒い。こいつだけこんな色なのはおかしいだろ？　おれのいとこっていうのはうそだ！」

（鬼子《おにご》のようなものか？）

親と違った姿で生まれてくる子どもを鬼子という。名前の通り不吉の象徴だ。

しかし猫猫としては訂正しておかねばならない。

「黒髪同士でも違う髪色の子どもは生まれますよ。たとえば猫の子なら、兄弟でも白黒だったり縞模様だったりしますでしょう？」

猫猫なりに子どもにもわかりやすく説明したつもりだが、玉隼という悪餓鬼は聞く耳を持とうとしない。お目付け役の侍女をにらんでこいつらをどうにかしろと訴えかけるが、侍女は目をそらすだけだ。

（やぶ医者を怪我《けが》させた時から反省がない）

一発殴ってやったほうが早いがどうしようかと、周りを窺《うかが》っていると――。

「玉隼さま。あなたは偉いのですか？」

雀はいつも通りの食えない笑顔を向けながら問う。泥だらけの手をぱんぱんと払い、粉を落とす。

「えらいに決まっているだろ！　おれはぎょくじゅんなんだぞ！」

「はい、知っております。ではなんで偉いのですか？」

「おれは、このいえのちょうなんのちょうしだ。いつか西都をおさめることになる」

「つまり、鴟梟さまの子だから偉いのですか？」

「そうだ！」

大きく胸を張る玉隼。

（親の威《い》を借《か》るなんとやら）

虎姉が玉隼に大きく出られないのはこの一点だろう。

猫猫は虎姉にすがりつく小紅の頭頂部を見る。猫猫の忠告通り、髪を染めることはやめたのか、明るい色がだいぶ伸びていた。しかしかなり強く引っ張られたのか、根元がうっ血している。猫猫はすうっと心が冷めていく感覚がした。

「じゃあ、鴟梟さまはどうして偉いんですか？」

雀に代わり質問する猫猫。雀は一歩下がって、猫猫に会話を譲る。

「それはおじいさまの子どもだから……」

「へえ」

猫猫は唇を歪《ゆが》めた。

「玉鶯さまはもういないのに？」

猫猫は、にやりと笑みを浮かべる。

子ども相手にしてはひどく意地悪な言い方だ。言葉の刃《やいば》でえぐるような感触。

玉隼から表情が消えた。

中央から見たらどうであれ、西都では慕う者が多い人物の死をこの場で口にするのはどうか。

猫猫は下劣な行為だと思ったが、反省はしない。

小紅の母親である虎姉は何も言わない、言えないのだから仕方ない。

「まだ鴟梟さまがいる？　でも鴟梟さまは自由気ままに生きてらっしゃるようですが、西都を治めるのですか？　それとも、あなたが西都を治める器だと？」

まだ十にもならない子どもにきつい言い方かもしれない。でもわかるべきだ。

「あなた自身は偉いんですか？」

こんな生意気な餓鬼《がき》がなんの躾《しつけ》もされず育ったとして、まともな為政者になれるわけがない。

なんの学もなく、血筋だけで親と同じ地位につけるという思い込みは、いつか足をすくわれるだろう。

みるみる玉隼の顔色が変わっていく。子どもなりに理解したのだろうか。

西都では絶対的な強者の息子、孫。だが、強大な庇護者《ひごしゃ》ですらいつ死ぬかわからない。そして、庇護者を失った子どもは、良くても傀儡《かいらい》、悪ければ追放されるものだ。

「と、父さまが死ぬわけない！」

「人間いつ死ぬかわからないものです。あと、小紅さまの頭を治療してもかまわないでしょうか？」

猫猫は小紅の手を引っ張り、元いた部屋へ戻ろうとしたが――。

「お待ちください」

よくとおる声が聞こえた。振り向くと、中年の女性が立っていた。虎妈妈だ。

「おばあさま！」

玉隼が祖母である虎妈妈に抱きつく。その後ろには、虎狼もいる。

「あいつが、あいつらがひどいことをいうんだ！」

玉隼が泥だらけの手で祖母に抱きつく。さっきまでの生意気な態度とは裏腹に、可愛い孫を前面に出している。

虎狼は甥《おい》の行為に苦笑いを浮かべ、猫猫たちに謝るように手を合わせていた。

虎媽媽は、玉隼に視線を落とし、次に猫猫、虎姉に小紅と移動し、最後に雀で止まる。

「何やら騒がしいと思いましたが、何があったのですか？」

孫を落ち着かせるような優しげな声が響く。

「あいつらが、父さまが死ぬといったんだ！」

さすが子どもだ。いろいろ曲解した言い方をして、自分が悪くないと主張する。

だが、虎媽媽は顔を曇らせ、ちらりと虎狼の表情を確かめる。虎狼は何もしゃべらないが、表情で甥っ子の味方をするつもりじゃないのがわかった。

「玉隼、それは本当ですか？」

「はい、もちろん」

「本当に？」

「は、はい」

「私はずっと見ていましたよ？」

祖母の一言に玉隼の顔がまた一変する。思わず叔父である虎狼の方を見るが、虎狼は助けようとはしない。

（なんとも百面相なこと）

祖父と違って孫はまだ全然腹芸ができないようだ。

「あなたは小紅に何をしていたのですか？　その泥で汚れた手は何ですか？」

「ええっと、それはごかいで……」

しどろもどろに玉隼は言い訳を始めるが、一部始終見られていたのなら仕方ない。しかし、同時に猫猫としてもだらだらと汗が流れる。

数秒後、呆《あき》れたように虎媽媽が息を吐く。

「玉隼、あなたは部屋に戻りなさい。連れていってちょうだい」

虎媽媽が侍女に言った。玉隼は侍女に連れられて、背後でべぇと舌を出しながら去っていく。

「お客様の前で失礼いたしました」

虎媽媽は猫猫と李白にそれぞれ頭を下げる。孫息子がろくでもないことはわかっているらしい。猫猫は玉鶯の死のことを引き合いに出したので何か言われるかと思ったが、何も言われなかった。

それから、虎媽媽は虎姉と小紅の方を向く。

「小紅、ちょっと来てちょうだい」

虎姉のうしろに隠れていた小紅が祖母に近づく。虎媽媽は手櫛《てぐし》で小紅の髪を梳《す》いた。

「問題なさそうね。玉隼はあとで言い聞かせておくわ」

「お母さま！」

虎姉は憤慨《ふんがい》したように、母親を見る。

「なんですか？」

「それだけでしょうか？　玉隼の小紅に対する嫌がらせは知っていたのでしょう？　なら、なんで私の家に連れて来たのですか？」

（連れて来たか）

本来なら玉隼は本邸にいるはずだ。虎姉としては、わざわざ娘をいじめる甥《おい》っ子を連れてきてほしくないだろう。

「玉隼も本邸で大変なのです。それはわかってやりなさい」

「でも！」

「あの子の母親では、守り切れないから仕方ないでしょう？」

（母親？　守り切れない？）

母親というと先日、やぶ医者に怪我《けが》をさせた件で謝りに来ていた女のことだろうか。玉隼の頭を無理やり下げさせつつ、自分も泣いていた人だ。ろくでなしの玉鶯の長男の話はよく聞くが、その嫁の話は聞かない。

「それよりもお客さまを待たせてはいけませんよ」

（それよりもって）

言いたいことはわかるが、言い方が気に障ることもある。虎姉はぎゅっと唇を噛《か》んで、虎媽媽を睨《にら》んでいた。

虎媽媽は何事もなかったかのように去る。虎狼もぺこぺこと頭を下げてついていく。

虎姉はそれでも猫猫たちに虚勢を張るだけの気持ちはあったらしく、ぎこちない笑みを浮かべた。

「お恥ずかしいところをお見せしました。戻りましょうか？」

虎姉がかなり無理をしていることがよくわかった。

「あ、あの」

小紅は鼻をすすりつつ、猫猫の裳《スカート》を引っ張る。

「おじいさまのわるくち、いわないで」

玉鶯は、玉隼だけでなく小紅にとっても祖父である。

「……すみませんでした」

猫猫はその件については、自分に非があると素直に謝った。

五話　三男次男長男

虎狼《フーラン》は、猫猫《マオマオ》たちのまわりで仕事をすることが多かった。

「申し訳ありません。馬車の手配を頼みたいのですが」

本邸の回廊で、丁寧に使用人に話しかける虎狼。使用人は腰の低い虎狼に慣れている様子なので、虎狼が壬氏《ジンシ》の前でだけ猫を被っているわけではなさそうだ。

「本当に玉鶯《ギョクオウ》さまの息子なのかねえ」

李白《リハク》が目を細めながら、回廊を歩く虎狼を見る。巨漢の武官の手には鍬《くわ》があり、畑を耕している。別邸に続き本邸の庭も畑にしていいと許可が出たため、羅半兄《ラハンあに》がせっせと耕し始めたのだ。李白は護衛として突っ立っているだけでは体が鈍《なま》るからと、鍛錬も兼ねて畑仕事を手伝っている。

そして、開墾された畑を涙目で見ているのが本邸の庭師だ。温室担当の庭師がぽんぽんと肩を叩《たた》いて慰めている。庭師たちの敵は猫猫一人ではない。

「似てない親子などいくらでもいますから」

猫猫は薄切りにした胡瓜《きゅうり》を天日干ししている。温室の庭師が睨《にら》んでいるが、気が付かなかったことにしておく。

　玉鶯がいなくなり、西都の政治形態はだいぶ変わった。壬氏が表に出てきたことで、進められていた軍拡の動きは控えめになり、食糧をどう安定させるかが目下の課題となった。

　憎き飛蝗《バッタ》どもは、ここ数か月の間に何度か西都を襲った。しかし、人間とて慣れる。何度も繰り返すうちに、平然と飛蝗と暮らすようになる。

（麻痺《まひ》しているんだろうな）

　それでも、飛蝗がいたらできる限り殺して、飛蝗が産卵しそうな場所は耕しているらしい。孵化《ふか》してまだ飛べぬうちに草原を野焼きしようかという案もあったそうだが、中央と違い、雨が少ない乾燥地帯ではどこまで燃え広がるかわからないのでやめたという。

　地道な人海戦術が続いている。秋耕《しゅうこう》を兼ねて畑の開墾を進めていた。ここ数か月、商売もままならぬ人たちが無職になっているので、率先して雇っている。

（冬までにいくら作物を収穫できるか）

　そこが最重要事項となろう。

　猫猫が干した薄切り胡瓜を触りながら確認して、乾いたものを集めていると、屋敷の回廊から小走りで駆け寄ってくる影が見えた。

「猫猫さま！」

虎狼だった。敬称をつけられていることに居心地の悪さを感じる。

「李白さまも失礼します」

「ええっと、虎狼さまですよね？　俺はただの護衛なので、敬称をつけられるとやりにくいんですけど」

猫猫が言いたいことを李白が全部言ってくれた。

「いえ、僕は政治のことには疎《うと》いもので、今やっている仕事もまだ使い走りという、ただの世間知らずです。猫猫さまは女性でありながら、医療従事者としてもう何年も勤めておられると聞いております。李白さまは今回、月の君の指名で西都へやってこられたと聞いております。尊敬に値する方々に失礼を働くわけにはいきません。何より役職も何もない下っ端です。これはけじめですのでご了承ください」

ふんっと鼻息を荒くする虎狼。目は本当にきらきらしていて、嘘《うそ》を言っているようには思えない。

（訂正するのも面倒くさそうだ）

なので、猫猫はそのまま受け入れることにする。

「では、虎狼さま。なにか私どもに御用ですか？」

「はい。月の君から書類を預かってきました。楊《ヨウ》医官、李《リ》医官にも同じものをお渡しする予定です。医療に携わる者としての見解を聞かせてほしいとのことで、ご確認いただけますか？」

猫猫は渡された羊皮紙を開く。西洋筆《ペン》で書かれており、壬氏の筆跡とは違う。使い慣れた筆遣いなので、西の者、虎狼が書いたのだろうか。

（体のむくみ、出血、貧血、下痢《げり》、嘔吐《おうと》……）

体調不良の内容が書かれている。

「医者や薬師《くすし》がいない地方で見られる体調不良をまとめて書きました。治療はできないまでも、予防策、対処法があれば細かく書いてほしいとのことです」

田舎では医者や薬師がいないのは珍しくもない。病気になれば民間療法で治す、ひどいものでは呪術師に祈祷《きとう》してもらって終わりだ。まともな治療などない。

「指示内容は具体的なものがいいです。なお、物資に限りがあるので、代替案をいくつか書いていただけるとありがたいです。今の戌西州《いせいしゅう》では『足りない』が基本なので」

もっともだ、と猫猫は頷《うなず》く。しかし、この場でさらさらと書いて渡せる量ではない。

「では、医官さまにお渡ししておきます。少しお時間を頂いてよろしいでしょうか？　夕方には書き終わると思います。月の君にお渡しすればいいですか？」

あくまでやぶ医者がやるという体裁で受け取る。

「いえ、私が夕刻また取りに来ます」

「さすがにそれは……」

ならば雀《チュエ》あたりが通りがかったときに渡しておこうかと提案する。

「いえ、僕が確かめたいんです」

きりっと断る虎狼。

「実は僕が提案した話なので、確認をしておきたいんですよ」

「そうでしたか」

（目端《めはし》が利くんだ）

猫猫は感心する。確かに有能だと言われていた奥方に育てられたのであれば、補佐官としては優秀に育つだろう。だが、あくまで補佐官としてだ。

「あと、ついでですが、医療従事者がいない地方で気を付けることはありませんか？」

「そう言われましても」

猫猫は腕を組んで考え込む。

「医者がいないような地域では迷信が信じられていることもありますね。呪術師がいると、医者は邪魔だからと追い出されることもあるとか」

これは、克用《コクヨウ》の体験談だ。猫猫は、あの顔半分に疱瘡《ほうそう》の痕がある男を思い出す。

「あと、体が弱ると疫病が流行《はや》り出しますね。知らずに疫病を運んでしまわぬよう、回る人員の健康管理はしっかりしたほうがよろしいかと」

「わかりました」

他にもいくつでも出てくるが、細かいことはあとでまとめて書き出せばいいだろう。

「では、お手数かけますがよろしくお願いします」

ぺこりと頭を下げ、虎狼は行ってしまった。

「本当に、全然似てねえなあ」

「似てないですねえ」

猫猫と李白はしみじみ思うのだった。


玉鶯の三男虎狼は、玉鶯に似ていなかった。では次男はどうだろうかと言われると、次男は次男でやはり似ていなかった。

次男の飛龍《フェイロン》はきっちりした身なりのいかにも文官という風貌だった。

虎狼と違って妙な威圧感がある。どちらかといえば、玉鶯の長女とはその雰囲気が似ていた。

本邸と公所《やくば》はお隣同士で、二か所を直接つなげている通路がある。主に公所にいる彼は、たまに見かけることがあった。

飛龍は陸孫《リクソン》についているが、壬氏のもとへ書類を持ってくることが多い。もしかしたら、皇族とより多く顔を合わせておいたほうがいいという陸孫の配慮なのだろうか。それとも、壬氏に仕事を押し付けたいためかわからない。

「書類を持ってきました」

飛龍が診察の時間にやってきた。

猫猫は、やぶ医者が邪魔にならないように後ろへと引っ張る。飛龍は丁寧に壬氏にあいさつするとともに、副官である馬閃《バセン》に渡す。渡された書類は留め具で三つに分けられていた。

「赤い留め具は新しいもの、青い留め具は再考の余地があるもの、黄色い留め具は以前却下された案のやり直し分です」

(ほうほう)

飛龍も飛龍で優秀だ。ただ、礼儀正しいが愛想はない。これまた玉鶯に似ていない。玉鶯が長男にこだわったのは、下の二人がどちらも自分に似ていなかったせいだろうか。

(顔立ちというより雰囲気だな)

飛龍も虎狼も、どちらも優秀だが文官型に見える。ただ、今は副官として勉強中なので問題ないが、これから西都の頂点に立つのかということについては少し首を傾げる。

(壬氏は政治の教育が終わったらすぐ帰るつもりみたいだったけど)

これは、数年がかりになるのではなかろうかと猫猫は思った。

では、長男はというと、意外なほど早く出会えた。

「父上、父上、父上！」

玉隼《ギョクジュン》の嬉しそうな声に、猫猫は窓の外をのぞく。

中庭で父子が対面していた。半分畑になっているので元中庭と言ったほうが正しいだろうか。

あのくそ餓鬼《がき》もとい玉隼が懐いている男。獅子《しし》のようなぼさぼさ髪に、日焼けしたいかつい手足。腰には獲物と見られる鹿《しか》の毛皮を巻いている。

（あー、そっくりー）

玉鶯を若返らせたらそのままという風貌の男だ。玉隼についている侍女は気が気でない顔をしている。母親はいない。政略結婚のようだし、夫婦仲はそれほど良くないのかもしれない。

（関わらないほうがいいな）

などと猫猫は思いつつも、そっと窓からのぞき見する程度には興味があった。やぶ医者と李白も同様だ。

「おーし、いい子にしてたか。よしよし、土産《みやげ》だぞ」

長男は玉隼に大きな頭陀袋《ずだぶくろ》を差し出す。わくわくした顔で玉隼が中身を見ると、その瞬間泣きだした。

（何が入っていたんだ？）

袋から零《こぼ》れ落ちたのは、鹿《しか》の頭だ。子どもへの土産《みやげ》にしては刺激が強すぎる。

「ははは、今日はこれが飯だぞ」

「こ、こんなの食べるの⁉」

涙目で鼻水を垂らしている玉隼。我慢したかと思いきやすぐさま泣き出してしまう。

「悪かった、悪かった。泣くな、泣くな。しかし、俺が留守中にいろいろあったみたいだが、なんだ？」

「……」

玉隼はこそこそと父親に耳打ちをして、医務室のほうを指さした。侍女は青ざめた顔をしている。

（いやーな予感）

猫猫の予感は当たり、長男は医務室に入ってきた。

「なにか御用でしょうか？」

そこへずんと立ちふさがるのは李白だ。普段は気の良い好漢だが、今は武官らしく鋭い目つきをしている。

「息子から聞いてな。中央からのお客さんはずいぶん好き勝手しているようだから挨拶に来たわけだ」

玉隼が父親の陰で、べぇと舌を出している。

（あのくそ餓鬼《がき》）

やはり反省はしていなかったと猫猫は目を細める。やぶ医者が怯《おび》えているので、部屋の奥で隠れているようにと押し込む。

「好き勝手とは申し訳ない。だが、蝗害《こうがい》で西都が散々な状態だ。手探りで何か打開策がないかやっている最中なんだ。それとも、お客は何もせずにぼんやり無駄飯だけ食らえと言いたいんでしょうか？」

李白の身長は六尺三寸《百九十センチ》、いや四寸あるだろうか。対して、長男は二寸《六センチ》ばかり小さいがそれでも大柄の部類だ。小男で宦官《かんがん》のやぶ医者が怯えてもおかしくない。

猫猫は、くそ餓鬼をどうにか躾《しつ》ける機会がないかと考えながら、周りを見る。

（もしここで手出しされたら、なけなしの薬や道具が台無しになる）

李白に視線を送り、殴り合いになるなら外でやれと訴え続ける。

「はは、すげーな中央のお偉いさんは。確かに尊き血筋の御方に俺がどうこう言えるわけじゃあねえ。でも、その手下まででかい顔してるっていうと、こっちも面子《メンツ》が潰れるってわかるだろう？」

「ご冗談を。俺はこの通り下っ端の武官ですよ。言われた命令にしか従いません。ここは医官さまがいる場所なんで、外に出て話し合いましょうや？」

（よし、いいぞ）

猫猫としては、医務室を荒らされることだけは避けたい。李白は理解し、外に出る。もし長男が手を出したとしても、李白ならしばらく持ちこたえられるだろう。その間に、誰か呼べばいい。

(喧嘩《けんか》しないことが一番だけど)

もう一触即発の空気だ。

(李白は立場がわかっている)

李白の仕事は護衛だ。護衛ゆえに、長男が手出ししたら猫猫たちを守るために対処しなくてはいけない。だが、逆に先に手を出してはいけない。

そして、喧嘩の原因となったくそ餓鬼《がき》と言えば。

(震えてる)

玉隼は、侍女にしがみついていた。

残念だが前回のようにやぶ医者を狙うことはできない。李白の他にも二人、護衛がいる。

(なんかあったら、他の護衛も含めて袋叩《ふくろだた》きに……)

などと考えていたら、ぱたぱたと近づいて来る影が見えた。

「鴟梟《シキョウ》兄さん！」

虎狼がやってくる。

長男は鴟梟といううらしい。梟《ふくろう》の別名でもあるが、虎狼と同じく、あんまりいい意味では使われない言葉だ。

（玉《ぎょく》はつかないのか？）

ふと考えてしまう猫猫。

「何をしているんですか？」

「何をって言われても、見ての通りだ。客人が好き勝手しているらしいな。うちの者を使用人のように使っているとか」

（使用人ねえ）

たしかに次男と三男は副官になり、見ようによっては小間使いに見えるだろう。悪餓鬼玉隼以外に、中央から来た者が気に食わないと告げ口した使用人がいたようだ。

「兄さん、ちゃんと他の者の話も聞いてください。玉隼の言葉だけを鵜呑《うの》みにしているのではないでしょうか？」

「いや、それを今、確認しようと聞いていたら、表へ出ろと言われたわけだが」

（いやいやいや）

さっきの流れは、完全に向こうから喧嘩を売っているようにしか見えなかった。李白も困惑している。

「僕と飛龍兄さんは、月の君に頼んで教えてもらっているのです」

「そうかい？」

「あと、客人に無礼を働いたのは、隼のほうですよ」

「ほう」

ぎろりと息子を睨《にら》む鴟梟。玉隼は小さくなって涙目になっていた。

「こちらの医官さまに怪我《けが》をさせました。医官さまは数日歩けない状態でした」

すかさず猫猫が前に出て発言する。

「本当か、玉隼？」

鴟梟は玉隼を睨む。

「……お、おれは」

「言い訳は聞かねえぞ」

低い獣のような唸《うな》り声が響いた。やぶ医者が部屋の奥で体を震わせている。

玉隼は、こくりと頷《うなず》く。

鴟梟は呆《あき》れたように首の裏を掻《か》くと、息子への土産《みやげ》の頭陀袋《ずだぶくろ》を持ってきた。

「ほれ」

鹿《しか》の頭が入った袋は李白の足元に転がり、中の鹿が飛び出す。濁った目がぎょろりと空を見ている。

「息子の非礼を詫《わ》びる。これで手打ちにしてくれや」

そう言って、鴟梟は去っていった。

（話に聞いていただけのことはある）

無頼漢《ぶらいかん》、猫猫の頭にそんな言葉が浮かんだ。

「すみません、兄が面倒をかけたようで」

「いえ。助かりました」

猫猫は虎狼に礼を言う。

部屋の奥からやぶ医者がおずおずと出てくる。大丈夫かい、と目で周りを窺《うかが》っていた。

「自分の父親が味方につかないとなれば、玉隼もおとなしくなると思います」

「そうだといいですけど」

全然反省しない子どもだ。また、何かやらかす気がする。

「ところでこれ、どうやって食べるんですか？」

猫猫は虎狼に聞きながら、生臭い頭陀袋の中を見る。貰ったのはいいが、食べ慣れない食材だ。

「うーん。出汁《だし》をとって羹《スープ》にしたり、脳みそを茹《ゆ》でて食べることはありますね。物好きは毛皮を綺麗に剥《は》いで飾り物にしたりしますけど」

あいにく、鹿の頭を飾る場所はない。

「脳みそですか。それは気になりますね」

未知の食材は、ぜひとも口にしなければならない。

「脳みそ食べちゃうのかい!?」

やぶ医者は信じられないものを見るような目をしている。

「せっかくなのでいただきましょうよ」

「私はちょっと……」

やぶ医者は引いている。

「俺は軽く味見くらいでいいわ」

李白もあまり乗り気ではないらしい。

猫猫は濁った目の鹿《しか》を見ながら、どうせなら角もくれたらよかったのに、と息を吐いた。鹿茸《ろくじょう》は滋養強壮の薬になる。

六話　葡萄酒醸造所《ぶどうしゅ》

本邸に移動してから十日。雀《チュエ》が医務室にいる猫猫《マオマオ》のもとにやってきた。

「猫猫さん、猫猫さん」

「雀さん、雀さん、なんですか？　今日はなんだかいつもより嬉しそうですね」

猫猫は大きな布を鋏《はさみ》で切り裂きながら訊《たず》ねる。さらしとして使うために古くなった敷布《シーツ》を断裁していた。

「はい。実は、外出許可が出そうなんですよ」

「それは良かったですね」

「さてそこで問題です。どんな理由で外出許可が出そうなのでしょうか？」

猫猫は鋏を置き、裂いた布を丸めつつ考える。

「医療関係ですか？　街の診療所の人手が足りないから手伝いとか、それとも炊き出しの栄養状況の改善、もしくは飲み水の水質改善ですか？」

猫猫が関われるとしたら、誰かの健康管理くらいだ。

「惜しいですねぇ。雀さんにはよくわかりませんが、月の君曰《いわ》く、『久しぶりの事件だ』

だそうです」

「……あー、はいはい」

壬氏《ジンシ》からだと、確かにずいぶん久しぶりだ。後宮《こうきゅう》時代は毎回持ってきていたのが懐かしい。

「どのようなお話でしょうか？　月の君の部屋へ向かえばよろしいのですか？」

「それにつきましては、案内人がもうすぐ到着しますよぅ」

雀が外を見る。

虎狼《フーラン》が急ぎ足でやってきた。

「猫猫さま、お邪魔します」

「はい。どうしましたか、虎狼くん」

雀が猫猫の前に立って代わりに対応する。

「月の君からのご用件です。すでに雀さんが伝令に来ていたようですね」

「はい、そうですよ。私の仕事を取らないでほしいですねー」

（つまり、仕事を怠ける場所を奪うなと？）

猫猫の耳に、雀の言葉が自動的に翻訳されて聞こえてしまう。

「いえいえ、そんなつもりはございません。どこまで説明されましたか？」

「本題はまだですねー」

「では、急ぎの用ですので道中話しながらでも問題ないでしょうか？　もう馬車は用意していますので」

こういう話の切り口は良くない。出かけてからでは、断りたい用事でも断れなくなる。

「雀さんの仕事を取らないでいただけますかねえ、虎狼くん」

（とはいえ）

壬氏からの仕事であれば結局やることになるので諦めた。

「かしこまりました」

李白《リハク》も雀の話を聞いていたのか、外出の準備をする。

「ひとまず、医療器具の類を持ってついてきてください」

「いってらっしゃい、気を付けるんだよ」

やぶ医者はついていく気がないので、他の護衛とともに留守番だ。護衛は二人ついているから問題ないだろう。

「はいはい、いってきますね」

猫猫は道具をつっこんだ鞄《かばん》を持って医務室を出た。

馬車に乗って向かった先は、西都の北東にある建物だった。病人が複数いるので、診《み》てほしいというのが馬車の中で聞いた概要だが――。

「ここは……」

猫猫は目を輝かせる。

「さっきまでやる気のない顔をしていらっしゃったのに」

不思議そうに虎狼が見ている。

「嬢ちゃんは酒好きだから」

李白が呆《あき》れたように見る。

「ふふふ。なかなかの場所でしょう？」

雀がなぜか偉そうに胸を張っていた。

近づいただけで、もわんと鼻孔いっぱいに広がる葡萄《ぶどう》と酒精《アルコール》の匂い。これを夢の空間と言わずして何と言おうか。

建物は葡萄酒の醸造所だった。猫猫は、西都の良質の葡萄酒を何度か口にしている。先日、虎狼が持ってきた葡萄酒はここの物だろうか。

「嬢ちゃん、涎《よだれ》たれているぞ」

肘《ひじ》で小突《こづ》く李白に、猫猫は慌てて口を拭う。

「猫猫さん、帰りに何本かお土産《みやげ》にもらって帰りましょうよ」

「いいですね、雀さん」

「俺も悪くねえと思うけど、この面子《メンツ》じゃ誰も止める奴いねえじゃねえか」

李白が呆れる。やはり羅半兄《ラハンあに》はつっこみが不在の時に必要だ。

「数本くらいならいただけるかと思います。叔母がやっている醸造所なので」

虎狼が嬉しいことを言ってくれる。

「叔母、というと？」

「はい。父の妹です」

「玉袁《ギョクエン》さまの三女ですね」

雀が補足する。

「ええっと、玉鶯《ギョクオウ》さまの長男のかたに多大な迷惑をかけられたという？」

猫猫はちらっと聞いた話を思い出す。

「ええ……。でもご安心を。叔母は鴟梟《シキョウ》兄さんには厳しいですが、僕には比較的甘いので」

苦笑いを浮かべる虎狼。

鴟梟とかいうどら息子が密造酒を売りさばいたせいで、風評被害を受けたところのはずだ。

「あの人が叔母です」

虎狼の視線を追うと、猛禽類《もうきんるい》を思わせる美女がいた。まだ若く二十代後半くらいに見える。しかし、玉袁の三女というともう少し年齢は上だろうか。

桃美《タオメイ》と雰囲気は似ているが、こちらはいくらか化粧と服が派手だ。

「叔母はああ見えて三十代半ばですので、言動には気を付けてください」

「わかりました」

猫猫が気になったことをしっかり注意してくれる虎狼。

「あなたが手配された薬師《くすし》ね」

猫猫は三女から、値踏みするような目で見られた。

「はい。猫猫と申します」

「医官さまは、怪我《けが》で来られないから代わりにって聞いたけど大丈夫かしら？」

やぶ医者はまだ足の怪我を療養中としている。もうだいぶ治っているがしばらくその方便が使えそうだ。なにより本人がさほど出かけたくないと思っているから仕方ない。

「医官さまには及びませんが、尽力いたします。病人が多数出ていると聞き、さっそく容体《だい》を診《み》たいのですがよろしいでしょうか？」

「わかったわ。ついてきてちょうだい」

猫猫は黙って三女についていく。

案内された先は、休憩所のようだ。寝台もいくつかあり、仮眠室も兼ねているらしい。横たわっているのは、五人。みんな真っ青な顔でげっそりしている。桶《おけ》を抱え、嘔吐《おうと》を繰り返していた。

「朝は元気だと思ったのに、昼前にはこの通り。一応、疫病の可能性も考えて、隔離したわ」

「賢明なご判断です」

猫猫は早速前掛けを着けて口を手ぬぐいで覆う。

「私は何をすればよいですかー？」

雀が訊《たず》ねる。

「まず私が中の人を診ます。とりあえず水分補給が必要なので、飲料水と塩と砂糖を持ってきてくれますか？　難しいなら薄めた羹《スープ》の類でも構いません」

「わかりましたー」

とてとてと去っていく雀。

「僕も雀さんについていきます」

虎狼も雀の後を追う。

「俺は部屋の前で待機しているぞ」

「はい、李白さま。何かあればすぐ呼びます」

感染症だった場合、下手に何人も部屋に入るのは良くない。李白はそのことをわかっているのだ。

「悪いけど、私もここで待っているわ」

三女は遠巻きに見ている。

（冷たいようだけど判断は正しい）

玉鶯の妹らしいが、性格は全然違う。どうにも楊《ヨウ》一家は、それぞれ性格が多様性に富んでいる。

猫猫は休憩所へと入り、より容体《ようだい》が悪い患者を診《み》る。最も苦しそうなのは、五人のうち一番年配で白髪の老人だった。

（症状は嘔吐《おうと》、全身が火照《ほて》っている。頭も痛そうだけど――）

老人の目や舌、脈を診る。まだぐったりとして呂律《ろれつ》が回らないようなので、比較的元気そうな患者に話しかける。

「どんな症状ですか？」

「……っはい。すごく、気持ち悪いです。頭も、がんがんしてて、立ち上がるとふらふらして、吐き気はだいぶおさまりましたけど」

「吐き気だけですか？　腹痛や下痢《げり》は？」

「……それは。ないです、ね。胃はむかむかします」

（それって）

猫猫はじっと周りを見る。他の皆もほぼ同様の症状だ。桶《おけ》に嘔吐する者はいるが、厠《かわや》に駆け込む者はいない。

「もう一つ質問しますね」

猫猫は他の患者にも同じことを聞いた。その証言をまとめると、何が原因か結論が出る。

（これはこれは）

猫猫は大きく息を吐いて部屋を出た。

「どうだったかしら？」

感染を恐れて離れていた三女が訊《たず》ねる。

「感染症の恐れはありません」

「そう……。じゃあ何が原因なの？」

「皆さん、仕事として酒を試飲したそうですね。一番ご年配のかたは、他のかたよりたくさん酒を飲んだようで」

「もしかして、酒に毒が!?」

「いえ」

猫猫は首を横に振る。

「ただの二日酔いです。日をまたいでいないので、悪酔いといったほうが正しいでしょうけど」

猫猫は口の手ぬぐいと前掛けを取った。

「悪酔い？　そんなわけないわ！　酒造りの職人が試飲ごときで酔うわけないじゃない！

それこそ蒸留酒をがぶ飲みしないとならないわよ」

「蒸留酒も造っているんですか？」

猫猫は目を輝かせる。

「造っていますが、今は熟成中ですよね。叔母上」

虎狼が三女と猫猫の間に入る。手には大きな鍋を持っていた。

「猫猫さーん。とりあえず昨日の残り物の汁と、果実水を持ってきました」

雀の手には焼き物に入った果実水があった。

「ありがとうございます」

猫猫は虎狼が持つ鍋の蓋を開け、湯勺《おたま》を手にして汁物の中身をかきまぜた。

「これは……」

塩分と水分を取るにはちょうど良さそうな汁物、具は野菜と茸《きのこ》と肉だ。

「昨日の残り物というと、患者の皆さんも食べたのでしょうか？」

「……食べたと思うわ。でも、他に何人も食べたから、これが原因じゃないわよ。何より
私も食べたし」

猫猫はそれでもじっと汁物を見る。湯勺で具をすくうと箸でつまんで観察する。

「昨日は、体調不良者はいなかったんですか？」

「いなかったと思うけど」

「では、昨日この汁物を食べた人たちを呼んでいただけますか？」

「ちょっと待ってちょうだい」

三女は、使用人を呼び止める。何人か猫猫の元にやってきた。

「質問ですが、ここ数日、何を食べて飲んだかを詳細に教えていただけませんか？」

やってきた従業員たちは首を傾げつつ、摂取した飲食物を教えてくれた。その中に一人、顔色が悪い人がいたので、詳しく聞く。どうやら体調が悪いのを隠していたようで三女が呆《あき》れた顔をした。

「なんで隠すのよ」

「……すみません」

仕事を休むと給金を減らされると思ったらしい。

「変に隠し事はしないでちょうだい！　問題を隠蔽《いんぺい》するとろくなことがないのはわかっているでしょ！」

三女が従業員を叱る横で、猫猫は飲食物を確認する。

「やっぱり」

「やっぱりって何よ？」

三女が不思議そうな顔をする。

「疫病でも毒でもなく、皆さまは本当に二日酔いです」

「どうしてそんなことが言えるの？」

「この汁物は、ここで作られた物ですね？」

「そうですよぅ」

雀が返事する。

「今、苦しんでいる皆さまは、この汁物を食べましたね？」

「ええ、言ったじゃない？　酒造りは目が離せないから当番でここに寝泊まりするのよ！　そのとき出される夕飯なの。でも、この通り元気な人もいるわ。私だって食べたし」

猫猫は具材を掬《すく》って見せる。

「この中に、具材として乾燥した茸《きのこ》が入っています。おそらく出汁《だし》を取るために入れたんでしょうね」

「茸？　あんまり使わない具材ね？」

三女は首を傾げる。戌西州《いせいしゅう》なら家畜の肉や骨、海辺近くなら魚で出汁を取ることが多いはずだ。

「私も茸の種類をすべて網羅しているわけではありません。ですが、嘔吐《おうと》の原因はこの茸だと思われます」

「どういうこと？　私も食べたけど平気よ？」

「おそらくこの茸には人間を下戸《げこ》にする成分が含まれています」

猫猫は何度か聞いた事例を思い出す。

「人を下戸にする茸？　そんなものがあるんですか？」

不思議そうな顔で虎狼が聞いてきた。

「ありますよ。体の中で、酒を消化する働きを阻害するらしいです」

茸はいろいろ不思議な点が多い。毒の種類はさまざまだし、生で食べるとほぼすべての茸は毒になる。また、物によっては毒が効き始めるのが数時間後から数日後と時間差があるため、長年毒と知らずに食用とされていた茸もある。

「その茸を食した場合、数日以内に酒を飲んだ者はいくら酒に強くても悪酔いしてしまうそうです」

あくまで聞きづてなので曖昧な言い方しかできない。だが、猫猫としては確信のないことを無責任に話したくない。

「とまあ、私としてもその茸を食べたことはありません。伝聞のみですので、本当にそんな茸があるのかわかりません。なので、さっそく」

猫猫は湯勺《おたま》に茸を入れると、ぱくっと口に入れて汁をすすった。

「お酒ありますか？」

「酒？」

「はい、できれば辛口でお願いします」

「……」

じとっとした目で三女に見られたようだが気にしない。使用人に命じて、酒瓶を持ってこさせた。

「では、いただきます。うーん、うん」

猫猫はぺろっと舌を出す。

「まろやかな味わいですね。果実の甘味もかすかに残っていますがあくまで心地よい風味程度で……」

酒の肴《さかな》にもう一口、汁物の具を食べる。

そして、もう一杯もう一杯と酒に手を伸ばす。

「あのー、ただ酒を飲んでいるだけでは？」

虎狼が李白に聞いている。

「嬢ちゃんが酒好きなのは否《いな》めねえが、同じくらい毒も好きなんだよ。めちゃくちゃざるで、俺なんか勝てないくらいの酒豪なんだけど――」

李白は、答えになっていない返答をする。

（聞こえているんだよ）

とはいえ、酒が美味くて止まらない。だんだん身体が火照《ほて》って気持ちよくなってくる。

（あっ、やばいな）

視界に映る猫猫の手は真っ赤になっていた。体がほわんと温かくなり、それを通り越して熱くなるとともに、体がぐらりと揺れた。

さらに気持ちよさを通り越して頭がぐらぐらする。

「おい、嬢ちゃん！」

李白が支える。声が遠い。

「猫猫さん、失礼しますねぇ」

雀が手をわきわきさせたと思ったら、猫猫の口に突っ込んだ。

「うぅぼぇ！」

うわあっと嫌な声が上がった。

猫猫の酸っぱい口の中は、果実水で薄められる。ぼんやりくらくらしていた体がいくらかましになった。

猫猫は、ふらりふらりぐらぐらしながら、顔を上げた。

「普段、私は酒に強いほうですが、この通り」

嘔吐物《おうとぶつ》にまみれた猫猫を、三女と虎狼は顔を引きつらせて見ている。

「他の皆さまももうしばらくすれば、悪酔いは醒《さ》めるかと思います」

ふらふらしながら、猫猫は吐《と》しゃ物まみれの口元を拭う。

「わ、わかりました。ですが一つ聞いてもいいですか？」

「なんでしょうか？」

なぜか敬語を使うようになった三女。敬意を示すというより、一歩距離が広がった話し方だ。

「あなたが自分で食べて証明する理由ってあったのかしら？」

「……はい、あります」

「どんな？」

「どんなと言われましても」

（酒が飲めるちょうどいい機会だったなんて）

正直に言えないので、とりあえずにこにこと笑ってごまかすことにした。

七話　遺産問題

ずきっずきっと痛む頭を抱える猫猫《マオマオ》。

（こ、これが！）

二日酔いというものか、とひしひしと感じる猫猫。正しくは二日目ではなかったが、酔いは醒《さ》めたのに頭が痛いというのは、二日酔いの症状ではないだろうか。

馬車の中は揺れるのでさらに気持ち悪い。気持ち悪いが――。

「あー、これは新しい」

かつてない体験に猫猫は感動した。強い毒蛇に噛《か》まれた感覚に少し似ている。どの毒草を齧《かじ》った時にこんな吐き気を催しただろうか。記憶を反芻《はんすう》していると、ちょっと楽しくなってきた。

「猫猫さん、まだ酔ってますねぇ。笑《わら》い上戸《じょうご》の気《け》がありますぅ？」

「吐ききれなかった分がちょっと残ってます。笑い上戸とか、ふふふふ。あっ、茸《きのこ》残っていたらください。またもうちょい楽しみたい」

「さすがに雀《チュエ》さんも呆《あき》れちゃいますよぅ。一応茸が残っているか確認しておきますねぇ」

悪酔いする茸《きのこ》にどれくらい効力があるかわからない。だが、その茸を食べて一日たってから酒を飲んでも効力があったと聞いたことがある。一生酒が飲めないわけじゃないが、しばらくは避けておいたほうがいいらしい。

せっかく土産《みやげ》に葡萄酒《ぶどうしゅ》をもらったのに残念だ。

「んー、これ以上吐かせるとなると、雀さんも心が痛みますねぇ。胃液しか出ないんじゃないですかぁ」

「大丈夫です、だいぶ良くなってきましたから。指わきわきして、口に突っ込もうとしないでください。それより、書く物ありません？」

雀から差し出される筆記用具と羊皮紙。毛筆ではなく洋筆《ペン》なので書きにくい。猫猫は、ぽたぽたと墨をこぼしてしまう。あと、馬車に揺られて字も腹の胃液も揺れる。

「何書いているんですぅ」

のぞき込む雀。

「はい。摂取した汁物に含まれているであろう茸と、酒の量。それから、摂取してどのくらいの時間で効き目があったか。その後の経過を四半時《さんじゅっぷん》ごとに記録しようかと。なので残った茸ください」

大切なことは何回でも言っておく。

「猫猫さん。青白いのに楽しそうな顔してますねぇ」

「なんか羅半《ラハン》殿みてえだな」

李白《リハク》が変な名前を出したので、猫猫の顔は青白いから青黒いに変わる。少し酔いがさめた。

「妙な名前を出さないでください。ってか、李白さまは知り合いでしたっけ？」

猫猫はどうだったか考える。そうだったとしても興味ないことは覚えていない。

「一応、俺、直接じゃないけどあのおっさんの部下だからさ。たまに、執務室とかに行くわけよ。そん時、何度か顔を合わせることがあるし、いろいろ個性的だから忘れねえ」

「へええ」

心底興味ない顔をして猫猫は筆記用具を片付ける。

「あと、西都に来る前に、『妹をよろしく』と菓子もらった」

「他人ですよ」

「あー、うん。他人な」

深く突っ込まない分、李白は接しやすい。

「じゃあ茸《きのこ》の話に戻すが、なんでまた醸造所に悪酔いする茸があったかって話だよな？」

「茸というか多くの食材も含めて、支給された物に入っていたそうですけど」

と言いつつ、猫猫は首を傾げる。

「そもそも茸なんて、西都で生えるもんですかね？」

茸の類は湿った環境を好む。乾燥した西都の気候ではあまり育たないのではないか。

「生えないってことはないと思いますけど、そこまで多くないでしょうねぇ」

だろうな、と猫猫は汁物に入っていた茸を思い出す。猫猫が知る悪酔いする茸は、松林によく生えているという。草原ばかりの戌西州《いせいしゅう》の土地では育つとは思えない。

「じゃあ、中央からの支援物資に含まれていたんでしょうか？」

「うーん。そうなるんですかね？」

猫猫はうなる。偶然にしてはできすぎていた。正直、誰かがあえて醸造所に悪酔いする茸を混ぜたとしか思えない。だが、その理由がわからない。

（わからないものは考えても仕方ない）

もっと他のことを先に終わらせよう。切り替えの早さは猫猫の美徳の一つのはずだ。

馬車が本邸に着く頃には、だいぶ猫猫も正気に戻っていた。

（壬氏《ジンシ》に報告か）

いつも通り、ありのままを話すつもりだ。どうせ意見を求められるが、誰が犯人かまでは猫猫にはわからない。

壬氏の執務室へと向かう猫猫たちだが、執務室には水蓮《スイレン》しかいなかった。

「壬氏さまはいらっしゃらないのですか？」

この場にいるのは、水蓮と猫猫、それに雀と李白だ。つい『壬氏』と呼んでしまう。

「もうそろそろ戻られてもいい頃なのだけど。玉鶯《ギョクオウ》さまの遺産の件で、呼ばれたのよ」

「……壬氏さまには、全く関係ないのでは？」

「第三者をまじえたいらしいわ。最初、羅漢《ラカン》さまを呼ぶという話を聞いて、仕方なく手を挙げたのよ」

水蓮はふうっと息を吐く。

「よりにもよってどういう人選なんですかね？　まだ陸孫《リクソン》さまのほうが適任かと思いますけど」

猫猫は呆《あき》れるほかない。

「そこのところはよくわからないんだけど、西都に長くいた人間には間に入ってほしくないようね。あら？　帰ってきたみたいだわ」

廊下から聞こえる足音に反応する水蓮。

「猫猫、来ていたのか？」

部屋に入ってきた壬氏は、猫猫を見る。後ろには高順《ガオシュン》、馬閃《バセン》親子もいた。

「醸造所の件につきまして、報告に参りました」

猫猫は頭を下げる。

「わかった。このまま話を聞こう」

壬氏は軽く襟元を緩めると、長椅子に座る。水蓮がさっと茶を用意する。

猫猫は醸造所であったことを話す。

「つまり、何者かが毒茸《どくきのこ》をあえて混入させたということか？」

「可能性は高いです。何より酒を飲まなければ、毒とはなりえません。西都ではここ数か月、酒をまともに飲める場はほとんどないので、あえて醸造所に特殊な茸が入ってきたことに悪意を感じます」

「悪意か？　殺意ではないのか？」

「残念ながら、悪酔いさせるだけで、死に至るほどの毒ではないので」

壬氏は茶を飲む。

猫猫にも茶を出されたが、なんとなく椅子に座る雰囲気ではないので立ったままだ。雀や李白が立っているので、椅子に座れと言われない限り座ろうとは思わない。正直、まだ少しふらふらするので早く座らせてほしかった。

「誰かが悪戯《いたずら》で混ぜたか」

「そんな野狐《やこ》のような真似をされても、困りますね」

「わかった。とりあえず支援の食糧を配った者を確認しておこう」

「よろしくお願いします」

ついでに壬氏が手で「座れ」と合図をしたので、猫猫もようやく座る。報告は終わったが、今度は壬氏が猫猫に用があるみたいだ。普段なら壬氏の傷を診《み》るところだが、今日は違うらしい。

ふと周りを見ると、話が長くなると思ったのか、李白は隣の部屋で待機。雀は雑用でも押し付けられたのか、いなくなっていた。

「こちらは、玉鶯殿の件で呼び出されていた」

「話が長引いていたようですね」

「ああ。玉鶯殿の子たちは、孫たちを見ればわかるように、明らかに差異をつけられて育てられているからな」

玉隼《ギョクジュン》というくそ餓鬼《がき》と小紅《シャオホン》の関係性を見ればわかる。

「では、次男、三男に遺産を増やすように言われたのでしょうか？」

「いや、違う。遺産の受け取りを拒否する長男を説得してくれないか、と頼まれた」

猫猫はかくんと首を傾ける。酒が残っているのか、動きが極端になって困った。

「理解が追い付かないのですが。つまり、長男は遺産がいらないとおっしゃっているのですか？」

鹿《しか》の生首を持ってきた男、鴟梟《シキョウ》を思い出す。なお、鹿の脳みそは茹《ゆ》でて、酢でつるんといただいた。嫌いじゃない味だった。

「全部、放棄すると言っている」

「玉鶯さまの遺産って、まだ玉袁《ギョクエン》さまがご存命とはいえ、かなりの額になると思いますけど」

「だがいらぬと言っている。ばさら者だと話には聞いていたが」

ばさら者、猫猫には馴染《なじ》みのない言葉だが、たしかうつけ者に近い意味合いだった気がする。

「貰える物なら貰っておけばよろしいのに」

「貰いたくない物だってあろう」

妙にしみじみとした言い方をする壬氏。

（あー）

猫猫はここにも変わった思考の持ち主がいたなと思い出す。壬氏こそ、いろいろなしがらみを捨てたいはずだ。

「長男は遺産を貰いたくない。長女は貰いたがっているが、貰う権利に伴う仕事はできない。次男は生前の玉鶯の言葉通りに長男に受け取ってもらいたい、三男は次男が受け取るほうが丸く収まるのでは、と言っている」

ここまで見事に意見がばらばらなら、話がまとまるはずがない。

「貰う権利に伴う仕事というのは、相続者が西都を継ぐという形で？」

「そんなところだ。なお、親戚は長男のことを快く思っていない。大海《ダーハイ》殿も間に入ったが、まったく話が進まなかった」

大海、確か玉袁の三男だ。

「ややこしいですね」

猫猫は壬氏を労《ねぎら》うふうに言っているが、自分は巻き込まれたくないと考える。遺産相続に関しては適当に相づちを打って、適当なところで退散しよう。

「なあ、適当に相づちを打って誤魔化そうとしていないか?」

「いえいえ、滅相もありません」

壬氏は猫猫の細かな表情を読み取るのがどんどん上手くなっている。

「あと、今日は妙に血色が良いようだが」

「そうですかー」

酒を吐くだけ吐いたが、まだほんの少し高揚感が残っている。壬氏の目は誤魔化せなかった。

また実験まがいのことをしたと、説教をされてしまうと猫猫は感じた。

「ところで、玉鶯さまの奥方は話に加わらないのでしょうか?」

猫猫は話題を変えようとする。

「奥方も玉鶯さまの補佐をなさっていたと聞きましたけど」

いくら女の権利は少ないとはいえ、妻だった女性には少しくらい権利があろう。

「玉鶯殿の奥方は、表に出ることを嫌う。全く意見を言わず座っているだけだった」

（やっぱりそうなのか）

雀から聞いた話と一致する。奥ゆかしい性格の女性は茘《リー》では好まれるが、だからこそ話をまとめる者がいない。

「奥方はある事情で表に出ることを嫌う人らしい」

「雀さんから話を聞きました」

数年ほど、異国にいたという話だ。

「そうか。親戚の前にも出たくないようで、遺産については全く口を挟まないと決めたとのことだ」

「親戚の前にも出たくないと？」

そこまで人嫌いには見えなかったのだが、と猫猫は首を傾げる。

「奥方は元々中央の豪商の娘で、西都に嫁に来てから交易の仕事を手伝っていたのは聞いているな」

「まあ、大体」

中央出身は初めて聞くが、確かに中央寄りの顔立ちだった。

「船が難破して行方《ゆくえ》知れず、数年後、なんとか西都に戻ってきた。致し方ない理由とは言え、数年も家を空けていたことに妙な噂《うわさ》を立てる者たちがいたということだ」

「あー、そういうことですね」

確かに異国に放り出された女が一人、しかも美人とくれば、何をやって生きてきたのか品のない詮索があるのも頷《うなず》ける。

奥方の半生は軽く本が一冊書けてしまう。

「いろいろあったのだろう。表に出ることは、それから控えるようになったそうだ。玉鴛殿の異国人嫌いももしかしたら奥方の影響もあるやもしれぬ」

ほうほう、と頷きつつ、猫猫はもうそろそろお暇《いとま》したいと思った。酒とともに、胃の内容物が空になっている。そろそろ飯を腹に入れたかった。

「それでは私はそろそろ」

猫猫は椅子から立ち上がり、部屋を出ようとするが足がもつれてしまった。

「おい」

壬氏が猫猫の手首を掴《つか》んで体を支える。

「どうした？　なんか浮き足立ってないか？」

「そうですかねー」

猫猫は、つい間延びした声になってしまう。

「ついでに傷も診《み》てもらおうと思ったのだが、なんか変だな？」

壬氏は疑いの目を向ける。

「気のせいですよー。それに傷って、もう私が診る必要はありません」

「ちゃんと最後まで責任を持ってくれ。これから傷が膿《う》むかもしれない」

「そんなわけないですからー。何より、壬氏さまよりずっと小さい女童《めわらわ》の腹の傷でさえ、もう診るのは終わりにしたんですよー」

「それはそれ、これはこれだろう」

「……」

猫猫が思わず半眼になると、壬氏の顔は「あー、それそれ」と妙に楽しそうになる。

「では私はこれで」

と、振り切ろうとした瞬間、間抜けな腹の音が響いた。

胃袋の中身は、酒と共に全部吐き出してしまい、今は空だ。

そんな猫猫の腹具合をもてあそぶように、いい匂いが漂ってくる。

「夕餉《ゆうげ》が気になるか？」

壬氏がにやにやと猫猫の表情を窺《うかが》う。

「気にならないわけではないのですがー」

「そうか。水蓮、今日の菜《おかず》はなんだ？」

壬氏が声をあげる。隣の部屋にも響く声だ。

本来なら、壬氏は何種類も菜を用意され、ほとんど食べきれない量の食事を出される立場の人間だ。菜が何かと聞くということは、今は皇弟《おうてい》でも食べきれる量の食事しか用意していないことを意味する。

（質素にしているんだな）

水蓮がにこにこと食器を持ってくる。

「蒸《む》し鶏《どり》の冷菜と、東坡肉《ぶたかくに》ですよ」

（いや、まだまだ質素じゃねえな）

猫猫はよだれをごくんと飲み込む。

「食べたいか？」

「……いただけるのでしたらー」

医務室で待っているやぶ医者に申し訳ないと思いつつ、肉には勝てない。桃美《タオメイ》あたりに、壬氏と食事をするのは分不相応だと舌打ちされないかと不安になるが、仕方ない。水蓮が豚肉を割包《パン》に挟んで持ってくるので仕方ない。

「私が、月の君と同じ食事をとっても問題ないでしょうか？」

一応確認を取る猫猫。

「ええ、いいんじゃないかしら？　気になるなら毒見にしておく？」

水蓮の許可はもらった。そして、猫猫が食事できるように、席も準備されている。

猫猫は「うっし」と手を握るが、普段と出されるものが違うことに気づく。

「あのー」

「なあに？」

おずおずと猫猫は水蓮に訊《たず》ねる。

「いつも食前酒がありましたよね？」

なぜないのだ、と遠まわしに催促している。

「猫猫さんだめですよぅ。さっきまでげえげえお酒を吐いていたのは誰ですか？」

雀が余計な事を言ってくれた。

「酒？　それはなんだ？」

「あー、猫猫さんの悪い癖ですよぅ」

猫猫が具体的に言わなかったことを、雀は詳しく壬氏に説明する。

壬氏の目が雀の話を聞くにつれ、険しくなっていく。

「というわけでございますよぅ」

「ふむふむ……」

最後まで話を聞いた壬氏は、猫猫を威圧するように睨《にら》んでいた。

（雀さんめぇ！）

もちろん、酒はもらえなかった。

八話　俊杰《ジュンジェ》

西都での生活が半年を過ぎ、猫猫《マオマオ》たちにつけられる使用人はだいぶ固定された。

「猫猫さま。言われた材料をお持ちしました」

医務室にやってきたのは、まだ元服前の男子だ。年齢は十三と聞いているが猫猫よりも拳一つ分背が低い。体は小さいが控え目で真面目だ。猫猫たちの元で主に小姓《こしょう》のような役割をしている。

控え目な性格で、猫猫たちの話をよく聞いて仕事をするので重宝している。

「ありがとうございます」

猫猫は小姓からもらった材料を仕分けし、駄賃がわりに乾燥果実を渡そうとしたが

――。

「いえ、お給金はいただいているので受け取れません」

（いやあ、しっかりしている）

猫猫は感心しつつ、都の緑青館《ロクショウカン》にいる悪餓鬼《わるがき》を思い出した。

あの趙迂《チョウウ》と大体同じ年ごろだ。あの餓鬼も少しはまともになってくれたらと思うが、性

格というのはなかなか変えられるものではない。

（しばらくぶりに文でも書くか）

そう考えていると、医務室の前で声がした。

「おーい、誰かいるか？」

「はい」

誰が来たのかと思って外を見ると、羅半兄《ラハンあに》だ。羅半兄は、背負っていた籠を下ろす。

「おやお帰りで」

猫猫は羅半兄に近づく。

羅半兄は忙しい。西都周辺のいろんな場所に向かっては、畑を作って戻ってくる。本人はいやいややっていると言うが、誰よりも率先して地面を耕しているのは羅半兄だ。

猫猫が籠の中を見てみると、貧相な甘藷《かんしょ》が入っていた。

「芋っていうより根っこだろ？」

羅半兄はがっかりした顔だ。

「一応食べられますよ、一応」

蒸《ふか》して皮ごと食べるのならありだろう。細い分、すぐ熱が通る。

「んでもって、こっちはまああの収穫量」

馬鈴薯《ばれいしょ》を投げてくる羅半兄。

「馬鈴薯《ばれいしょ》のほうが気候に合ってるんですかねえ」

「たぶんな。飛蝗《バッタ》がいなけりゃもっと収穫が増えたんだろうけど、まあこんなもんだろ」

捕《と》らぬ狸《たぬき》の皮算用《かわざんよう》はしないほうがいい。羅半兄は厳しく現実を見ているのか、眉間にしわを寄せる。

「何か気に入らないようですね？」

羅半兄は馬鈴薯を掴《つか》んで険しい顔で見ていた。

「芋が小ぶりだろ。作る際、芽かきと追肥が足りなかったんだろうな」

芽かきという聞き慣れない言葉が出たが、たぶん間引きと似たような意味だろうと猫猫は推測する。

「収穫量があっても、芋が小ぶりだとまずいなあ」

「……ああ、そういうことですか」

猫猫は羅半兄が言いたいことが理解できた。

「ええっと、どうして芋が小ぶりだといけないんですか？　量があれば大きさなんて関係ないのでは？」

不思議そうな顔で小姓《こしょう》が聞いてきた。真面目なだけでなく知的好奇心もあるらしい。

羅半兄は持った馬鈴薯を小姓に見せる。

「この芋、ちょっと緑っぽくないか？」

「そういえば、緑がかっていますね」

「この緑色の部分は毒だ」

「毒!?」

小姓は目をぱちくりさせる。

「こ、これ、食べられるんですよね？　食糧として育てていたんじゃないんですか？」

「食べられる。皮を厚くむけば全く問題ない。あと皮の他に芽の部分も有毒なんで、ちゃんと調理の際は取っておかないといけない。小ぶりな芋ほど未熟で、皮が緑色のものが多い」

「間違って食べると苦くてびりびりしますよ」

猫猫が付け加えると、羅半兄が無言で見てきて手刀を猫猫の額に落とした。何食ってんだよ、と言いたいらしい。馬鈴薯料理の説明のとき、散々食中毒には気を付けるようにと言われたのだ。

「調理方法さえ気を付けていれば、腹痛になることはないから安心しろ。ただ、食べているとき舌に異変を感じたら、すぐやめるように」

「わかりました」

羅半兄が小姓に馬鈴薯の注意事項を指南している間、猫猫は細い甘藷《かんしょ》を見る。

「早速ですが、甘藷を蒸《ふか》して食べますか？」

やぶ医者がそろそろ点心《おやつ》を欲しがる時間だ。

「んー、甘藷《かんしょ》はもうちょっと置いてくれ。収穫してすぐだと美味くない。半月ほど寝かせたほうが甘くなるんだ」

「こんな根っこでも？」

「少しでもましな味のほうがいいだろ」

羅半兄の意見は、ごもっともだ。

「あ、あのそういえば」

小姓《こしょう》がおずおずと前に出る。

「なんだ？」

「はい。今更ですが、自己紹介をさせていただいてもよろしいでしょうか」

腰が低いこの小姓はちゃんと挨拶をしておきたいのだろう。

「自己紹介か。うん、いい心がけだ」

やたら目が輝いている羅半兄。まるで千載一遇《せんざいいちぐう》の機会を与えられたかのような表情だ。

とうとうここで、羅半兄の名前が発表されるのだろうか。

「はい。僕は俊杰《ジュンジェ》と申します。よくどこにでもある名前だと言われるので、覚えやすいかと」

猫猫も前に聞いていた。だがいつも忘れてしまうので、今日は覚えておこう。

「……じ、俊杰か？」

羅半兄が顔を引きつらせている。どういうことだろうか、小姓の名前に何か思うところがあるのだろうか。

「姓は何でしたっけ？」

猫猫はあくまで名前は憶えていましたよ、と言わんばかりの口調で小姓、もとい俊杰に訊《たず》ねる。

「はい。『漢《カン》』です。これもよくある姓で、今いらっしゃっている軍師さまも同じ姓だと伺っています」

妙におずおずとした動きの小姓、もとい俊杰。

羅半兄が雷に打たれたかのように、激しく身を震わせた。

「『漢』かあ。たしかにこっちに来ている軍師さまも同じ姓だし、ありふれているよな。俺も人のことは言えねえけど」

いつの間にかやってきた李白《リハク》が会話に加わる。馬鈴薯《ばれいしょ》が入った籠を持っていることから、羅半兄の手伝いをしていたのだろう。

「そうさねえ。確かにどこにでもある名前だね。私も知り合いに三人くらいいるよ」

ついでにやぶ医者もやってきた。籠の中の馬鈴薯を見て、何か点心《おやつ》に使えないか考えているようだ。

「そうなんです。一つ心配なのですが、僕と同じ名前のかたはいらっしゃらないでしょうか？　前に働いていたところでは、名前が同じで気に食わないといびられたもので、少し心配なんです」

羅半兄がもう一度、びくっと身体を震わせる。まるで風邪にかかったかのように真っ青な顔だった。

「へえ。世の中にゃあ、尻の穴が小さい奴もいるもんだなあ。それでどうしたんだ、その時は？」

李白は馬鈴薯《ばれいしょ》の籠を下ろす。

「はい、僕は長男なので伯雲《ハクウン》と呼んでもらいました」

「これまた無難な字《あざな》を」

「そうなんです。本当にどこにでもあるような名前でして、ややこしいかなと確認した次第です」

「……」

羅半兄の顔が筆舌《ひつぜつ》に尽《つ》くし難《がた》いほど険しくなる。顔色も悪く脂汗をかいていた。何か病気なのだろうか。

「あっ、もし誰か名前がかぶるようなことがあれば、僕の名前なんて忘れていいです。何か適当に呼んでいただけたらそれで問題ありません」

俊杰は笑って見せるが、いろいろ、苦労しているのがわかった。

「……」

　ぎゅうっと顔をしかめて何か言いたげな羅半兄。さっきから無言のまま反応《リアクション》だけしている。

「僕は、ここで働かせていただけるだけでとても嬉しいんです。皆さん親切ですし、この大変な時期にしっかりお給金を払ってくださる場所はそうたくさんありません。改名くらい問題ありません、なんとでもお呼びください」

　俊杰はどんと胸を張る。幼いなりに長男として家族を養うためなら、なんだってすると いう意気込みが感じられた。

「苦労しているんだねえ。安心していいんだよ。名前を変えろなんて言う悪い人はここにはいないさ。ほら、点心《おやつ》食べるかい？」

　やぶ医者が草餅を渡す。かさましに蓬《ヨモギ》をたくさん練りこんである。

「いえ、いただくわけには……」

「いいんだよ、お食べ、大きくおなり」

　俊杰は断ったが、やぶ医者はなんとも断りにくい空気を醸し出す。折れたのは俊杰のほうだった。

「ありがとうございます。あ、あの、今お腹《なか》がすいていないので、弟たちに持ち帰ってもいいでしょうか？」

「おや、兄弟がいるんだね。ならもっと持っておいき」

（やぶ医者、食糧は無限じゃないぞ）

とはいえ、止める雰囲気でもないのでそのままにしておく。

百面相を終えた羅半兄は俯《うつむ》いていた。

「どうしました、羅半兄？　風邪でも引きましたか？」

西都に来てからなんだかんだで一番働いている人の一人だ。過労で倒れられては元も子もない。

「あっ、すみません。自分だけ自己紹介をしてしまって。あ、あの、お名前は？」

羅半兄に名前を訊《たず》ねる俊杰。羅半兄にとって、ここ半年、ずっと待っていた言葉ではなかろうか。

とうとう羅半兄の名前が聞けるのかと、皆が注目する。

「……羅半兄」

羅半兄の口からなにか聞こえた。

「ええっと、どうしました？」

羅半兄の口ぐせは『羅半兄じゃねえ！』ではなかっただろうか。

「俺の名前は、羅半兄だ！」

羅半兄はそういうと、背中を向けて去って行った。

「羅半兄さま、ですか?」

俊杰も混乱しているが、もう羅半兄がそう言っているので仕方ないだろう。

羅半兄の後ろ姿は今までで一番哀愁を漂わせていた。

九話　異国娘

結局、玉鶯《ギョクオウ》の遺産問題は、平行線をたどっている。

もちろん、よそ様の相続について猫猫《マオマオ》が首を突っ込む理由はないし、何事もなかったように自分の仕事をするだけだ。

「女性に診《み》てもらいたい患者がいるのですが」

虎狼《フーラン》が、また猫猫たちの元にやってきた。

(後宮《こうきゅう》時代の壬氏《ジンシ》みたいだ)

使い走りのような仕事が多いのだが、虎狼本人は気にしていないらしい。

「女性の患者ですか?」

「はい。良家のお嬢さんです。申し訳ありませんが、西都には女性の医師もしくはそれに準ずる者が極端に少ないものでして」

(小紅《シャオホン》と似たような例だな)

猫猫は、育ちの割に腰が低い青年を見る。確かに女が医療に携わるとすれば、せいぜい薬師《くすし》か取り上げ婆《ばばあ》くらいだろう。猫猫自身、中央でも女の医者は見たことがない。

「どのような症状ですか？」

「頭痛が治らないそうです。一般的な治療法は一通り試しましたが、治ることもなく。ならば、ちゃんとした医者に来てもらおうという話です」

猫猫は、何だろうかと想像した。頭痛の原因などいくらでもある。実際に診《み》なければわからないし、診てもわからない場合もある。

「では、往診に伺えばよろしいでしょうか？」

「はい、助かります。月の君には僕から伝えておきますので」

虎狼は待っていましたという顔で、目を細めてちらりと猫猫を窺《うかが》う。

「月の君からの命令ではないのですか？」

猫猫は首を傾げる。てっきり壬氏の命令かと思っていた。

「いえ、これは僕からのお願いです。知人に頼まれて、女性の医療従事者はいないかという相談です」

「別に私としては月の君が承諾すれば行きます。逆を言えば、承諾がなければ行くことはできません」

「かしこまりました」

猫猫は医務室から出ていく虎狼を見る。

「どうした嬢ちゃん？」

李白《リハク》が同じように見て、声をかけてくる。

「いえ、玉鶯さまの三男についてどう思いますか？」

「ふーん、それはどういう意味だい？」

「いやなんか引っかかるというか」

ちょっと気になるところがあった。なにがと具体的には言えない。ただ、どことなく違和感があるのだ。

「嬢ちゃんが引っかかるねえ？　嬢ちゃんと似ているところがあるから、軽い同族嫌悪にでもなっているとか？」

李白が言った。

「ど、同族嫌悪？　どのあたりが似ているというんです？」

猫猫は首を傾げる。虎狼については別に不快というほどでもない。少し行動が気にかかるだけだ。

「似てるだろ。何食わぬ顔で人を値踏みする感じが」

李白は大型犬のようだが素直にはいはい言うだけの男ではない。文官の適性はないものの、頭の回転は速いのだ。

「私、人を値踏みしてます？」

「俺のこと沙皮狗《シャーペイ》にでも例えて見ているだろ？」

「……」

沙皮狗《シャーペイ》とは闘犬に使われる大型犬だ。

するどくて思わず声が詰まる猫猫。

今後、心の中でも大型犬扱いするのはやめておこう。

「そういうところ、羅半《ラハン》とそっくりだよな」

羅半兄《ラハンあに》が言った。なぜここにいるのかと言えば、やぶ医者と一緒に茶をしばいていた。

匂いから蕺草《どくだみ》だとわかる。生薬に使われる草で繁殖力が高いのだが、さすがに乾燥地帯では育ちにくいらしく羅半兄は栽培を諦めていた。

「羅半兄とて言っていいことと悪いことがあると思います」

猫猫はふんと鼻息を荒くしながら、おそらく壬氏は虎狼の話を聞き入れると思うので、往診用の道具を鞄《かばん》に詰める。

「私が羅半と同じようなことをしていると？」

「すごくしている」

「どうしようもないくらいしている」

李白だけでなく、なぜか羅半兄が納得している。

「私はよくわからないねえ」

やぶ医者だけが首を傾げる。普段、本当に役に立たないが、こういう時は清涼剤となるのがやぶ医者だ。

「なあ。いま医官のおっちゃんのこと値踏みしなかったか？」

「そんなわけありませんよ」

猫猫はしらばっくれる。

だが李白の話で、妙にすとんと心におさまった気がした。

（量ってたわけか）

虎狼は猫猫にも『さま』と敬称をつけるわりに、言葉遣いとしてはあくまで丁寧止まりだった。猫猫とて壬氏に対しては表向き敬意を示す言葉遣いになる。

しかし、相手を陰で見くびるのであれば、ずいぶん雑なやりかただ。猫猫は虎狼がそこまで莫迦《ばか》には思えない。

どちらかと言えば――。

（私の素性がばれているから人間性を試したか？）

猫猫は絶対認めたくないが、仮に変人軍師が妓女《ぎじょ》に産ませた子だと知られているとしたら、虎狼の態度にも納得がいく。

国の重鎮の娘である猫猫が、虎狼の無礼な態度を咎《とが》めてくるか。

それとも、あくまで猫猫は庶子としての身分をわきまえておとなしくしているか。

それ以前に、虎狼が陰で見くびっているのを気付かないか、気にしないか。

ずいぶん舐《な》められたものだと猫猫は思いつつ、鞄《かばん》に道具を突っ込んだ。

案の定、しばらくすると雀《チュエ》が来た。

「月の君からの許可が下りましたよぅ」

雀も出かける気満々なのか荷物を持っていた。

「馬車は表に用意していますのでいきましょ、いきましょ」

「お願いします」

虎狼も来るらしく、砂ぼこり避《よ》けの外套《がいとう》を羽織っている。

「どこへ向かうのですか?」

「少し遠いです。港近くの宿場町と言ってご理解いただけるでしょうか?」

はっきり情報を提示しない、試すような口ぶりだった。

(あー、そういうことね)

猫猫は前に壬氏が言っていたことを思い出した。

蝗害《こうがい》の影響で帰れない異国人が一か所に集められていること。その人たちは玉袁《ギョクエン》の三男の大海《ダーハイ》の計らいで港近くの宿場町に集められていること。

(異国人で、帰れない、良い家のお嬢さま)

猫猫はとても嫌な予感がしつつ、いつも通りなかったことにしようとした。

（大概それで失敗してるけど）

それでも、知らないふりはできるので、特に気づかなかったように馬車に乗り込んだ。

がたがたと馬車に揺られること一時《にじかん》ほど。前に行った農村よりずっと近い。風は乾いた土と草の匂いに、湿った潮の香りが混じっていた。

いつも通り雀と李白が護衛として付いてきている。それだけならいいが、不思議なことに大きな籠も馬車の中に積まれていた。ご丁寧に雀が背負えるようになっている。

「これはなんですか？」

「それは私の旦那です」

妙な例文口調になってしまう。なにより答えがどうもおかしい。

「ええっと、雀さんの旦那さんというと、馬良《バリョウ》さまでしょうか？」

「はい。今回は役に立つかと」

猫猫には、どういう基準で役に立つのかわからないが、何か意味があることだと信じたい。それよりもまず籠は大人一人入れる大きさなのだろうが、どれだけ身を縮めて丸くなっているのか。中を覗《のぞ》き込みたい気持ちになるが、下手に刺激して気絶されても困るので好奇心は抑えておく。

馬車は西都から南下していく。西都に向かう時にも通った道だ。馬車が頻繁に通ることを想定して道が丁寧に舗装されていた。雨が降らないとしても、むき出しの地面では轍《わだち》ができるからだろう。

「見えてきましたよ」

御者台から顔を出す虎狼。

「立派ですね」

猫猫は素直に思った。もっと小さい町かと思ったが、数千戸はゆうにある。ただ通り過ぎるだけなのはもったいないほど栄えていた。

船乗りたちを相手にすることが多いからか、夜はもっと賑《にぎ》わいそうな雰囲気がある。つまりただの繁華街ではなく、花街《はなまち》の空気が色濃く出ていた。

風情は違えど妙に懐かしい気持ちになる猫猫。やり手婆《ばばあ》はともかく小姐《ねえちゃん》たちは元気だろうか。

あいにく繁華街は通り過ぎていく。平時ならもっと土産物《みやげもの》の露店が並んでいるのだろうが、今の通りは歯抜けに食料品や日用雑貨が売られている程度だ。嗜好品《しこうひん》、装飾品の店はたまに開いていても閑古鳥《かんこどり》が鳴いていた。

けだるげな妓女《ぎじょ》たちが窓から外を眺めているが、馬車が通るたびにらんらんと目を輝かせて、お足をいただける相手かどうか見極めている。踊り子の練習風景も見えた。乳茶が入った茶碗を頭の上にのせて、こぼさないように踊っていた。

馬車は町の一等地に建つ一番立派な宿の前で停車する。壁は石造りだが、屋根には瓦《かわら》、扉が赤塗りなため、中央の建築を思わせた。

「はいはい、旦那さまー。ここでは出てくださいねえ」

籠の中からのっそり出てくる馬良。どうやって入っていたのか知らないが本当に入っていた。もっと挙動不審になるかと思いきや、意外と落ち着いている。

いや――。

「目を瞑《つぶ》ってません？」

「はい。視覚を遮ることで、心的負荷《ストレス》を軽減させております」

「いやいやいや」

思わず本音が漏れたが、雀と馬良は慣れているらしい。雀が馬良を上手く誘導しながら歩く。

宿の中には、土足で上がるのがもったいないほどの絨毯《じゅうたん》が敷かれていた。

「こちらにどうぞ」

猫猫は貧乏性なので履《くつ》の底の埃《ほこり》を払ってから絨毯を踏む。

宿の使用人たちが頭を下げているが、異国情緒あふれる容姿の者が多い。

階段を上り、三階の一番大きな部屋に案内される。扉の前には金髪の四十くらいの男が立っていた。肌や髪の色と彫りの深い顔立ちから、予想通り異国の者だと推測できる。砂《シャ》欧《オウ》あたりかなと思ったが、肌の色はもう少し北部の者に見えた。

「失礼します」

別の異国風の女がやってきて猫猫の体に触れてきた。何か危ない物がないか確認しているようだが――。

「これは？」

「生薬です、腹痛を治します」

「これは？」

「軟膏《なんこう》です、火傷《やけど》を治します」

「これは？」

「さらしです、怪我《けが》の処置に使います」

などとしばらく続けてしまった。今回、針や鋏《はさみ》は懐《ふところ》に入れなくて正解だった。ちゃんと鞄《かばん》にしまっておいた。

次に雀が身体接触《ボディチェック》されるが、猫猫以上に時間がかかるだろうなと想像していたら、すぐに終わった。勝ち誇った顔で猫猫を見る雀が妙に憎らしい。

李白はともかく馬良は大丈夫かと見ていたら、微動だにしていなかった。否、立ったまま気絶していた。

（いや、本当にここにいて大丈夫なん？）

猫猫は不安になりつつ、ようやく部屋に入る。

大きな部屋に異国情緒あふれる調度、それから大きな天蓋《てんがい》付きの寝台がある。

寝台の横には異国の裳《スカート》を穿《は》いた中年女性が立っていた。黒髪で細身、目の色は緑がかっている。

近づけるのは猫猫だけで、雀は五歩下がった後ろ、李白と馬良は入口の壁に張り付くようにしている。

「よろしくお願いします。お嬢さまについては――」

丁寧なお辞儀をして容体《ようだい》を説明してくれる。自己紹介をする前に早く診《み》てくれと言わんばかりの態度だ。

「では失礼します」

寝台の帳《カーテン》をめくると娘がいた。くっきりとした目鼻立ち、頬には軽くそばかすが浮いていて妙な親近感がある。髪の色は白金で目は青い。年の頃は十二、三くらいに見えるが異国人の見た目は茘人《リー》よりずっと大人びている。もう少し若くみてもいいだろうか。

（十歳くらい？　いや下手すればもっと若いか）

頭痛に悩まされているというが、妙に活発な雰囲気がある。

「容体を確認したいのですが、触れてもよろしいでしょうか？」

「ダメデス」

異国の娘に、片言で返された。

猫猫は首を傾げながら、中年の女を見る。

「お嬢さまに手を触れることなく容体《ようだい》を診《み》ろということです」

お嬢さまと違い、流暢《りゅうちょう》な茘語で答える。

「イチリュウノイイシャナラデキルハズ」

（いやいやいや）

何のために往診に来たんだよ、と猫猫は考えながら、どこか人を莫迦《ばか》にした小娘を見た。

手を触れることなく患者の容体を診ろとの無茶ぶりに、猫猫はどうしようかと考える。

「ではどこまでならよろしいですか？」

「？」

異国のお嬢さまは猫猫の言葉を理解できなかったのか首を傾げている。お付《つき》の中年女性が耳打ちしている。

「お嬢さまは二尺《六十センチ》ほど距離をとっていただけたら診てもよいと言っております」

（二尺ってあーた）

まともに診ることはできない。

「では着衣はどこまで脱いでもらえるでしょうか？」

たぶん無理だろうが聞くだけ聞いてみた。

「下着着用のままなら、殿方に席を外していただければ問題ないそうです」

（えっ？）

そこはすんなりいけるのかと呆気《あっけ》にとられる。

しかし、言語が上手く通じない相手だといろいろ問診が難しい。

（頭がずきずきなのか、がんがんなのか、きーんなのか）

質問しても絶対に相手に通じない自信がある。

いや、片言とはいえ言葉を理解しているだけ優秀だが、意思疎通には不十分だ。

仕方ないので猫猫はお付を介していろいろ聞くことにした。

「では改めて容体をお伺いします」

猫猫の隣には、筆記用具を持った雀ができる女の空気を醸し出しながら、記帳《メモ》を取る準備をしていた。

「いつ頃から痛みを感じましたか？」

「十日ほど前からです。以前から体調が悪かったようですが、ここ数か月の不慣れな生活によるものだったと思っていました。恥ずかしながら、病の可能性を失念しておりました」

お付はひどく申し訳なさそうに説明する。

「どのような痛みですか？」

「鈍い痛みがあるようです。たまに、とても痛いのかうずくまることもあります」

うずくまるほど痛みが強いなら問題ではないだろうか。

しかし何か引っかかる猫猫。

「ここ数か月、運動不足などはありませんか？」

「いえ……。運動に関しては、過剰なほど動き回っております」

ちょっと呆《あき》れたようにお嬢さまを見る。今はおとなしく寝台にいるが、普段はかなりお転婆《てんば》のようだ。

「食欲はどうですか？」

「食欲ですか？　実は二か月ほど前から食べる量が減っていて、これも慣れない環境によるものだと思っておりました。ここ数日は極端に何も食べなくなり、流動食のみ食べておられます」

「では、頭痛とともに極端に食事量が減ったのですね？」

「はい」

（あー、なるほどねえ）

触られたくない、近づいて診《み》られたくない、でも服を脱ぐのは大丈夫と。その理由がわかった気がする。

ただ断言するには、まだ弱い。

「雀さん」

「はいはい、何でしょう猫猫さん」

「これを準備していただけますか？」

猫猫はさらさらと筆記用具で必要な物を書き留める。

「かしこまりました」

ぺこりと頭を下げて雀は部屋を出る。

「薬を準備しますのでしばらくお待ちください」

「あの、あれだけでわかったのでしょうか？」

問診だけで触診はせず、服を脱いでもらってもいない。当てずっぽうで言っているのではと、お付《つき》の女は半信半疑で猫猫を見ている。

「薬が効くか効かないかによっても、症状の判断ができます。それとも、投薬も許されないのでしょうか？」

「いえ。そんなことはありません」

「お嬢さまに合わない食品はありますか？」

「特に問題はないかと。薬も、極端に苦くなければ大丈夫だと思います」

ならば問題ないなと思っていると、雀がすたっと帰ってきた。

ている。

「お持ちしました」

雀は涼しげな玻璃《ガラス》の器を持ってきた。柑橘《かんきつ》と甘い蜂蜜の匂いがして、器には結露がつい

猫猫は器の飲み物をもう一つ別の器に入れて飲んでみる。

「念のため、毒見を」

「私もいいですか？」

お付《つき》の女にも移し替えて渡す。

「これが薬ですか？　ずいぶん美味しいですね？　よく冷えてすっきりします」

「はい、これをお嬢さまに口に含ませるようにして飲んでいただきたいのですけど」

「わかりました」

お付は玻璃の器をお嬢さまの元へと持っていく。お嬢さまは目をぱちぱちさせながら、

ためらいつつ飲んだ。口をすぼめてゆっくりと少しずつ飲んでいる。

「……どうしました？　どんどん飲んでください」

お嬢さまの動きが止まっている。顔がものすごく歪《ゆが》んでいた。

お付はお嬢さまに何やら言っているが声が小さくて聞こえない。

でも猫猫はこれで何かわかった。

「私は触れることも近づくこともできませんが、お付のかたでしたら大丈夫ですよね？

お嬢さまの口の中、おそらく奥歯かと思います。確認してください」

「お、奥歯ですか？」

お付はお嬢さまの口の中を確認しようとしたが、お嬢さまは頑《かたく》なに口を開かない。

「頬をつつくのはありですか？」

お嬢さまの頬を指で突くお付の女。なんだかほほえましく、都にいる姚《ヤオ》と燕燕《エンエン》の主従二人を思い出した。

左頬を突いた時、お嬢さまがビクッと跳ねた。

（やっぱり）

「お嬢さまの頭痛の原因は、むし歯です」

猫猫はここで断言する。

数か月前から小さな不調。そして、十日前から容体《ようだい》が悪くなる。

小さなむし歯を放置した結果、穴が大きくなったのだろう。最初はしみる程度で、多少食欲が落ちた。むし歯を庇《かば》うせいで、物を噛《か》むのはむし歯がない右側に偏る。結果、肩や首に負担がかかり頭痛を引き起こす。

お嬢さまは、むし歯を隠したいが体調不良までは隠せなかった。結果、頭痛だけを伝えて、なおかつむし歯の治療をしたくないために無理難題を言ったということだろう。

お付はなにやら言いたげにお嬢さまを見ている。たぶん母国語でまくし立てたいところだが、猫猫たちがいるので遠慮しているのだろう。

ただ、どうにかむし歯を治療しようとした結果、大変品位も何もない行動をとることになった。お付《つき》とお嬢さまが到底品がいいと言えない取っ組み合いを始めたのだ。確かにお転婆《てんば》だなあと猫猫は遠巻きに見る。

「もしよろしければ、触れて口の中を診《み》てもよろしいでしょうか？」

「ぜ、ぜひよろしくお願いします」

髪の毛を引っ張られつつお嬢さまに抵抗するお付。最初の印象とまるで違う。

お嬢さまも取り押さえられ、口を開くしかなかった。

「うわあっ、黒くなっていますね。これは痛い」

水がしみるどころではないだろう。対症療法として生薬を詰めることもあるが、ここまで大きいと意味を成すとは思えない。

「治療はできますか？」

「治療より抜いたほうが早いです。乳歯ですので問題ありません」

猫猫ははっきり伝える。

お嬢さまはどこまで聞き取れたのかわからないが、口をあんぐり開けたまま固まっていた。

「よろしくお願いします」

お嬢さまは、最初に発したわずかな言葉以外の茘語は話せないようなので、猫猫とお付とのやりとりをいまいちわかっていない。だが自分が危険にさらされているのはわかる。暴れるうちに、とうとう外にいた護衛までお嬢さまを取り押さえに来た。

（どんだけお転婆なんだよ）

護衛の一人は顔を蹴られて青あざができている。それにしても、異国では護衛とは言え異性に触れることを許されるのかと思った。

（こんだけ暴れられたら仕方ないのか）

あまりに激しいので李白まで手伝いに入ろうかと思ったくらいだ。

猫猫はお嬢さまの口に指を突っ込む。指がかみちぎられないように、しっかり口を固定する。

「あー、揺れてますね。すぐ抜けますよ」

「麻酔はどうしますか？　猫猫さん？」

「麻酔はしてもしなくても変わりないですね。一瞬なので頑張ってもらいましょう」

大人数人がかりで取り押さえないといけないほど元気なら、問題ないだろう。

さすがに猫猫も抜歯用の鉗子《かんし》は持っていないので、用意してもらう。

「じゃあ、それなりに痛いですけど頑張ってください」

先ほどまでの深窓のお嬢さまの扱いから、一変している。特にお付の女はむし歯が痛むことを黙っていたことにかんかんに怒っており、何がなんでも治療してやるという顔になっていた。

お嬢さまは羽交《はが》い絞《じ》めにされ、口を固定され、叫びたくても叫べない状況だ。

（うん、ごめんね）

猫猫はむし歯を掴《つか》むと、ぐいっ、ぐいっと鉗子《かんし》をひねった。お嬢さまもぐいっ、ぐいっと反応したが、意外なほど呆気《あっけ》なく抜けたことに驚いていた。

「はい、お薬塗りますね」

軽く血止めの薬を塗って、重ねたさらしを噛《か》ませる。

「血が止まったらさらしは捨ててください。止まらないならまた別のさらしを噛んで止まるまで待ってください。激しい運動は控えてください。あと、酒は飲まれぬほうがいいですけど、まだ飲むような年齢ではありませんね？」

あと、必要ないと思うが痛み止めの薬も渡しておく。

お付《つき》と護衛はもうぼろぼろの姿で、お嬢さまは穴が開いた乳歯を眺めている。

（歯の生え変わりを見るに、十歳くらいだな）

猫猫は薬と注意事項を書いた紙を渡すと、帰ることにした。

「いやあ、さすがですね」

虎狼がまさに揉《も》み手をして言う。

「女性の医師を探してくれと言われた時、どうしようかと思いました」

「西都では難しいでしょうね」

今思うと、女性医師を指定したのは、お嬢さまだろう。むし歯を知られたくないために、西都にいないだろう女性医師を指名したのだ。

（餓鬼《がき》って面倒くさい）

猫猫はとりあえず仕事を終えたので医務室に帰る。

「じゃあ、私たちはここで」

馬良入りの籠を背負った雀が去っていく。

「あの人、なにしに来たんだろうな？」

ふと李白が言った。

「私もわからないので聞かないでください」

猫猫は籠の中は狭くないのか気になりつつも、仕事に戻ることにした

○●○

「年のころ、十二、三。実際はもう少し若い可能性あり。白金の髪に青い目」

「どうです？　心あたりあります？」

雀は籠の中の旦那様に聞いた。

「……一つだけある。ただ」

「ただ？」

「その人物は男だ」

「ほうほう」

雀は先ほどのむし歯のお嬢さまを思い出す。あの年ごろの子どもならまだ性別を隠すこともできよう。

「では男だとして、誰ですか？」

「北亜連《ホクアレン》に属する国、理人《リビト》国だ。確か王族の四男が年齢も容姿も一致する。お嬢さまが暴れていたときに、とっさに出た言葉がその国で使われる悪態だった」

北亜連は、茘ではひとまとめにされることが多いが、実際はいくつかの国の総称だ。

雀の旦那さまは、周りからどうしようもない貧弱野郎と思われがちだが、決して無能ではない。

月の君が見るべき書類は全て目を通し、月の君では把握できていない分まで補うのが馬良という男の仕事だ。

「そんな尊い血筋の人がなぜ国に戻らずに、西都に滞在しているのかぞわぞわしますねえ」

「本物ではないことを祈る。胃が痛い」

もう喋《しゃべ》るなと言わんばかりに籠から音がしなくなったので、雀は黙って部屋に戻る。胃に優しい夕餉《ゆうげ》を用意しなければならない。

十話　急患と緊急事態

秋も深まり、冬になる前に作物の収穫が行われていた。植物の多くは冬を前に種を残すことが多い。中央でも稲刈りの季節だろう。

農民にとって繁忙期だが、忙しいのは他にもいろいろある。

「猫猫《マオマオ》さん、猫猫さん、これちょっとお手伝いお願いしますねぇ」

雀《チュエ》が猫猫の私室にやってきて、どどんと書類を置く。何かと思えば作物の収穫量を書いたものだ。

「雀さん、雀さん、なぜ私のところにこんなものが？」

「はい。月の君の命《めい》でして、『誰か計算に強いものはいないか？　さすがに量が多すぎる』と言っていらしたのでいただいてきました。こういう時、羅半兄《ラハンあに》の弟君がいれば便利だそうですけどいないので」

（羅半兄の弟となると羅半なのだが）

そういう細かいつっこみは面倒くさいので、猫猫は放棄している。

「代わりに私に来たということですけど、私も他にやることがあるのですが？」

「薬草の栽培ですか？　それとも生薬を混ぜ合わせてこねて丸める作業ですか？　そういうのは猫猫さんの代わりにいくらでも人材がいます。それこそ、猫猫さんしかできないような傷口の縫合や、原因不明の病の診療、もしくは手術などでない限り、あくせく動く必要ないと思いますけどねぇ」

「でも、文官がやるべき仕事を私に押し付ける理由になりますか？」

「できる人がいないので仕方ないのですよぅ。数字を任せられる人はある程度信頼がおけないといけませんからねぇ」

「それ私に任せて大丈夫なんですか？」

「ええ、問題ない程度にそこそこの重要さの書類を用意しました」

「……そこそことか言うのやめてくれません？」

「えっ、なぜに？」

　雀は理解できないらしく、首をかくりと傾げて見せる。

「前年度の作物の量と合わせて見ると面白いですよぅ」

　雀がこれまたどっさりと書物を置いてくれる。

「つまり去年と比べてどのくらい作物が足りないか配慮しつつ、計算しろと？」

「猫猫さんは察しがいいので助かりますね」

　雀はぺろっと舌を出す。

「では、私は外にいる皆さまに指示をしておきますので」

「雀さんにしては忙しそうですね？」

普段の雀ならやぶ医者をつつき、お茶と菓子を出してもらってまったりしていくはずだ。

「雀さんは、いつも忙しいですよぅ。今日はいろんなお客様がいらっしゃるのでさらに忙しいですけどねぇ。それでは－」

ぽてぽてと独特の足音をさせながら雀は出て行った。

「いろんなお客様ねぇ」

そういえば、なんか周りが騒がしいような気もする。李白《リハク》も壬氏《ジンシ》に呼ばれたようで、今日は代わりの護衛がいる。やぶ医者用にもう一人護衛を追加したので心配ないだろうとの判断である。なお、玉隼《ギョクジュン》などというお子様は、たまに医務室を睨《にら》むように覗《のぞ》くものの、これといって喧嘩《けんか》は仕掛けてこなくなった。

(事務仕事は嫌いじゃないんだけど、好きでもないんだよな)

とはいえ、猫猫にはお客様云々《うんぬん》は関係ないので与えられた仕事をやるしかない。

猫猫は雀が置いていった書類を見ながら頭を抱える。

猫猫は生薬と戯《たわむ》れる仕事がしたいというのに、人材不足というのは困る。

小麦の収穫量の壊滅的な減少が目立つ。羅半兄が作った芋は焼石に水の量で、備蓄や救援物資をやりくりすることを考える。

「いきわたるのは八割くらいか？　んーよくわからん」

猫猫は一人ごちた。

腹八分目という言葉がある。だが、普段十全に食べている人間が八割の飯で満足するかと言えばそんなわけがない。そして、物資が不足する中、十全に食べる者がいれば、割を食う者もいる。貧しい者など、普段から腹が半分も満たせずに生きていたりする。食糧不足によりまず飢えるのは、そんな人たちだ。

もし、数十万の意識をたった一つに集約できれば、八割の食糧でもなんとか生きていけるだろう。だが、決してあり得ないのが人間というものだ。

（いかんいかん）

数字に感情移入してはいけない。ここで憂いたところで何にも役に立たず、作業効率が悪くなるだけだ。

うんうん唸《うな》りながらやること半時《いちじかん》、誰かがそっと部屋をのぞきこんでいた。

「何か御用でしょうか？」

猫猫が振り向くとそこには、女童《めわらわ》がいた。確か玉鶯《ギョクオウ》の孫、小紅《シャオホン》だ。

猫猫は半眼で見る。やぶ医者は子どもに甘いので勝手に入れたのだろうか。

小紅はびくっとなって後ずさった。怯《おび》えられると困る。

猫猫は一応笑みを浮かべてみるがぎこちなかったのか、さらに後ろに引かれた。

「ええっと、用事もないのに医務室に来られると困るのですが。さらに、ここは私室でして」

猫猫なりの最大限の譲歩だ。

「……かんじゃ、がいるの。みてもらいたいの」

小紅は消え入りそうな声で言った。

「患者？　どこに患者がいるのですか？」

「……あっち」

小紅はただ指で示すだけだ。

「それではわかりません」

「……たすけてください。しきょうおじさまが、しんでしまいます」

小紅は涙をためながら言った。

気弱そうな娘は、本気で言っているようだった。

猫猫《マオマオ》はどうすればいいか考える。

子どもの悪戯《いたずら》には見えない。もし鳴梟《シキョウ》、玉鶯の長男が本当に瀕死《ひんし》だったら、猫猫は見捨てるわけにはいかない。だが、それほどの人物が医者に診《み》てもらっていないわけがないだろう。

「質問ですが、なぜ私なのですか？　他に医者はたくさんいるでしょう？」

蝗害《こうがい》直後ほど混乱していない。素行が悪いとはいえ、元領主の息子を医者が診ないはずがなかろう。女の医者でなくては駄目だ、などという理由もない。

何よりなぜ小紅が猫猫を呼びにきたのか。

「……おじさま、おいしゃさんにみせると、ころされるって」

「殺される？」

聞き捨てならない言葉が出てきた。

猫猫は部屋の外に出る。

やぶ医者がのんびり茶を飲んでいる。一人で茶を飲むのが寂しいのか、護衛にも茶を渡して座らせている。李白はおらず、もう一人の護衛が医務室の前に立っていた。

（東側の窓が開けっぱなしだ）

護衛からは死角になり、やぶ医者の目は節穴だ。子どもは猫猫の部屋まで、黙って来たのだろう。やぶ医者と茶を飲む護衛の目さえ誤魔化せば入って来られる。

猫猫は机に広げた書類を見る。

（子どもが見てもわからないだろうけど）

念のため、簡単に片付けて文箱に突っ込むと、机の引き出しの中に入れた。

「殺されるとはどういうことですか？」

「……」

あからさまに目をそらす小紅。他に頼れる医者がなく、猫猫の元にやってきたのはいいが、どこまで口にしていいか子どもなりに考えているようだ。

子どもの悪戯《いたずら》で済めばいい。だが、これが本当だったらどうなる。

猫猫は鴟梟という男についてほとんど知らない。政治的に考えると、どこに位置する人間なのか、中央と敵対するのかさえわからない。雀の話を聞く限り、あまり接点を持たないほうがよさそうだ。

なので、ここで猫猫がやるべき行動の最適解は——。

(子どもの戯言《ざれごと》は無視して、普通に仕事を続ける)

だと思われる。

でも、同時に、玉鶯に続き鴟梟まで死んだときの西都の反応も怖い。

(何より)

猫猫としては死にかけている人間を見殺しにするのは寝覚めが悪い。いっそ、ろくでなしが治療代を踏み倒すために泣きついてくるのなら、ばっさり切ることができるのだが。

(どうしよう)

猫猫は悩む。

可能性としては大きくわけて三つ。

一つめ、小紅の言っていることが嘘《うそ》もしくは間違い。別の理由で猫猫を呼び出している。

二つめ、小紅の言っていることが本当。鴟梟は誰かに命を狙われ、他に頼る者がなく、猫猫に藁《わら》をもすがる気持ちで話を持ってきた。

三つめ、小紅の言っていることが本当。鴟梟は誰かに命を狙われ、他に頼る者がなかった。ただし――。

（命を狙ったのが中央の可能性もあり）

普段なら壬氏に報告するところだが、そんな時間の余裕はなさそうだ。

「んー」

唸《うな》る猫猫を小紅が潤んだ目で見つめる。なぜ、この子どもを使うんだろう。いっそ生意気な玉隼でも来てくれたなら、笑いながら追い返してやるのに。

（畜生！）

猫猫は悩んだ挙《あ》げ句《く》、大きくため息をついた。

「わかりました。案内してください」

猫猫は、折れてしまった。

ただ机の上に一つ、梟《ふくろう》の置物を置いておく。雀が暇つぶしに面梟の形に削った木の置物だ。

（どうか三つ目でないことを祈る）

猫猫は最低限の医療道具を懐《ふところ》に詰めると、階段を下りた。小紅はこっそり窓から出る算段だ。

「おや、どうしたんだい？　今日は部屋にこもるって言ってなかったかい？」

やぶ医者が聞いてきた。一緒に茶を飲んでいた護衛も猫猫を見る。

「気分転換です。温室の薬草が育っているか見てきます」

「そうかい」

特に疑問を持たず茶の準備をするやぶ医者。猫猫が話しかけているうちに小紅は窓から外に出たはずだ。

「李白さまはまだ帰ってきていませんね」

「月の君の警備の関係でがたいのいい人が欲しいってかり出されたんだよ。あの人も本当ならもっと重要な任務についてもよさそうなんだけどね」

やぶ医者にとって、李白は医官の茶飲み友達として派遣された人という認識なのかもしれない。

猫猫は入口の護衛に頭を下げる。

「温室まで行ってきます。くれぐれも医官さまをよろしくお願いします」

猫猫は、深々と頭を下げておく。何食わぬ顔で医務室を出て小さなかごを取り、温室に行くふりをする。

（もし、中央側の意図として鴟梟を殺そうという動きがあったら）

その可能性は大いにある。だが、壬氏の意図ではないと考えた。でなければ、机の上に梟《ふくろう》の置物を置くというわかりやすいことはしない。

玉鶯という男にあれだけ莫迦《ばか》にされたというのに黙っていた壬氏だ。鴟梟程度のやんちゃであれば、可愛いものと見るだろう。

「こっち」

木の陰から小紅が顔を出す。

猫猫は小紅と合流して、彼女についていく。周りには働く役人や下男下女がちらちらいるが、さほど猫猫たちに興味を持たない。

下手にこそこそ歩くより、堂々としていたほうが気づかれないものだ。

（心臓に悪い）

小紅は本邸から公所《やくば》へとつながる戸へと向かう。そのまま戸を開けて公所へ向かうかと思いきや、横に曲がった。

「こっち」

公所と本邸を挟む塀にそって歩いていく。木が生い茂った場所へとつながる。西都では珍しい大きな木だが、観賞用というより風よけの側面が強い。猫猫も見たことがある木だが、名前は知らない。たぶん、毒にも薬にもならない木だから覚えていないのだろう。

「こっち」

その木々に隠れるように小さな戸があった。ご丁寧に上から蔦《つた》が茂って一目では見つからないようになっている。

（隠し通路）

どうやら小紅の嘘《うそ》ではない気がしてきた。戸はちょっとしたからくりで開く鍵がついており、もどかしい手つきで小紅が鍵を開ける。

（なんで小紅が知っているんだ？）

隠し通路なんてものは、血縁の中でも直系しか知らないものと猫猫は思っていた。小紅も確かに玉鶯の孫だが、傍系となると優先順位は下がるはずだ。

狭い戸を抜けると細長い通路になっていた。両側は塀に囲まれており、上は木の枝で遮られている。

「……小紅」

顔を真っ青にした男、鴟梟がいた。子どもが一人傍らにおり、泣きべそをかいていた。

玉隼とかいう生意気な餓鬼《がき》だ。

猫猫はすぐさま鴟梟に近づく。男のその腹は血まみれになっていた。

「こ、こいつは？」

「おいしゃ」

猫猫を怪訝《けげん》そうに見る鴟梟。その目は値踏みするような、確認するような目だ。

「いしゃだと！　はやく、はやく父上をなおせ！」

鼻をすすりながら玉隼が言った。

「……声が大きい。静かにしろ」

鴟梟は青白い顔で息子に言った。玉隼は目を見開き、小さく「はい」と答えた。

（小紅が隠し通路を知っていたのはこいつから聞いたせいか？）

一応玉隼は直系で、何かあった時の避難通路を教えられていた可能性が高い。そして、自分の立場をわかっていない餓鬼は、ただの秘密基地扱いで小紅に自慢でもするように見せつけていたのかもしれない。

「傷を診《み》せていただけませんか？」

「おまえのような者が傷を診ると？」

鴟梟は、出血がひどい割にしっかりした口調だ。大した傷ではないのか、それともやせ我慢しているのだろうか。だが、服についた血はどんどん広がりを見せている。

「別に私は診なくてもいいですけど、早く止血しないと失血死するかもしれませんよ」

「……」

鴟梟は考えている。また新しく小紅に医者を連れてきてもらうのは無理だろう。息子と姪、どちらがまともな大人を見つけて来られるか、言わずもがなだ。息子はやぶ医者を連れてくるかもしれない。

見かけ倒しの傷なら猫猫を追い返し、ひどい傷ならば手当てを受けるしかない。

（大した傷じゃなかったらどうしよう）

口封じにいきなり切りつけられるのではと考えてしまう。その時は、悪いが小紅を人質にしよう。さすがに無頼漢《ぶらいかん》の鴟梟でも自分を思いやる姪っ子には甘いと信じたい。いや、それとも実の息子の玉隼を盾にしたほうがいいだろうか。

「……わかった」

鴟梟は血まみれの腹を見せる。

（これは……）

刺された傷ではない。えぐった傷だ。わき腹の肉がそがれていた。これなら大量出血の理由がわかる。

「うわっ……」

玉隼が声を出しそうになり、慌てて鴟梟が息子の口を覆う。息子はそのままふらっと倒れこんだ。

小紅は目をそらしつつ、口を押さえていた。大声を出すといけないことが分かっているらしい。

鴟梟という男は、やせ我慢が得意なようだ。

「……矢毒ですか」

猫猫の質問に、鴟梟は鼻を鳴らした。

「それくらいはわかるのか？」

「判断が早いようで。えぐり出すまでにどのくらい時間が経《た》ちましたか？」

鴟梟は毒矢を射られ、それを自分自身でえぐり出している。想像するだけで眩暈《めまい》がしてきた。

「十秒と経っていない」

「痛みやしびれた感じはしましたか？」

「しびれた感覚があってからえぐったら手遅れだろう」

（毒の知識がある）

もし、しびれた感覚があれば附子《トリカブト》の可能性が高い。附子の毒は強力で、数十秒で死に至ることもある。

「どこで襲われたのですか？」

「おまえに言う必要があるか？」

公所《やくば》の隠し通路の中でやられたのなら、犯人は公所か本邸のどちらかから射たのだろう。そして、なぜ周りに助けを求めずこうして小紅を通じて猫猫を呼んだのか。医者を呼ぶ人間が何をするかわからないと考えたのだろう。

第一年端も行かない子どもを使うこと自体、賭けに近い。

（内輪もめの可能性が高い？）

そうなると、中央ではなく兄弟間の争いのほうが濃厚になってくる。長男がいなくなれば、相続について得する者が多かろう。小紅は鴟梟に懐いているようだが、小紅の母親も犯人として怪しい。

猫猫は鴟梟に横になるよう促し、懐《ふところ》から手ぬぐいを取り出す。玉隼は気絶しているので、地面に転がしておく。

「矢は矢でも吹き矢ですね」

「……どうしてそう思う？」

猫猫は、手ぬぐいで腹の傷を圧迫し、血が止まるのを待つ。

「痛みもしびれも感じる前にそぎ落としたということは、最初から毒が塗られていると思ったのでしょう？　そして使われたのは弓矢ではなく吹き矢ですよね？　なぜなら邸内で弓をつがえるのは難しいですから」

出血が止まったようだから針と糸を取り出す。えぐったのは肉と皮膚で内臓は無事だ。多少手荒いがさっさと縫ってしまったほうが早そうだ。

「吹き矢の矢は？」

鴟梟は猫猫に布包みを渡す。変色した肉の欠片《かけら》とともに、矢の先が見える。あとで何の毒か確認しよう。

「ちょっとちくっとしますが我慢してください。失礼します」

猫猫は遠慮なく腹を縫う。やせ我慢が得意な鴟梟は、顔を歪《ゆが》めながら叫び声もあげなかった。小紅は顔を背けている。

「これで良しと」

縫い終えた猫猫は血まみれだ。内緒でやってきたのに、こんな格好で帰ったら治療したことがばれてしまう。

（やっぱ無視すればよかった）

猫猫は腹立たしくなりながら、帯で鴟梟の腹をしめあげる。ぐえっという声が響いたが我慢してもらおう。

（応急処置は終えた）

でも、このまま外に連れて行っても、誰が敵で誰が味方かわからない。

まだ玉隼は気を失ったままで、鴟梟も貧血でぼんやりしている。

とりあえず肉片が付いた矢を確認することにした。細長い円錐《えんすい》状の針だ。

（何の毒かわからんな）

見ただけではわからない。猫猫の手を突いたら、現れた症状でどんな毒かわかるのだか。

が、ここで毒の人体実験をするつもりはない。ねずみか何かを捕まえて、刺してみよう
問題は応急処置をしたところで、このまま鴟梟を放置できない点だ。

（見つからずにどうやって運ぶべきか？）

猫猫が悩んでいるとがさがさと音が聞こえた。

「!?」

猫猫は、音がする方向へと振り返る。

「何をしているんですかー？」

木々の間から顔が見える。

「おやおやー。面白いことになっていますねぇ」

この独特のしゃべり方をするのは一人しかいない。

雀が塀をよじのぼって、猫猫を見下ろしていた。

「ほうほう、こんなふうになっていたとは」

「どうしてここが？」

猫猫は周りを見る。そんなに大声でしゃべっていないつもりだったが、周りに声が漏れていたのだろうか。

「猫猫さんが仕事を放置して気分転換に行くとは思えませんからねえ。ましてや、それな

りに重要な書類を置いたままで」

雀は木彫りの梟《ふくろう》を指でつまんでいる。

「鴟梟の大哥《おにいさん》が本邸に来ていると聞いていましたが、一時《にじかん》ほど前から誰も見かけていません。なおかつ、妙な空気が本邸と公所《やくば》に漂っていたんですよね」

怖いほど鋭い。なんでこうも雀は有能なのだろうか。

しかし、今貧血で意識がもうろうとしているとはいえ、鴟梟の大哥とはよく言ったものだ。

「猫猫さんすごい格好ですね。これでは、湯あみの準備をせねばなりません」

「そんなことより怪我人《けがにん》とこの子を」

猫猫は気を失ったままの玉隼と小紅を指す。

「はいはい」

雀は塀を乗り越えてやってくるとともに、隠し扉を開ける。そこから数人の男たちが入って来た。

男たちは子どもと鴟梟を抱えようとしている。

「さっ、猫猫さんはこちらへ。この上着を着てください」

血まみれでは目立つからと、雀は羽織っていた服をかける。別にいつも通りそつがない態度だったが——。

（なんだろう？）

何かが引っかかっていた。

大したことではない。ほんの少し、雀が足早になっていると感じた。雀は猫猫の護衛などを受け持っているが、ここで一番気遣うべき相手は誰だろうか。怪我人の鴟梟だと思った。

「……」

「どうしたんです？　立ち止まって」

「雀さん」

猫猫はそっと後ろを振り返る。鴟梟は二人の男に担がれていた。

頭に警鐘が鳴り響く。

（絶対に言わないほうがいい）

何もかも気づかなかったことにして、そのままのんびり湯あみでもすればいい。それが一番得策だ。

でも――。

（命を狙ったのが中央の可能性もあり）

（壬氏の思惑とは考えづらい）

猫猫は、口を開いていた。

「雀さん」

「なんですか猫猫さん？」

雀はいつも通りにこにこと笑う。

「鴟梟さまをどこに連れて行く気ですか？」

「……ふふふ、猫猫さん」

雀は猫猫の肩を抱く手に力を入れた。

「困りましたねぇ。こんなときでも勘がいいんですから」

うっすら開いた雀の目は、笑っているようには見えなかった。

十一話　南の宿場町

（ここはどこだろうな？）

猫猫《マオマオ》は窓のない二間続きの部屋で、蝋燭《ろうそく》の火を見つめていた。今いるのは、半日前雀《チュエ》に連れて来られた場所だ。

隣の寝台には小紅《シャオホン》が眠っている。隣の部屋には鴟梟《シキョウ》と玉隼《ギョクジュン》がいる。

本邸と公所《やくば》の間にある隠し通路には、猫猫が入った入口だけでなく出口もあった。そこから外に連れ出された猫猫は雀の言う通りについてきた。馬車に乗せられ目隠しをされ、どこか知らないところに連れて来られた。

部屋の外には見張りがいる。

雀は猫猫に「おとなしくしてくださいね」とお願いをすると、どこかへ行って戻ってこない。ただ、着替えが用意され、食事もくれた。扱いとしては乱暴ではない。

（なんか前にもあったなあ）

猫猫はまた連れ去られてしまったなと思いつつ、水がわりに酸味の強い葡萄酒《ぶどうしゅ》を飲む。雀は猫猫の好みをよくわかっている。酒のつまみに、干し肉と魚の干物も置いてあった。

さらに、桶《おけ》やさらし、痛み止め、化膿《かのう》止めの薬草などが置いてある。隣の部屋に鴟梟がいるということは、治療しろといっているのだろうか。毒のついた吹き矢は雀に没収されたので、調べることはできない。

猫猫は逃げる気すら失せてしまう。怪我人《けがにん》を放置できないとでも思われているのか。なんでも用意周到な雀は、猫猫の思惑もお見通しなので、逃げようにも逃げられないだろう。

（一体何がやりたいのだろうか？）

猫猫は呆《あき》れつつ、一緒に連れて来られた小紅を見る。彼女は戸惑いつつもついてきた。おとなしかったが、目が赤く腫れぼったい。めそめそと声を殺して泣いていたのだろう。玉隼も気絶から目覚めると散々泣き散らし、そして眠った。さっきまで泣きわめいていたので、猫猫はまだ耳が痛い。

本気で酒を飲むしかやってられないが、一旦落ち着いて情報を整理するだけの気持ちになった。

まず、雀の思惑については保留しておこう。いろいろありすぎてこんがらがってくる。聞くとしたら隣室にいる鴟梟が先だ。残念ながら、彼は傷が熱を持ってうなされているので、目が覚めてからだろう。

（まずここはどこか、ということだ）

猫猫は子どもたちが眠り、静かになったところで目を瞑《つぶ》る。閉め切っているが外の音が聞こえた。雑踏と話し声。

(街中。少なくとも人里離れた一軒家ではないみたいだ)

馬車に乗っていた時間はどのくらいだったろうか。そんなに長くはないが、短くもない。ただ、西都を出るには十分な距離を走った。あえて猫猫をかく乱するために遠回りをしない限り、近隣の町に移動したと考えていいだろう。何より、かく乱より優先事項があるとすれば、わざわざ遠回りするとは思えない。

(鴟梟をさらうのが目的だったみたいだけど)

さらしや薬草を置いていったのを見ると、鴟梟を殺そうという意思は感じられなかった。むしろ保護と言っていい。

(雀さんと鴟梟は知り合いだった？　しかも仲間、……いやもっと利害が一致した共犯？)

どうして猫猫まで連れてきたのか。猫猫に雀と鴟梟が共犯だとばれてもよかったのか。

(他に何か手がかりとなるものは……)

治療器具や食材の他に、古い本があった。見慣れぬ紋様が描かれている。

(見たことあるな)

どこで見たのだろうか、と唸《うな》りつつ本を開く。茘《リー》の言葉で書かれているが教本のようだ。道徳や偉人の教えのようなものが書かれている。

（教典か）

宗教的な教えを記した本。宗教と結びつけば、紋様に見覚えがある理由がわかった。前に雀に妙な異国語を教えてもらった礼拝堂にあった似たような紋様。では、この教典は、雀の私物だろうか。

（いや、雀さん全然信心深く見えないんだけど）

むしろお供え物の餅をつまみ食いするように見える。

猫猫は教典をぺらぺらめくる。面白いことに、いくつかの言語で書かれていた。最初は茘語だが、後ろには西方の言葉や猫猫が知らぬ文字もある。

『神よ、私たちを見ていますか？』

猫猫は雀に覚えるようにと言われた言葉を口に出す。雀はこの言葉をこの教典から覚えたのだろうか。

（今はあんまり関係ないか）

猫猫は本を置くと、魚の干物を手に取った。蝋燭《ろうそく》の火で炙《あぶ》り、思い切りかぶりつく。

（蝋燭なんて贅沢《ぜいたく》だなあ。まあ魚油だったら臭くてたまらないけど……、ん？）

猫猫はふと外の雑踏に耳を傾ける。がやがやうるさい中で、何を話しているのか必死に聞き取ろうとする。だが聞き取れない。それはそうだ。

（茘語じゃない？）

異国人が外にいる。

そして、猫猫は鼻を鳴らす。外の空気はわからないが、かすかに潮の香りが漂っている気がする。

西都の近隣の町で、異国人がいて、潮の香りがする町といえば――。

「南の宿場町か」

「……正解だ」

猫猫は、いきなり背後から声が聞こえて驚いた。

後ろには、わき腹を押さえた鴟梟が立っていた。目が覚めたらしい。汗が上半身を伝っている。

南の宿場町。先日、異国のお嬢さまのむし歯治療をした場所だ。まだ帰るに帰れない異国人が多く残っている。

鴟梟の顔色はだいぶ良くなってきた。無頼漢《ぶらいかん》のような男は猫猫の前に立ち、葡萄酒《ぶどうしゅ》の瓶を掴《つか》む。

「飲まないでください」

「喉が渇いている」

「せっかく止まった血がまた噴き出しますよ」

酒精《アルコール》は血の巡りをよくする。

「……」

鴟梟は面倒くさそうな顔をして葡萄酒《ぶどうしゅ》を置き、部屋の隅に置かれた瓶の水を飲んだ。ぷはっと口の端からこぼれた水を拭い、猫猫を見る。

「どうしてここが宿場町だとわかると言いたい顔だな」

「ええ」

半分意識がない状態で運ばれてきた鴟梟だ。猫猫以上にここがどこかなんてわかるわけがない。なのに、こうしてはっきり断言できるということは――。

「雀さんとはあらかじめ打ち合わせ済みでここに来る予定でしたか？」

「雀とは利害は一致している」

「共犯ということですか？」

（雀さんめー）

絶対何か隠していると思っていたが、まさか鴟梟とつながっていたとは。

だとすると、鴟梟を保護した理由はわかる。

「どんな利害が一致しているのですか？」

「戌西州《いせいしゅう》の平和という利益だ」

（胡散臭《うさんくさ》い）

だが、雀なら冗談めかして言いそうなことだ。

「戌西州の利益という割には、戌西州を治めることを嫌がっているようですけど、どうなんですか？」

「仕事には適材適所というものがある。やるべき人間がやるべき場所にいてこそ、機能するもんだろう？」

つまり、鴟梟自身は自分に戌西州を治める能力がないと思っているらしい。

（わからなくもない）

だが、わからないのは——。

「なんで、私まで連れてこられたんですか？」

「さあ。俺が話すことじゃない。雀から直接聞いてくれ」

鴟梟は水をもう一杯飲んで柄杓《ひしゃく》を置くと、寝台に寝ている玉隼、そして小紅を撫《な》でる。

「こいつらには悪いことしたな。小紅に至っては、銀星《インシン》が今頃騒いでるだろう」

銀星。言っている雰囲気からして小紅の母親だろう。鴟梟にとっては妹に当たる。

「玉隼の母親はどうなんですか？」

「あいつは驚くだろうが、騒ぎ立てない。そういう嫁をあてがわれたからな」

猫猫は影の薄い玉隼の母親を思い出そうとした。ぼんやりとすら覚えていない。

（散々、嫁に迷惑をかけているくせに）

政略結婚とはいえ、こう言われると嫁がかわいそうにも思えてくる。

鴟梟は息子と姪《めい》の無事を確認すると、腹が減ったのか棚を漁《あさ》っている。平べったい麺麭《パン》を見つけて頬張っていた。腹をえぐった割に元気だ。足りない血を補充しようという本能が強いのだろう。名前の通り、獣のような男だ。

「私がいなくなったことも騒がれている気がします」

気晴らしに温室に行ってくると言って、半日以上留守にしてしまった。雀だって猫猫を連れてきたら大騒ぎになるとわかっているのに、なんで連れて来たのか。

「そりゃ大変だ。だが俺のせいじゃねえ」

鴟梟は責任を放棄して、家探しを続ける。棚の中から乾酪《チーズ》と干し肉を追加で見つけていた。

（鴟梟と雀さんがつながっていた）

つまり鴟梟を襲ったのは、中央とはまた別の勢力。なおかつ本邸または公所《やくば》で襲われたとして、内部犯の可能性が高い。

雀が猫猫を連れてきたのは――。

（鴟梟とつながっていることを隠すため？）

いや近いようで遠い、他の理由がある気がする。

そこに、鴟梟がここを宿場町だとわかっているという前提が加わると――。

（元々雀さんは鴟梟と宿場町で落ち合う約束をしていた？）

だから忙しそうにしていたのか。もしかして、猫猫に事務仕事を持ってきたのも変に外をうろうろさせないためだったかもしれない。

しかし、雀ならもっと別の場所で落ち合うほうが、都合がいい。なら、なぜ宿場町にいるかといえば――。

（鴟梟は、誰か別の人間と落ち合う約束をしていた？）

そして、落ち合う前に鴟梟が襲われたとなると。

（鴟梟を襲った者は、鴟梟とその誰かを会わせたくなかったから、実行に及んだ？）

そして、落ち合う場所は、異国人が多い宿場町だ。

自ずと答えが出てくる。

鴟梟は考え込む猫猫をじっと見ている。

「あんたは、漢太尉《かんたいい》の娘だけあって勘が良さそうだな」

「あのおっさんと私は他人です」

「ははは。娘が父親に反発するのはどこの家でも一緒だな」

鴟梟は豪快に笑い、干し肉を齧《かじ》る。

「あんたは聡《さと》いようだから、ここが南の宿場町とわかった時点で、俺がこれから何をしようとしているのか想像できるはずだ」

「わかりません。ところで私はそろそろ帰ってもよろしいでしょうか？」

猫猫はこれ以上大ごとになる前に帰りたかった。前の『子《シ》の一族』の乱のようになっては困る。

（壬氏《ジンシ》はただでさえ手一杯なのに！）

「悪いようにはしねえよ。それに雀が戻ってくるまでちと待ちな」

鴟梟は、猫猫にお構いなくむしゃむしゃと食事を続ける。

「……お、おじさま？」

寝台の上で、小紅が目を覚ました。

「おお、起きたか。すまんな」

「きず、だいじょうぶ？」

「平気だ、平気。おまえのおかげで助かったぞ。ったく、玉隼はびびって動けなかったってのに、大したもんだな」

「へへ」

鴟梟は小紅の色素の薄い髪を撫《な》でる。

「ちょいと、おめえの母ちゃんとは離れるがおじさんと一緒なら平気だよな？」

「……うん」

小紅はこくんと頷《うなず》く。ずいぶん鴟梟に懐いているようだ。

同時に、玉隼が小紅を虐《いじ》める理由の一端を見た気がした。なかなか家に帰ってこない父親が、自分ではなく従姉妹《いとこ》を可愛がっている姿を見たら嫉妬の一つくらいするだろう。

鵰梟は乾酪《チーズ》を軽く炙《あぶ》って麺麭《パン》に載せると、小紅に渡した。小紅は最初ためらっていたものの、伯父のくれたものなので小さな口で頬張り始める。

「わかりました。では、雀さんはいつ頃来ますか？」

「数日以内には戻ってくる。あんたが想像していることは数日以内で終わる。ただし、その間、表に出られないと思ってくれ」

「やることがないんですけどね」

「こっちだって、あんたの存在は予想外だった。どうせ何か余計なことを言ったんだろう？」

「……」

確かに言ってしまった。もし、あの時、何も知らない顔をしていれば、雀はおとなしく猫猫を医務室に帰しただろうか。

（どうなんだろう？）

ただ、猫猫の中ではっきりしたことがあった。

雀は今までずいぶん自由に動き回っていた。かなり裁量権を持っているが、馬良《バリョウ》の嫁なので、壬氏に従っていると思っていた。

だが、壬氏直属ならこうして猫猫を宿場町まで連れて来ることはないだろう。
ということは――。
(雀さんの上司は壬氏ではない)
なおかつ。
(壬氏とは違う思惑で動いている可能性が高い)
となる。
そして、雀と鴟梟の利害が一致するとすれば、雀は戌西州側の人間ということか。
(一体、何を信じればいいんだか)
猫猫は大きくため息をつき、使い古された教典を開く。ちょうど開かれた頁《ページ》には、
『神よ、私たちを見ていますか？』
と書かれていた。

十二話　理人国《リビト》

しばし時間はさかのぼる。

「月の君に面会を求める者がおります」

壬氏《ジンシ》の執務室にやってきたのは諸悪の根源——ではなく陸孫《リクソン》だ。玉鶯《ギョクオウ》の次男である飛龍《フェイロン》も一緒にいる。

「月の君におかれましては、ご機嫌麗《うるわ》しゅう、恐悦至極《きょうえつしごく》にございます」

なんだろう、この慇懃《いんぎん》を通り越しているような感覚は、と壬氏は思う。以前は少し気になる程度の者だったが、最近は気に障る者に変わりつつある。そして、そのことを陸孫自身も自覚してわざとやっているのではないかと考えてしまう。

しかし、なまじまともに仕事ができる人間であるため、雑に扱うつもりはない。個人の感情で人事を行ったところで壬氏の仕事が増えるだけだ。下手に閑職に追いやっても、本人は喜びそうな気さえする。

「何の用だ？　いつもなら書簡で済ませることが多かろう」

壬氏は陸孫に聞いた。

「これは、口頭でご説明するほうがよろしいかと思いまして」

陸孫はちらっと周りを見る。

「少し席を外せ」

壬氏は執務室にいる護衛と文官に言った。部屋にはほかに帳《カーテン》に隠れた馬良《バリョウ》と、馬閃《バセン》もいるので問題なかろう。高順《ガオシュン》は夜の護衛についており、現在仮眠中だ。

「長話になるようなら座って話すがよい」

「お心遣い感謝いたします」

陸孫は遠慮せずに長椅子に座った。飛龍はためらいつつも同じように座る。

陸孫は変人軍師の副官だったが、その元上司を思わせる図々しさを壬氏は感じた。

隣にいる馬閃が少し顔をしかめたが、特に文句を言ったりしない。護衛としてまだまだだが、昔に比べるとだいぶ成長したほうだろう。ただ、隣に家鴨《あひる》が立っていることはいただけない。

「月の君に会いたいという異国の者がいます」

「誰だ？」

壬氏は単刀直入に聞く。

本来なら陸孫より壬氏のほうに先に話が来そうなものだ。異国の者の流入経路は限られている。海路もしくは宿場町に残っている者であれば、大海《ダーハイ》を通じて話が来るはずだ。

「理人国の者です」

「理人国？」

壬氏は頭の中の地図を引っ張り出す。北亜連《ホクアレン》に属する国だ。位置としては戌西州《いせいしゅう》の北側にある。

北亜連はいくつかの国が集まったものであるが、基本は大きな一つの国とそれに属する複数の小さな国である。

理人国は茘《リー》に接しているが、北亜連の防壁という形で存在しているので、下手に茘に喧《けん》嘩《か》を吹っ掛けようものなら国力以上に消耗する。だが、領土を拡大したい同盟国がいるため、たびたび兵力を増強せねばならない。

貧乏籤《びんぼうくじ》を引いた国という印象で、壬氏としては同情したいが、同時に友好国とは言い難《がた》い。ただ、完全に国交がないわけではなく、砂欧《シャオウ》を通じて理人国の工芸品を輸入することもあれば、たまに外交として特使を送られることがある。

「どういう伝手《つて》で話が来たのだ？」

壬氏は単刀直入に聞いた。ここ最近の陸孫の態度を見ると、婉曲《えんきょく》に聞くよりも手っ取り早いと判断している。

「それは私のほうから説明をしてもよろしいでしょうか？」

口を開いたのは、飛龍だ。玉鶯の息子だが、線が細くあまり親には似ていない。

「許す」

飛龍は深々と頭を下げる。

「理人国の特使からは、私の叔父である、祖父の玉袁《ギョクエン》の二番目の息子の紹介で話が来ました」

飛龍はよくわかっている。自分の叔父が複数いるため、名前を呼ばず二番目の息子と言った。壬氏も一応名前を把握しているが、その呼び方が一番わかりやすい。

「たしか陸運を担《にな》っていたな」

「はい。次男が陸運、三男が海運です」

大海と違い、次男とはあまり接触がない。飛龍を経て話を聞いてもおかしくはない。

「その理人国の者が私に何の用があるという？」

「そのことについては、直接お会いして話したいそうです」

飛龍が申し訳なさそうに言っているのに対して、陸孫はにこにこしている。壬氏がどう対応するか楽しんでいるように見えた。不敬罪でしょっぴこうかと考えてしまう。

「私でないと駄目なのか？」

「西都の最高責任者を出したほうがよろしいと判断しました」

陸孫はさらっと言ってのける。壬氏は今後、何かしら言いがかりをつけて陸孫を罰しようと心に誓う。

「私でなくとも、おまえらが行ったらどうだ、陸孫。西方についての知識は私よりも豊富であろう？」

壬氏は、やりたくないからまかせると、婉曲《えんきょく》に伝える。

「私では分不相応かと思われます」

笑顔を崩さずに言う陸孫。こっちもやりたくないことを、これまた婉曲に返す。

「分不相応か？　他国の使者に大物がいると言いたいか？」

「ええ。おそらくですが」

陸孫はにっこり笑いながら答える。

壬氏は表情を変えず、目を瞑《つぶ》る。帳《カーテン》の後ろから、かつかつと卓《テーブル》を叩《たた》く音がした。馬良の合図だ。二回叩くと『是《はい》』、三回叩くと『否《いいえ》』。二回叩いたということは、陸孫の言葉に信《しん》憑性《ぴょうせい》があることを示している。

「なぜそう思う？」

「理人国の昨今の状況を考えると、いくつか怪しい点がございます。おそらく月の君もご存じのことですのであえて私から言うことではありません」

また、馬良は二回卓を叩いた。

壬氏は仕方ないと腹をくくる。

「わかった。時間を作ろう」

「ありがとうございます」

深々と頭を下げて、陸孫と飛龍は退室する。

二人の足音が聞こえなくなったところで、壬氏は息を吐く。

「月の君、あの二人の話を聞き入れるのですか？」

馬閃は怪訝《けげん》な表情をしている。

「聞き入れるも何もそうせざるを得ないのならするのが役目だ。あと馬良」

「はい、月の君」

帳《カーテン》の奥から声が響く。

「理人国は今どうなっている？　何を求めて話がしたいか予想がつくか？」

「二つ、心当たりがあります」

馬良はぺらぺらと紙をめくる音を響かせる。

「一つ目は、砂欧と同様、食糧危機でしょうか。理人国は茘より北に位置します。蝗害《こうがい》での食糧難という面では、茘よりも深い痛手を負っていると想像できます」

壬氏にも想像できることだ。ただ、友好国でもないのに食糧を提供してほしいなどと都合がいいことを言うだろうか。

「もう一つは？」

「二つ目は、後継者争いですね。理人国の王は数年前から病を患っているという話です。

直系の男子は四人で、確か長子は正室の子ではなかったはずです。次男が世継ぎにおさまっていますが、この情報も新しくないもので今はどうかわかりません」

「後継者争いに茘が関与すると？」

「本来ならその可能性は限りなく低いのですが……」

馬良はどこか言いにくそうな様子だ。

「何か気がかりなことでもあるのか？」

「はい。先日、医者を借りたいという話が虎狼殿《フーラン》から来たのを覚えていますか？」

壬氏も覚えている。猫猫《マオマオ》が出かけたいというので許可を出した。

虎狼は現在、使いに出ていて不在だ。

「猫猫を派遣した話だな。まだ幼い娘の診察だったと聞いている」

小紅《シャオホン》という玉鶯の孫も診察していた。同じような話だと判断したのだが――。

「はい。その娘の特徴が、さっき言っていた理人国の四男によく似ていました」

「……報告にはなかったぞ」

壬氏は冷たい視線を向ける。

「妻の雀《チュエ》と検討し、月の君に報告しないほうがいいと結論を出しました」

「兄上、なぜそんなことを勝手に？」

「馬閃、静かにしていろ」

壬氏は声が大きくなりそうな馬閃を止める。

「月の君の立場で、他国の第四王子が自国にいることを知っていると、今後不具合が生じるからです」

他国の王子が茘に隠れて何をしているのか。

「知っているのと、知らないのと、知らないふりをしているのでは、大きく違います」

他国が関係していて、部下だけが知っている。つまり何かあれば、壬氏が馬良たちを簡単に尻尾切りできるようにと考えていたのだ。

「いま、知ってしまったが?」

壬氏は怒りをこらえながら、馬良に言った。

「ここまで聞かれたら、知らないよりも知らないふりをしてもらったほうがいいと思ったからです」

馬良ははっきり答える。

もし理人国の使者の目的が第四王子であれば、素直に引き渡したいところだ。それが茘にとって無難な対応に違いない。だが、第四王子を茘が亡命させよう、もしくは第四王子の後見として理人国の東宮にしようとしているなどと思われたら厄介だ。

だから、何も知らないことにしたのだろう。

そうなると一つ問題がある。

「では仮に第四王子だったとして、茘で接した人物が手引きしたと疑われる可能性があるのか」

「……はい」

「第四王子を診《み》た医官手伝いはどうなる？」

「偶然であれば誤魔化しようがあります。その手配はついております」

医官手伝い、つまり猫猫には危害が及ばないようにしているらしい。

「誤魔化しようはあるか」

「ええ。変ないちゃもんをつけられなければ」

「いちゃもん……」

あいにく、外交とはいちゃもんのつけ合いの要素もある。互いに足を引っ張り合い、いかに自分により有利な条件を引っ張り出せるかが問題だ。醜いが、自国の利益のために、よその顔色など窺《うかが》わないことが多い。

そして、王族が関われば、戦《いくさ》にすら発展する可能性がある。

「虎狼はどうしてそんな人物の容体《ようだい》を診ろと言ってきたのか？」

「さあ、ですが伝手《つて》などいくらでも作れますから」

お手上げと、馬良の声に表れている。

「……月の君」

「何だ、馬閃？」

ずっと黙っていた男が口を開いた。

「いえ、一度話に聞いたのですが……」

「何の話だ？」

「虎狼殿は長兄と仲が良く、異国人の話も鴟梟《シキョウ》殿から紹介してほしいと言われたのだと」

「妙な話だな。虎狼は次男の飛龍が後継者にふさわしいと言っていたと思ったが」

「ですが長男と三男の兄弟仲は悪くなく、よく話しているそうですよ」

鴟梟、玉鶯の四兄弟の中で鼻つまみ者にされている長子。無頼漢《ぶらいかん》だとよく言われている。

もし、理人国の第四王子を引き入れたのが鴟梟であるとすれば、どう対応していいのか難しい。

「月の君。しばし鴟梟殿とは距離をとったほうがいいかと思います」

「ああ。わかっている」

幸か不幸か、今のところ長子と面と向かって会ったのは、玉鶯の遺産問題に駆り出された時くらいだ。

「まだ他の者なら換えが利きます。ですが、月の君が関わっているとなれば、戌西州だけでなく茘が理人国に対して喧嘩《けんか》を売っていることになります」

さすがにそれは避けたいところだ。そのためなら馬良は自分がとかげの尻尾となる覚悟なのだ。

「鴟梟か」

壬氏は深く息を吐く。気が重いまま、理人国の特使たちに会わねばならない。

会談の場所は、公所《やくば》でも本邸でもなく西都一の高級飯店と言われる店を借り切った。飛龍と、その叔父である玉袁の次男立ち会いの下《もと》で行う。

理人国の特使たちは壬氏を値踏みするように見ていた。一見、丁寧な態度ではあったが、後宮《こうきゅう》で散々値踏みをされてきた壬氏が見破るなど容易《たやす》いものだった。

国力は茘のほうが何倍、何十倍も大きい。しかし、背後に強大な同盟国があることが慢心を生んでいる。また、茘よりも体格がよく毛深い者が多いのが特徴だろうか。そんな侮りが透けて見えた。

なので、護衛には背が高く屈強な者を選んだ。李白《リハク》あたりなら機転が利き、ある程度信用できた。だが、猫猫が例の第四王子らしき者の診察に行った際に同伴していたので、念のため裏方にいてもらうことにした。

最近はだいぶ成長した馬閃だったが背丈はまだ発展途上であり、髭《ひげ》もない童顔であるため、護衛ではなく文官の格好をさせる。本人は不本意だったようだが、相手を油断させるためと言って納得してもらった。誰も童顔の文官が、素手で数十人を殺せるだけの腕力を持っているとは思うまい。

陸孫は公務が残っているからと辞退した。せっかくなので一緒に来てもらいたかったのに、面倒くさいことはしないらしい。最近、奴は何かに吹っ切れたような性格になった気がする。

虎狼と雀、馬良も会談の場からはずした。王子らしき者の診察に同行したからだが、馬良と雀はああ見えて語学に堪能なので、通訳としていてもらいたかったが仕方ない。近しい部下が少ない中、高順がいてくれて本当に助かった。

外交はそれほど面倒くさい。言いがかりのつけ合いで、友好国でもないのなら忖度《そんたく》する義理はない。

しかし、壬氏は己の面が交渉の場面で役に立つものと知っている。案内された部屋で、特使たちと対面すると一瞬、固まったようになった。そして、まじまじと右頬の傷を見て残念そうなため息をついた。

莫迦《ばか》にされていると思うこともある容姿だが、天女の如き微笑《ほほえ》みを持つ天上人というのは、異国人にも通用するらしい。もし、性別が女ならさらに効果があると思われるが、それはそれでさらなる厄介ごとを引き寄せることになると壬氏はわかっている。たびたび、男でよかった、国が傾かずに済んだと言われるのだ。

こんな冗談みたいな容姿をくれるなら、もっと堅実な才能が欲しかったと、壬氏は何度ない物ねだりをしただろうか。

とはいえ、この容姿に面倒をかけられたことも多ければ役に立ったことも多い。今回も利用できるのであれば、利用したいところだ。

会談の内容は意外なほど直球を投げられた。特使としてやってきたのは、茘人によく似た風貌の男だ。黄みを帯びた肌にこげ茶色の髪と目をしている。ただ体毛の濃さと大きめの鼻と目は、異国人の血を感じさせた。

『我が国の貴族が行方《ゆくえ》不明になっている。知らないか？』

そんな話だった。通訳が伝えているので、相手がどの程度壬氏に敬意を払った物言いをしているのかはわからない。

王族ではなく貴族と言い、細かい年齢は伝えてこないが、大体予備知識と一致する。

『誘拐の可能性もある。もし情報があればすぐさま教えてほしい』

見た目はいかにもその貴族とやらを心配している様子に見えた。伏せ気味のまつ毛や細かい手の震え。演技だとすれば大した役者だ。

ここに変人軍師がいればどんな役者であろうとも仮面を暴いてくれるだろう。だが、外交という場面に彼を投入する勇気は壬氏にはない。それこそ、煙草《たばこ》をふかしながら火薬庫で談話するようなものだ。

壬氏はあらゆる可能性に配慮する必要がある。

「もし兄が何か問題を起こした場合、私も話に参加させてください」

神妙な面持ちで言う飛龍。

「甥《おい》の不始末の責任は俺にあります。我々に気を遣わずに公平な判断をお願いします」

というのは玉袁の次男。

たとえ血縁だろうと処罰は受け入れるようだが、その公平というのは難しい。本来なら、はっきりした情報がないとできないものだ。

だが、優先順位をつけるとしたら、どれを一番にすべきだろうか。

仮に話の貴族を第四王子としておく。

特使の話が本当だと鵜呑《うの》みにするのなら、第四王子は誘拐されて茘へと連れて行かれた。その際、鴟梟が手引きしたと考えるのが普通だろう。

いくら元領主の息子でも、他国の王族誘拐に関わっているのであれば擁護できない。ましてやどら息子だ。関わり合いにならないほうがいい。もし何かあれば即座に切る準備さえしなければならない。

冷たいように聞こえるが、それが外交だ。他国との軋轢《あつれき》を生み、戦《いくさ》の火種になる者を野放しにすると、その何十倍、何百倍の死者が出る。

ただ、特使の言うことが嘘《うそ》だと話が違ってくる。

明確な情報がないまま決断を迫られることもある。壬氏としては、しばらく鴟梟への監視を怠らないように命令するほかない。場合によっては、本邸や公所《やくば》への立ち入りを禁止せねばならない。

食事処なのにろくに食事をしないまま話は終わる。しばらく宿に滞在するという理人国の特使たち。

どのくらい留《とど》まるのかわからないが、気は抜けない。

ただ、こういう時に限って面倒ごとは起こるものだ。

壬氏は、飯店を出て馬車へと乗り込む。

食べた気がしない食事を流し込むように水を貰う。馬閃の出番はなかったものの、動きづらい文官服が息苦しかったのか、軽く襟を緩めている。

馬車の戸を叩《たた》く者がいる。

「どうした？」

馬閃が目を細めて、窓から外を見る。

「伝令です」

蜜蝋《みつろう》で簡単に封をされた紙を渡される。馬良からだった。

「どういう内容ですか？」

壬氏は封筒の中身を開く。

「……なんとも間が悪い」

壬氏は額を押さえる。

書面には本邸に鴟梟がやってきたこと、無理やり入ろうとして争いになったことが書かれていた。

なぜ、こういう時に限って面倒ごとを起こすのだと呆《あき》れてしまう。

そして——。

「……」

「壬氏さま、顔色が悪いようですけど？」

「……あの莫迦《ばか》やろう」

怪我《けが》をして逃げた鴟梟を猫猫が治療したことが書かれていた。

十三話　鏢師《ひょうし》

猫猫《マオマオ》は翌日、鴟梟《シキョウ》の看病と小紅《シャオホン》の世話、玉隼《ギョクジュン》の躾《しつけ》で終わってしまった。というより、それ以外やることはなかった。小紅の世話といっても、出された食事を分けたり、食べたあとの歯みがきや体の水拭きをしてやっているくらいだ。年齢の割にしっかりしており、おとなしい。

対して、面倒なのは玉隼だった。

「おい、おまえ。こんなかたいぱんがくえるか！」

「じゃあ食うな」

猫猫は皿に置いた麺麭《パン》を奪うと、玉隼の手が届かぬ棚の上に置いた。

「お、おい！　じゃあおれはなにをたべればいいんだ！」

「食わないと言ったのはそっちだ」

猫猫は硬い麺麭を千切って咀嚼《そしゃく》する。

「ち、父上！　こんなぶれいなおんな。しばりくびにしてください」

「俺は役人じゃねえから縛り首にはできねえし、出されたもんをちゃんと食わないおまえが悪い。ほれ、小紅はおとなしく食べているぞ」

（あー、それ逆効果）

味方だと思っている父親が、そんな態度で小紅を褒めるのだ。玉隼は悔しくてさらに小紅を虐《いじ》める。

どうしようもないくそ餓鬼《がき》に違いないが、育った環境にも原因があると猫猫は思う。玉隼は、癇癪《かんしゃく》を起こしては疲れて眠る。その合間に小紅は伯父に甘えるのだ。

「ねえ、これはなんとよむの？」

小紅は古びた教典を開き、鴟梟の膝の上に乗っている。

「『廟《びょう》』と読む。小紅がいつもお参りしている場所だ」

「これは？」

「これはなー」

伯父さんと姪《めい》っ子の関係はすこぶる良好らしい。引っ込み思案に見えた小紅だが、伯父さんにはよく懐いている。伯父さんは伯父さんで、狭い部屋にいる中で姪っ子が退屈にならないように工夫していた。

（息子じゃなくて娘が欲しかったんじゃないか？）

それを口にするほど野暮ではなく、猫猫は寝台に大の字になって眠る玉隼に上掛けをかけてやる。男には厳しくという教育方針なのかもしれないが、それは父親としてまともにやっていればの話だ。

「ようし。次はおはじきをするか」

「うん！」

二人は、木の実や小石を床に並べて、弾《はじ》いて遊ぶ。ささいな遊戯だが、小紅は楽しそう

傍《はた》から見れば本物の父娘のようで、玉隼のこともこうしてかまえばいいのにと思う。

（親と離れたことはそんなに苦じゃないのか）

意外と強いのだなと、猫猫は小紅を見た。

猫猫はやることはないなりに、いろいろ考えていた。食事を持ってくるのはいつも同じ男で、護衛も兼ねている。水も多めに持ってきてくれた。

そして、食事を貰うときに、一緒に紙を渡される。鴟梟は、猫猫に見せることはなく読み終わるとそのまま蝋燭《ろうそく》の火で燃やす。貴重な紙がもったいないが、猫猫に知られるわけにはいかない内容なのだろう。

猫猫と玉隼、小紅がいなくなったことで大騒ぎになっている可能性は高いが、周りの雰囲気はそれほど変わらない。少なくとも、宿場町では騒ぎになっていない。

もし、変人軍師が猫猫の不在に気づいたら、宿場町まで来て騒ぎまくっていそうだ。なので、猫猫を連れてきた雀《チュエ》が上手く誤魔化しているのだろう。

鴟梟は玉隼と小紅が疲れて眠るまで根気よく遊んでやる。玉隼は、旅の話を聞くのが好きなようで、子守唄の代わりに鴟梟の昔話を聞いては眠る。小紅はそれをこっそり横で聞く。子ども二人がぐっすりと眠ったところで、鴟梟は猫猫を見る。

「おまえさんはいろいろ、気付いているようだけど、俺に何か質問はないのか？」

「質問したところで、答えてくれるわけでもないですし、答えてくれたとして、聞かなきゃよかったという話も多いでしょうから」

大体猫猫の元には聞かなくていいことが舞い込みすぎている。今回も、雀に妙な勘を働かせたのがいけなかった。

「じゃあ、一つだけ教えてやる。明日の朝、俺はここを出る。そして、おまえさんは夕方には解放される」

「何よりの朗報です」

鴟梟が朝に出て、猫猫は夕方には解放される。つまり、その間に問題が解決されるということか。

（どっかに襲撃とかやめてくれよ）

誰かを襲撃する際、猫猫から壬氏《ジンシ》に計画がばれぬように一時隔離した。そう考えることもできるが。

（襲撃ではない気がする）

だとすれば、もっときな臭さを感じる。

「その際、俺は別行動をとるので玉隼と小紅を代わりに見てもらいたいと頼んだら断るか？」

「……断れない状況で言うのは頼みとは言えません。でも正直、玉隼は嫌ですね」

「そこを頼むわ」

どっちみち面倒を見るつもりの猫猫だが、一言文句を言うくらいしてもいいはずだ。

しかし、鴟梟という男は父親である玉鶯《ギョクオウ》と全然似ていない。似ているのは顔立ちと妙な豪快さくらいだ。豪快さに至っては玉鶯よりも自然に思える。

玉鶯の豪快さは生来の性質ではなく、後天的になろうとした結果。

鴟梟のそれは元々生まれ持ったもの。

猫猫はそう感じた。

そんな豪快な男がこそこそ部屋に閉じこもってまでして隠そうとすること。猫猫は半分予想がつきながら、確認するともれなく危険だとわかっているので聞かない。

「ともかく西都までしっかり送り届けてくれるのであれば小紅さまと一緒に本邸まで帰ります。そこで何を聞かれてもわからないのでどうすればいいでしょうか？」

「あったまんま話せばいい。おまえさんは怪我人《けがにん》の俺を治療した。そのまま治療が必要だったからついてきてもらった。そんだけだ」

「玉隼と小紅さまについては？」

くそ餓鬼《がき》には敬称をつけるつもりはない。

「俺に懐いているから心配してついてきたとでも言っておけ」

いや、きつすぎる言い訳だ。小紅の母親に尋問されるのは猫猫だというのに、ちゃんと考えてもらいたい。

（あと、壬氏がこんな言い訳に納得するか？）

なんだろう、変に面倒くさくなりそうな気がしてならない。

とはいえ、明日戻れるのなら、猫猫にとっても問題はない。さっさと寝て、明日の朝を待つことにした。


翌朝、がさがさという物音で猫猫は起きた。

数人の男と、一人の女が立っている。皆、鏢師《ひょうし》のような格好をしている。鏢師とは、金銭や宝物、または重要人物の護衛を生業《なりわい》とする者たちのことだ。

「起きたか？」

鴟梟もまた似たような格好をしていた。無頼漢《ぶらいかん》から鏢師に変わったところであまり雰囲気に変化はない。ただ、ぴしっと背筋を伸ばした姿は、腹にえぐった傷があるとは思えなかった。

「背筋を伸ばすと、傷口が開くかもしれません」

「さらしをきつく巻いているから、多少の出血なら大丈夫だろう？」

動くこと前提の言い方に猫猫はむっとするが、これ以上責任は持てない。

猫猫は寝ぼけた小紅と玉隼を起こす。目が覚めたときに鴟梟がいなくて泣かれても困るからだ。

「ん？　父上はどこへいくの？」

「仕事じゃないかな」

猫猫がねぼけ眼《まなこ》の子どもにたちに無理やり手を振らせていると、もう一人鏢師《ひょうし》の姿をした男がやってくる。

ごにょごにょと鏢師の女に耳打ちをする。

「……急ぎましょうか？　感づかれた模様です」

低く落ち着いた声だった。女鏢師は猫猫の前で膝を突く。

「感づかれたというと？」

「申し訳ありません。西都へ送ることはできないようです」

（嘘《うそ》だろ？）

猫猫は顔をしかめる。だが、文句を言う暇もないので女鏢師の指示に従うしかない。

「服を持ったまま移動をお願いします。今後、私と共に行動していただきます」

「……わかりました」

猫猫は頷《うなず》くしかない。

用意された馬車に乗る。鏢師の鏢車ではなく、普通の幌《ほろ》馬車だ。猫猫に渡された服は、上質のものだ。小紅もそろいで、猫猫は先に小紅を着替えさせる。

「かえるんじゃないのか？」

「もう少し先になる、ほら服」

猫猫は玉隼に着替えを投げつける。

「おい、きがえさせろ」

「それくらい自分で着ろ」

玉隼は不貞腐《ふてくさ》れながらしぶしぶ服を着替える。

「どこへ移動しますか？」

「ご安心ください。何があろうと私があなた方の命はお守りします」

女鏢師の返事は、質問の返答になっていない。ただ、幌馬車の中にいるのが女鏢師だけであることを考えると、猫猫たちに配慮したのだろう。

「鴟梟さまとは別の道を通ります。上手く隠れることができれば、そのまま西都へ戻ります」

「わかりました」

幌《ほろ》のかかった馬車は外が見えない。不安になった小紅は猫猫に引っ付いている。女鏢師《おんなひょうし》はあぐらをかいて手に持った曲刀を離さない。

年齢は三十代くらいだろうか。ぴんとはった背筋と鋭いまなざしをしている。日に焼けた浅黒い肌をして、凛《りん》とした低い声が特徴だ。人の顔を覚えるのが苦手な猫猫だが、たぶん初対面だろう。

しばし、猫猫はこの女鏢師に命を預けるほかない。

十四話　変装

馬車は二時《よじかん》ほど走っただろうか。速度はさほど速くないが、もうそろそろ馬も疲れてきている。二頭立てとはいえ、幌馬車は重い。普通なら一度くらい休ませてもいい頃だ。なのにまだ休む様子がないのは――。

誰かに追われている可能性があるということだろうか。

「まだか、まだか。つかれたぞー」

玉隼《ギョクジュン》は幌馬車の中で大の字になっていた。

「はいはい」

猫猫《マオマオ》は玉隼をあしらいつつ、外を窺《うかが》う。

「!?」

馬車ががたんと止まる。

「どうした？」

女鏢師が御者に訊《たず》ねる。

「さすがに馬たちを一度休ませてもいいでしょうか？　水を飲ませろとあいつらが睨《にら》んで

くるんですよ」

猫猫が外を見ると、幌《ほろ》馬車を引く馬二頭がこちらを睨《にら》んでいる気がした。

「わかった」

女鏢師《おんなひょうし》は荷台に戻り、猫猫に次の村で休むことを告げる。

「三人には故郷へ出戻りする母子として村に入ってもらいます」

「なんでそんなまねしなくちゃいけない？　それよりいえにかえらせろ！」

玉隼はふんと鼻息を荒くする。自分で着替えたのはいいが襟合わせが反対だったので一度脱がせなければならなかった。

「しばらく西都には帰れません。帰るというのでしたら、縛り上げて閉じ込めることになりますがよろしいですか？」

言葉は丁寧だが、女鏢師の目は本気だった。

「お、おれにそんなまねをしていいとおもっているのか⁉　父上がゆるさないぞ」

「鴟梟《シキョウ》さまのご命令です」

「……」

玉隼は目を潤ませて唇を尖《とが》らせる。

いい気味だと思う一方で、猫猫も同じ立場なので何も言えない。

「この二人と私が母子なんて、ちょっと無理がありませんか？」

猫猫《シャオホン》は小紅と玉隼を見る。全く似ていないうえ、さすがにこんな大きな子どもがいる年齢ではない。

「戌西州《いせいしゅう》では、中央よりも若くして子を産むことは珍しくありません。それに、子どもが似ていなくても、父親似だと言い張ればいいのです」

（うーん）

髪色は違うが玉隼と小紅は従兄妹《いとこ》同士なので似ていないこともない。

そして、女鏢師はすかさず化粧道具を取り出す。

「あと女は化粧で、ある程度誤魔化しが利くものです」

慣れた手つきで猫猫の顔を画布のように塗りたくっていく。白粉《おしろい》は真っ白というより、赤みがかったもので、より現地の人間の肌に近い色をしていた。

「……質問ですが、このまま西都に戻ったほうがいいのではないでしょうか？　私たちが帰ったとして大した影響を及ぼさないかと思いますが」

猫猫を監禁してまで隠したがることは何なのか気になるが、猫猫には何のことか予想もつかない。つかないので壬氏《ジンシ》に喋《しゃべ》るということもない。

同時に口止めのために殺されることはないというのは、雀《チュエ》の配慮だろうか。

「今、あなたがたを帰さない理由としては、鴟梟さまのためではなく、月の君のためです。巻き込んで申し訳ないと思っております」

（壬氏のため？）

なんらわからないまま、猫猫は流されるしかなかった。

化粧を施された猫猫は、実年齢より何歳か老けたように見えた。

しかも、目元や眉の形を子どもたちに似せている。

上手いものだと猫猫は素直に感心した。

滞在した村で馬車ごと馬を交換した。御者も二人になった。

「よろしくお願いします。奥さま、お坊ちゃま、お嬢さま」

御者は護衛も兼ねているらしく、がっちりした体つきの男たちだった。馬車には鏢師《ひょうし》の紋が入っていた。

「必要なものを買い出しに行きます。馬車の中でお待ちいただけますか？」

「おれもいく！」

玉隼が顔を出す。

猫猫は首根っこを掴《つか》んだ。

「はいはい、おまえは留守番な」

「おれもいくー」

じたばた暴れる悪餓鬼《わるがき》だ。いっそ縛ってしまおうかと思っていたら、女鏢師が猫猫の手を掴む。

「そこまで言うのなら連れて行きます。なにより、私の目から離れたところで逃げられるほうが大変ですから」

猫猫は玉隼と小紅を見る。小紅はおとなしく待ってくれそうだが玉隼はどうだろうか。

（勝手に逃げ出しそうだな）

「よろしくお願いします」

猫猫は女鏢師のことを信じて、送り出した。玉隼は勝ち誇った顔をしている。

「なあ、おかしかってくれよ」

「そんな余裕ありません」

女鏢師にきっぱり断られ、玉隼は衝撃を受けていたが猫猫には関係ない話だ。ただ、馬車の中でずっと待っているのも退屈だった。

「小紅、厠《かわや》には行かなくていいか？」

「だいじょうぶ」

「そうか」

小紅は一人でおはじき遊びをしていた。

（そういえば）

「なあ、おまえの伯父さんが怪我《けが》していた場所、隠し通路あるだろ。あれは、玉隼が教えたのか？」

猫猫は、ふと気になっていたことを口にした。

「ううん、ちがうよ」

「じゃあ、家族か？　ああいう通路は普通、もっと隠しておくものと思っていたけど」

「あれは、おじさんがおしえてくれたの」

「おじさん？　鴟梟のこと？」

小紅は首を横に振って否定した。

「ふーらんおじさんがおしえてくれた」

「虎狼《フーラン》が？」

「そう。しきょうおじさんがあぶないから、たすけてやってくれって」

「えっ!?」

猫猫はじわりと全身に脂汗をかいた。

「ちょうどぎょくじゅんもいっしょにいて、あんないしてくれたの」

(ど、どういうことだ？)

なぜ直接虎狼が鴟梟を助けなかったのか。

なぜ小紅のような子どもが猫猫を呼びに来たのか。

誰が鴟梟を襲ったのか。

（あの野郎）

虎狼の目論見《もくろみ》はよくわからない。

だが、鴟梟襲撃に大きく関わっていることがわかった。

十五話　優先順位

誰かの思惑に乗せられて行動することほど不愉快なことはない。

猫猫《マオマオ》は、西都に戻ったらまず虎狼《フーラン》を殴らせてもらう許可を取ることを誓った。

そして、何をすればいいのかわからないまま旅は続いている。

（一体、どこへ行くのやら）

猫猫と玉隼《ギョクジュン》と小紅《シャオホン》、そして女鏢師《おんなひょうし》は幌《ほろ》馬車に乗って休憩を挟みつつ移動、村や町などで宿泊を繰り返す。

中央と違って草原ばかりなので、移動しているのかぐるぐる回っているのかわからなくなる。だが、何度も太陽の位置を確認する限りでは、概ね西を目指しているようだ。

途中、寺院参りをしたり、服を買うこともあった。世間知らずな奥方を演じるには、多少の無駄な行動も必要ということだと理解する。

なにより好奇心旺盛な子ども二人を黙らせるには、そんなことも必要だった。猫猫も屋台に並ぶ串焼きや、見たこともない食材を見るのは嫌いではなかった。惜しむらくは、蝗《こう》害《がい》の影響で店が少なめであることくらいか。

「あー、あるきたくなーい。かごをもってこい」

「おなかすいた。みずがしはないのか？」

「こんなかたいぱんがたべられるか」

猫猫は何度、玉隼の脳天にげんこつを落としただろうか。男児のほうが女児より手間がかかると聞くが、本当だと痛感した。小紅は本当におとなしく、猫猫の言うことをよく聞いてくれた。

「そろそろどこへ向かうか聞いていいですか？」

猫猫は移動中の馬車の中で女鏢師に質問する。

「集落の名前を言ったところで、どこかわかりますか？」

ぐうの音《ね》も出ない返答をされた。

「おわかりかと思いますが西に向かっています。とりあえず実家は戌西州《いせいしゅう》第二の都市。蝗害のあおりを受けて商売が傾いた夫、このままではいけないと世間知らずの妻と子どもがなけなしの金で鏢師を雇い、実家に困窮を伝えに行く流れとなっております」

意外と細かい設定だ。

「よくわかりました」

つまり目的地は第二の都市、もしくはその手前にあるのだろう。

（世間知らずとは失礼な）

などと猫猫は思ったが、戌西州のさらに内陸部に入ることなどそうそうない。見たこともない食べ物や飲み物、工芸品を見て目を輝かせてしまう。魚料理がほとんどない中、蛇がけっこう売られていたりする。蠍《さそり》の躍り食いがあったのだが、さすがに世間知らずの奥方が食べてはいけないと止められた。とても食べたかった。

最初は鴟梟《シキョウ》と離れて萎縮していた玉隼と小紅だったが、幼い子どもの好奇心はあるようだ。猫猫と一緒に露店をのぞき込む余裕はあった。

（くそ餓鬼《がき》に比べて、小紅はとてつもなくいい子じゃないか）

猫猫は、もっとぐずったり、我《わ》が儘《まま》を言ったりするだろうと思っていた。猫猫は子どもが好きではない、むしろ嫌いだ。言うことを聞かない子どもを鉄拳制裁することが多いが、小紅に対してはそんな気は起らない。むしろ、大人の顔色をうかがうような雰囲気だ。小紅がどういう環境で育ったのか想像させられた。

「なあ、小紅ばっかりかわいがってねえか？」

玉隼が半眼で猫猫を見る。

「なぜ自分も可愛がられると思うんだ？　それとも、よーしよしよしと頭なでなですれば満足するのか？　ほれ、髪が抜けるほど撫《な》でてやろうか？」

「ち、ちげーし。そんなんいらねーし！」

玉隼がそう言うので、猫猫はわきの下を思い切りくすぐって可愛がってやった。

似ていないのにも説得力がある。玉隼は小紅と兄妹と言われても違和感がない程度には似ていた。

目元に増やされていた。小紅も明るい髪をしているので、異国人の夫の血が濃ければ妻に

ようだ。猫猫の肌は赤みがかったものに加え、普段やっているそばかすのように、しみを

女鏢師《おんなひょうし》の狙い通り、猫猫と玉隼、小紅が母子の設定でも、誰も不思議には思わなかった

「あまり萎縮していませんね」

飯屋で女鏢師が言った。四人掛けの卓《テーブル》が九つほどの小さな飯屋だ。二階が宿を兼ねてい

て、馬の世話もしてくれる。

「萎縮も何も内陸部を回れる機会はそうそうないです」

どうせ緊張しようがしまいがどちらにせよ通る道が同じなら、問題に直面するまで気楽

にいきたいところだ。猫猫は、麵麭《パン》に羊肉の汁物を付けて食べる。肉の味が染みているが

塩はかなり控え目だ。野菜は根菜と韮《にら》が少々、飲み物は水が貴重で酒類が多い。玉隼と小

紅には多少高いが水を別注で頼んで飲ませる。

「なあ、ぶどう水のみたい」

「んなもんない」

「のみたい、のみたい！」

玉隼には癇癪癖《かんしゃくへき》があるようだ。自分の思い通りにならないとすぐ駄々をこねる。猫猫に

げんこつを食らって泣くことになるのだから、そろそろ学習してもらいたい。

「しかし、人が少ないですね」

「ええ」

宿は寂れていた。元々、交易の中継地点として配置された場所なのだろう。蝗害《こうがい》による食糧不足もさることながら、交易といった経済の中心が打撃を受けているのがわかる。だからか、飯屋の客の雰囲気も悪い。

（一見、破落戸《ごろつき》は見えないけど）

店の隅っこで酒をちびちび飲んでいる客が見える。さっきから猫猫たちの席を見ているようだ。

（誰を標的にするか物色しているのかな？）

猫猫たちの席には女と子どもの四人しかいない。女鏢師《おんなひょうし》の他に御者兼護衛は二人いるが、時間をずらして飯を食う。

女と子どもだけの、狙ってくれといわんばかりの編成だ。

「他に鏢師を雇わないんですか？」

「信頼できる護衛は次の町にいるはずです」

つまり素性の知れない者を雇う気はないらしい。

この鏢師は女性だが腕が立つのだろう。

「御者のかたは一人ずつでも一緒に食べないのですか？」

席に男が一人でもいたら違うだろうに。

「戌西州では、女が家族以外の男と同席するのは不埒《ふらち》なことだと考える人も多いです」

つまり、設定に矛盾が生じると言いたいらしい。

「あと、次の町に向かう準備をしてきますが、宿には護衛を一人置いていきますが、部屋から出ないでください」

「わかりました」

町を探索したい気持ちもあったが、おとなしく女鏢師の言うことを聞く。中央からだいぶ離れて、治安も悪くなってきた。

「退屈かと思いますが、読書でもしていてください」

（読書ねえ）

今、猫猫の手元にあるのは、監禁されていた部屋にあった教典くらいだ。いつのまにか幌《ほろ》馬車の中にあったので、小紅あたりが持ってきたのだろう。

猫猫は何の興味もわかないが、やることがなければ読むしかなかった。もちろん、途中で玉隼が小紅を虐《いじ》めだして、静かに読むことはできなかった。

女鏢師が戻ってきたのは一時《にじかん》ほど後だった。買い出しも一緒に済ませたようで、大きな袋を持っていたが、どこか浮かない顔をしている。

猫猫は読書に飽きて、小紅と遊んでいた。とはいえ、貝殻や小石を使ったおはじきや、あやとりなどといった本当に暇つぶしにしかならないことだったが。玉隼は猫猫に殴られた頭が痛いのか、いじけて部屋の隅で丸くなっている。

「いい話題はなさそうですね」

「はい。仲間とは、次の町で落ち合う予定でしたが、現在交易路とは外れているらしく、情報が入りませんでした」

女鏢師《おんなひょうし》は、大きな袋を猫猫の前に置く。

「交易路から外れている?」

猫猫は聞き返しながら袋を開ける。袋の中には、干し肉などの保存食、防寒用の毛皮に加え、生薬の類が入っていた。猫猫は目を輝かせる。

「途中の街道は盗賊がよく出現するため、商人たちが避けた結果ですね。元々、盗賊の数が多かったのに、蝗害《こうがい》による食糧不足と不景気が重なって、職にあぶれた者が増えた結果でしょう。危ない道を通るなら通過して次の町に向かったほうが得策なので」

「あー」

いくら食い詰めた盗賊だとしても商人たちから根こそぎ奪ってしまったら、奪うものもなくなるというのに、そこまで頭が回らないらしい。

「でも次の町に信頼できる鏢局があったのでは？」

猫猫は生薬を並べつつ、にやにやしながら言った。つい注意が生薬へと向かってしまう。

女鏢師は首を振る。

「鏢師ではなく護衛がいると言いました」

「あっ」

確かに鏢師とは言っていない。猫猫はすんすんと生薬を嗅ぎながら納得する。小紅も猫猫の真似をするが、匂いの強い生薬だったため、鼻をおさえてそっぽをむいた。

「正直、そろそろ西都に戻ってもいい頃だと思うのですけど」

「その判断はまだできません。私の役目は完全に危険性がないとわかった時点で、あなた方を帰すことです。なんとなくで帰すわけにはいきません」

はっきり言う女鏢師。どんな思惑があって猫猫たちを連れまわすのかはわからない。だが、この言葉に嘘《うそ》偽りはない気がした。

「しかし次の町で仲間と連絡を取らねばどうすればいいのかもわかりません。なので、ある程度の危険性を踏まえつつ、向かおうかと思いますがいかがでしょうか？」

女鏢師がそう続けるのを聞いて、猫猫は生薬の乾き具合を確認しつつ、唸《うな》る。

「そう言われると私には拒否権はありません。ただぶらぶらと戌西州をまわるだけでは路銀も尽きるでしょうから」

「そう言ってくださると多少気が楽になります」

女鏢師《おんなひょうし》は懐《ふところ》から小さな壺《つぼ》を取り出す。釉薬《ゆうやく》を丁寧に塗った、手のひらよりも小さな壺だ。

「これは？」

猫猫は生薬を置いて目を細める。

「神経毒です。熱に弱いのであまり温めないようにお願いします」

「蛇毒なら私も手伝いましたのに」

猫猫は受け取ると壺を軽く振る。小さな水音が聞こえた。これだけ集めるのにどれだけの蛇を捕まえたのだろうか。蛇毒は鉱物毒などに比べて安定せず、毒性を失いやすい。特に熱に弱い。書物に書いてあったうえ、猫猫の体験とも一致している。

「蛇とよくおわかりで。肉屋に行くと案外集めやすいのですよ」

内陸では水が少なく魚は貴重だ。魚と似た味の蛇は貴重な栄養源になる。

「蠍《さそり》はないんですか？」

「少しだけ混ざっています」

女鏢師は本気だと猫猫は思った。毒はいろんなものが混じっているほど、解毒が難しい。

「あとこれを」

猫猫に針をおさめた布を渡す。針が固定されており、布をくるくる巻くと刺さらずに持ち運びできるようになっている。

「何かあったら自分の命を最優先に考えてください」

(何が何でも生き残れと)

最悪、人殺しをしてでもと、女鏢師は言っていた。

十六話　噓《うそ》つき

猫猫《マオマオ》が鳴梟《シキョウ》に接触したと聞いて以来、壬氏《ジンシ》は気が気でないまま仕事をしていた。

「少しお休みになられてはいかがでしょうか？」

高順《ガオシュン》が気を利かせるが、もちろんそんな気になれるわけがなかった。

「眠れると思うか？」

「それでも眠るのが為政者というものです」

高順の言葉はもっともだが、感情が理性に追い付くほど壬氏は大人ではなかった。むしろ仕事の手を止めないだけよくやっているほうだと思っている。

「最初は数日で戻ると言っていた。だが、今日で何日経《た》ったか？」

「十日です」

「どうして、こうも長引いているのか？」

高順に八つ当たりする形になってしまった。理由は壬氏がよく知っている。

十日前、壬氏と理人《リビト》国との会談で第四王子の話が出た。正しくは第四王子とは言っていなかったが、おそらくそれで間違いなかろう。

皇位継承権を持つ者が、友好国でもない他国にいるとなれば大きな問題だ。

理人国もそうだが、茘《リー》にとっても面倒くさい案件である。

勝手に向こうが来たのに、何かあればいちゃもんをつけられかねない。玉鶯《ギョクオウ》なら突っぱねるどころか相手にもしないだろう。だが、壬氏のやり方は違う。壬氏としてはできるだけ平穏に事を済ませたいし、周りの部下たちも同じ気持ちでいたはずだ。

だが――。

よりによって、西都の重要人物に第四王子かどわかしの容疑がかかっている。

さらに、鴟梟が本邸にやってきた日は、ちょうど理人国の特使との食事会の日だった。やることが杜撰《ずさん》で、食事会の妨害と思われても仕方ない。

結果、壬氏の部下である馬良《バリョウ》たちが鴟梟と壬氏の接点は限りなくないものとし、何か不具合があれば鴟梟もろとも切ってしまおうと考えても仕方ない。残酷なようだが、それが高順の言う為政者というものだろう。

それなのに、そこに気心が知れた者が関わると途端に焦ってしまうのだ。

猫猫が鴟梟と関わりを持ってしまった。関わった時期も悪い。鴟梟が本邸にやってきて暴れたあとに接触したらしい。治療までしたのだから、共犯と考えられても仕方ないとされる。簡単な応急処置ならともかく、針と糸を使う外科手術となれば、誰が治療したのか誤魔化すことは難しい。

鴟梟という人物については、壬氏はほとんど知らない。無頼漢《ぶらいかん》だというが、噂《うわさ》がどこまで本当なのかわからない。

ただ、鴟梟を尻尾切りする場合、猫猫の立場をどう守るか。考えた結果、鴟梟に脅され無理やり治療させせられたという形をとることになった。脅されて連れて行かれたとなれば、情状酌量の余地はある。

ならば、なぜ本邸を出る必要があったのか。

「鴟梟さまが無実の場合、内部犯がいます」

馬良が言った。誰かしら、鴟梟を狙った人物がいた。そして、誰が狙ったかわからない以上、猫猫の安全のためにも、本邸内に置いておくべきではないと判断した。雀《チュエ》が猫猫を本邸から連れ出した理由だ。

雀もまたここ数日見かけない。壬氏は雀に猫猫を守るよう命令している。猫猫を守るために奔走しているのだと信じたい。

壬氏にできることは、何よりも最優先で第四王子を理人国に引き渡すことだ。

それらしき人物が南の宿場町にいると聞いて向かったところ、滞在していたという宿はもぬけの殻だった。

その後、あとを追ってみたところ、壬氏とは別の勢力が追いかけていることが分かった。結果、理人国の特使に第四王子を引き渡すことができず、さらに第四王子は鴟梟が攫《さら》ったのではないかという話が濃厚になる。

これが六日前の話だ。

鴟梟と共に、猫猫はまだ本邸に戻らない。本邸が安全でない以上、移動を続けて別の安全地帯に向かうのはわかる。

壬氏は、普段の仕事に加え、本邸の裏切り者のあぶり出しと理人国への対応に追われていた。

「ちょっと外の空気でも吸うか」

「かしこまりました」

壬氏が執務室の外に出ると、高順と馬閃《バセン》がついて来る。馬閃の後ろに家鴨《あひる》もついてくるが、そのことについてはもうつっこみ疲れた。

西都の玉袁《ギョクエン》の屋敷といえば庭が素晴らしかった記憶がある。だが、現在は半分以上が畑になり、庭師たちが泣きながら地面を鍬《くわ》で掘り返していた。

ほんの少し残った庭の四阿《あずまや》に誰か見える。誰だろうかと目を凝らすと、おっさんが二人見えた。

「おっ、やぶ殿。美味そうなものを持っているじゃないか？」

「ふふふ、軍師さまはお目が高いねえ。今年できた甘藷《かんしょ》を蒸《ふか》して潰して乳酪《バター》と蜂蜜を混ぜたものですよ。ちょっとばかし焦げ目をつけるのが要点ですよ」

茶会が行われていた。誰がいるかといえば、変人軍師こと羅漢《ラカン》と医官殿だ。医官殿は正直、医術の腕は信頼に値しない。だが、妙な人徳がある。

猫猫という不愛想な娘はなんだかんだで医官殿に懐いているし、その父親もこの通りだ。

「おいおい、医官さま。まだ、甘藷《かんしょ》は使っちゃ駄目だって言ったでしょうに」

さらに鍬《くわ》を持った男が加わる。羅半兄《ラハンあに》だ。四阿《あずまや》の傍《そば》には医官殿の護衛や、羅漢の副官がいた。

「ごめんよう。ついつい思いついたものでねえ。どうだい、羅半兄さん。一ついかが？」

医官殿は羅半兄の口に芋菓子を突っ込む。

「むぐぐ、味は悪くねえけど、やっぱりもう少し熟成させたら、砂糖や蜂蜜を混ぜる必要なくなるんだってば。あっ、前に食べた蒸留酒入りの物のほうが美味かったな」

「そうなんだけど、まあ、いいじゃないかね。美味しくないかい？　軍師さま」

「いける。でも蒸留酒はやめてほしい」

「おや、お酒は苦手なんだねえ。お嬢ちゃんは大好きなのに」

「おいおい、医官のおいちゃん。もしかして、前に作った菓子は猫猫の酒使って作ったんじゃないよな？」

「違うよう。特別に食堂から分けてもらったぶんだよ。お嬢ちゃんに知られると、全部飲まれちゃうから隠しているけどね」

「まあ、あいつなら飲み干しかねん」

羅半兄はしみじみ納得している。

「そうなんだよねえ。あと、蒸留酒はお肉を焼くのにも合うと聞いて試してみたいんだけど、ちょっと怖いんだよね」

「何が怖いんだ？」

「それが、酒精《アルコール》が強いから、お肉にかけて焼くとぼうっと火が上がるそうだよ」

「ちゃんと水を用意しておいた方がいいな」

医官殿と羅半兄がしゃべっている間、羅漢はぱくぱく菓子を食べていた。そして、喉に詰めた。慌てて副官がやってきて、背中をばんばん叩《たた》いている。手慣れた様子なので、何度もやらかしているのだろう。

「月の君、もう少し離れたところに行きませんか？」

高順が提案する。

「そうだな」

ここ数日、羅漢には猫猫がいないことを誤魔化して隠していた。前に蝗害《こうがい》でいなかった時は、羅漢には仕事があったため上手くそらすことができたのだが、今回はちときつい。

「なあ、そろそろ猫猫は帰ってこないのか？」

「うーん、雀さんと一緒に港町に薬を買い付けに行ったとしか聞いてないからねえ。嬢ちゃん、薬になると目の色が変わるから、ずっと買い付けが終わらないのかねえ」

やぶ医者は特に疑問もなく、受け答えしている。本当にそう思っているから、返事ができるのだ。

羅漢はどう世辞を言っても、一般人として生活するのは難しい部類の人間だ。一日の半分は寝る、基本遊んでばかり、書類は見るのも嫌、空気も読めない。

だが、人を見抜けるという特技だけは、茘で一番と言ってもいい。まるで、将棋の駒のように一目で部下の適性を判断する。その延長線上にあるのだろうか、羅漢の前では嘘《うそ》や誤魔化しが利かない。

というわけで、壬氏が羅漢に会うと、一発で嘘をついていることがばれてしまう。なんとか、顔を合わさないようにしていたのだ。

壬氏は執務室に戻ろうとした。

「くわっ！」

間抜けな鳴き声が響いた。何かと思えば、馬閃のあとについてきた家鴨《あひる》が庭にいた蛙《かえる》を見つけたのだ。

「こら、行くぞ」

馬閃がすかさず掴《つか》もうとするが、一瞬のためらいが生まれた。馬閃は人並み外れた膂《りょ》力《りょく》を持つ。家鴨を握りつぶしてしまわないか不安になったのだろう。

家鴨はぴょんと跳ねる蛙を追いかける。ばたばたと羽ばたく家鴨に、四阿《あずまや》にいた者たちが視線を向けた。

「おや、月の君」

のほほんと、やや頬を赤らめた様子で医官殿が見た。

「月の君だ……」

羅半兄はどこか気まずそうに目をそらしている。前回、まともに話したのは戌西州《いせいしゅう》横断の旅に向かわせられたとき以来だ。

「月の君ぃ？」

どこか不機嫌な言い方なのは羅漢だ。椅子から立ち上がり、壬氏に近づいて来る。

壬氏は後宮《こうきゅう》時代に培《つちか》った愛想笑いを浮かべる。高順も無表情《ポーカーフェイス》を貫くが、馬閃は家鴨を追いかけていた。

「いやはや、ここ数日探していましたぞ。どこにいらっしゃったのですか？」

羅漢は嫌味を言ってくる。

「執務室で仕事を、たまに外に出て散歩をしていた。ずいぶん、機会が悪い時に来たようだな」

嘘は言っていない。本当のことも言っていない。

壬氏は、どうしようかと困惑する。ここで猫猫のことを訊《たず》ねられたらもう誤魔化すことができなくなる。娘のことになれば、後宮《こうきゅう》を爆破しようとさえ考える御仁《ごじん》なのだ。

「ところで、猫猫を見かけませんでしたかな？」

羅漢は直球を投げてきた。どう答えても羅漢を誤魔化しようがない。どうしようかと悩んでいると、家鴨《あひる》が羅漢と壬氏の間を走り抜けた。

「ま、待て舒鳧《ジョフ》、こら！」

「馬閃……」

追いかける馬閃を、高順が低音の響く声で注意する。

馬閃の動きは止まったが、家鴨はそのまま羽ばたき、渡り廊下を歩いていた人物にぶつかった。

「おおっ！　いきなりなんですか？」

服に水かきの跡をつけられた人物は虎狼《フーラン》だった。手には書類を持っている。

家鴨の動きは止まり、馬閃がそっと家鴨を抱き上げる。

「すまん。こちらの監督不行《ふゆ》き届《とど》きだ」

馬閃は、至極《しごく》真面目な声で謝る。

「いえ、お気遣いなく」

「陸孫《リクソン》へ持っていく書類か？」

壬氏はたわいない質問をした。陸孫が壬氏に仕事を押し付けるように、壬氏もまた陸孫に仕事を押し付ける。互いの間を行き来する書類の量は膨大だが、今日はあんなにあっただろうかと思った。

「はい。そうです」

虎狼がいつも通り丁寧な態度で返す。特におかしな点はなかった。

「なあ、なんで嘘《うそ》をつく？」

羅漢が片眼鏡《モノクル》をいじりながら言った。

「嘘？」

壬氏は羅漢を見る。

「これから陸孫のところには行かない。なら、どこへ行く気だ？」

「どこへと言われましても。ああ、僕はいろんな雑用も受け持っているので、そちらに先に向かいますね」

虎狼はいろんな仕事を偏見なくやりたいと、下っ端仕事もやっていた。途中、他の場所に立ち寄ることくらいするだろう。

だが、羅漢の言う嘘とは、もっと違うことに聞こえた。

「なら、聞く。うちの娘のことを知らないか？」

「猫猫さまでしたら、港町に買い付けに行っているんですよね？」

虎狼は首を傾げつつ答えた。

羅漢はつかつかと虎狼の前まで行くと、右手を大きく振った。ばさっと虎狼が持っていた書類が舞う。

「ど、どうしたんですか？　羅漢さま」

もめごとが嫌いな医官殿が慌てている。

「やぶ殿。さっき言っていた蒸留酒、今ここに持ってくることはできますかな？」

「え。ええ」

医官殿は慌てて医務室に戻る。

「なぜ儂《わし》がこんな真似をするかわかるか？」

「わかりません。どうしてですか？」

虎狼は困惑している。虎狼だけでなく壬氏たちも戸惑っていた。

「月の君。猫猫は港町に買い出しに行ったのですかな？」

「……」

壬氏は首を横に振って否定する。今更嘘《うそ》を言っても仕方ないと思った。

「では、この嘘つきは、猫猫が違うことをしていると知っていたのですかな？」

「知らないはずだ……」

猫猫のことはごく一部の部下にしか伝えていない。嘘がばれるという理由で、馬閃にも黙っていたくらいだ。

なので、本来なら知らないはずなのに。

なぜ、虎狼は嘘だと知っていたのか。

「虎狼。おまえ」

壬氏は目を細めて、腰の低い青年を見る。

「羅漢さま、お酒持ってきましたよ」

ちょうど医官殿が酒瓶を持ってきた。

「すまないね」

羅漢は医官殿から酒瓶を受け取ると樹皮栓《コルク》を開けた。顔を背けているのは酒精《アルコール》に酔わないためだろう。そして酒瓶をひっくり返し、中身を落ちた書類にぼたぼたとかける。

「ああ、もったいない。何をするんですか？」

面と向かって羅漢に物を言えるのは、医官殿だからだろう。

「こうする」

いつの間にか副官が火種を持ってきていた。羅漢は火種を受け取ると、蒸留酒をこぼした書類に投げる。ぼうっと大きく火の手が上がる。

「なんということを。陸孫さまに渡す書類が！」

「そんなことどうでもいい！　今、儂が聞きたいのはなぜ、おまえは知らないはずの情報を知っているのかだ！」

羅漢の顔は燃え上がる炎に照らされて赤くなっていた。

「そんなことを言われましても、怪しいと思っただけです。第一、あれだけ大切にされている猫猫さまが買い付けに何日も出かけられるのはおかしくありませんか？」

「じゃあ、質問を変えよう。おまえは、猫猫を陥れようとしたか？」

「……」

虎狼は何も言わない。

「試そうとしたか？」

「……」

相変わらず何も言わなかった。

このまま羅漢が質問を続けても意味がないと壬氏は思った。羅漢の目的語は『猫猫』でしかない。

この場合正しい質問があるとすれば――。

「虎狼、おまえは鴟梟が邪魔だったか？」

壬氏の問に、虎狼はかすかに笑みを浮かべた。

「はい。だって鴟梟兄さんは、後継者にふさわしくありませんから」

「殺したいほどに？」

「そのほうがあと腐れがなくなり、より円滑に仕事がすすめられます」

羅漢は何も言わない。

「兄が生きていても、父である玉鶯の後釜と見られては何にもなりません」

壬氏は内部の裏切り者を探していた。だが、その思惑についてはまだ理解できていなかった。

「西都をより円滑に治めるためには、鴟梟兄さんはいらない部品です。僕はそれを取り除くためならなんでもします」

虎狼はにこりと笑うと、おもむろに履《くつ》を脱いだ。

「たとえこの身が焼かれようとも甘んじて受け入れましょう」

虎狼は笑いながら、燃え上がる書類の中に足を踏み入れた。

「何をしている！」

馬閃がすかさず虎狼を火の中から引っ張り出そうとする。虎狼は拒むように四《よ》つん這《ば》いになり、床にしがみついた。

服を、髪を、肌を焼かれながら虎狼は笑っていた。

「なにやってんだよ！」

羅半兄が池の水を汲《く》んで虎狼にかける。高順も動き、護衛や羅漢の副官に指示を出していた。

医官殿は泡を吹いて気絶している。

羅漢は冷ややかな目で四《よ》つん這《ば》いになった虎狼を見ていた。

「何がこんな真似をさせるのだ？」

壬氏は理解しがたい生き物を、意外なほど冷静に見ていた。

「布を、布をよこせ」

馬閃が敷布で虎狼を包み、医務室へと運ぶ。

医官殿では治療は無理なので、街の診療所から誰か医官を連れてこねばなるまい。

「高順」

「はい」

「鴟梟は白《シロ》だ。この場合、奴と協力して第四王子を探すほうが得策ではないか？」

「かしこまりました」

高順が即座に動く中、羅漢はつまらなそうな顔をしていた。

「ほう、月の君はそう出ますか？　鴟梟とやらが良からぬことを考えている可能性もありますぞ」

「それは、羅漢殿が同行すればはっきりする話だろう？　それとも、私が嫌いという理由で娘の救出を遅らせるのか？」

「ずいぶん強《したた》かになりましたな」

「誰かに鍛えられたからな」

裏切り者は見つけ出した。では、次に何をやるべきか。壬氏は即座に行動する。

それが猫猫を取り戻す一番の策だ。

十七話　信仰の町

猫猫《マオマオ》たちは、予定通り次の町に向かった。

盗賊が多いという理由はすぐ理解した。比較的緑が多い地域であり、木々が生えている。森の中を通るのなら、盗賊は待ち伏せしやすいだろう。

「草原と砂漠ばかりに見えますが、戌西州《いせいしゅう》にも森林はあります」

女鏢師《おんなひょうし》が窓の外を見せつつ説明する。猫猫に対してもだが、子どもたちが退屈にならないための配慮に思えた。まだ十にもならない小さな子どもたちに馬車の移動はつらい。だが、女鏢師は菰《こも》を重ねた上に敷布を置き、揺れを軽減して、いつでも眠れるようにしていた。おかげで猫猫も尻が痛くならずにすんでいる。

「高地が近いからですか？」

「はい。高地で降った雨や雪が湧き水となって出てきます。それを水源として森が育ち、人が定住します」

「森林は、伐採したりしないのでしょうか？」

猫猫は疑問に思う。子北州《しほくしゅう》では上質な木材が多かっただけに、禿山《はげやま》となり、伐採を禁じられたくらいだ。

「建築資材に使えるほどの木材はそうそう生えておりません。木の実などの採取用、もしくは防風林扱いが多いです」

「それでは普通の農村と変わらないじゃないですか」

猫猫は正直に口にする。小紅《シャオホン》は話が難しいのか首を傾げるのか頷《うなず》くのかよくわからない動きをしていた。玉隼《ギョクジュン》に至っては興味がない話題らしく、菰の上で大の字になっている。

「交易路になるということは、利便性の他に何かあると思ったんですけど」

「それでしたら、こちらです」

女鏢師は本を置く。使い古された教典だ。

「次の町には教会があるんです」

なるほどと猫猫は納得した。

宗教云々《うんぬん》は猫猫にはわからない。どちらかといえば即物的であり、見えないものは信じない猫猫だ。神や仙など実際にはいるわけがないと思っている。

しかし、だからといって他人に神を信じるなとまでは言わない。何かしらよりどころがないのであれば、支柱となるものが必要であり、時にそれが偶像であることもしばしばある。

事実、花街《はなまち》では役に立つこともあった。病の末期で死の淵《ふち》にある妓女《ぎじょ》の何人かは、死の向こうに安らぎの国があると信じて息を引き取った。苦しい末路だったはずだが、いくらか安らいだ死に顔だったことを覚えている。

(迷惑をかけなければそれでいい)

好きなだけ、神だの仙人だの妖怪だのを祀《まつ》ればいい。それが猫猫の考えだが、時にその神を使って悪だくみをする者もいる。そして、だまされる者もいる。

薬と同じように、神もまた用法用量を間違うととんでもないことになる。

それが、猫猫の宗教感だった。

道中、盗賊に襲われるかと警戒していたが、無事に進むことができた。

「そろそろ着きますね」

木々の向こうに屋根が見える。少なくとも三階以上ある建築物だ。

「あれが教会ですか?」

「はい」

女鏢師《おんなひょうし》は御者に何か話しかけている。すぐに馬車は停まった。

「まだ、ついてない?」

不思議そうに小紅が言った。町は見えてきたが、町に着く前に停車したのだ。

「先に私が町の中を見てきます。皆さまは馬車でお待ちください」

「大丈夫ですか?」

猫猫は不安そうに女鏢師に聞く。

「馬車には護衛二人を置いていきます」

（そっちじゃないんだけどな）

女鏢師はその道の玄人《プロ》なので、素人《しろうと》の猫猫が彼女の身を心配するほうが失礼なのかもしれない。

「問題がないようでしたら、私が戻ってきますからその間お待ちください」

「……いつまでも戻って来なかったらどうするのでしょうか？」

猫猫の問いかけに小紅は目を丸くして、女鏢師を見る。

「助け出そうなんて浅はかな考えはやめて逃げてください」

女鏢師は至極《しごく》冷静に言ってのける。

（逃げろと言われてもな）

猫猫は体術に長《た》けているわけじゃない。ただ、木陰に隠れて息をひそめるくらいしかできない。

御者兼護衛の二人に助けてもらうしかない。

（鏢師って割に合わないよな）

高い金を貰うが、その金に見合う命などない。護衛としては信用を売りにしているところが大きいので、一度引き受けたら命を張らねばならない。

猫猫は気持ちを落ち着かせるように、買ってきてもらった生薬の袋を広げる。いくつかは使いやすいように小分けして布で包み、いつも通り懐《ふところ》に隠しておく。中には西都から持ってきた生薬もある。

悪酔いする茸《きのこ》も乾燥させたものを持ってきていた。西都へ帰ったら茸を肴《さかな》に一杯やるつもりだ。

小紅はここ数日、生薬を触っているときの猫猫は全く相手にしてくれないことを悟っていた。呆《あき》れたような目をして、小石のおはじきで一人で遊び始める。玉隼が邪魔をするが、前ほどひどくないので放置しておく。過保護になるつもりはない。

とんとん、と馬車を叩《たた》く音がした。

「なんですか？」

猫猫は幌《ほろ》の隙間から顔を出す。

「失礼します」

護衛の一人で、四十代くらいの無精《ぶしょう》ひげの男だ。柔和な印象で、娘がいるらしく小紅をよく気遣ってくれる。もう一人の御者は若く、反対に無口な印象だ。こっちは玉隼とちゃんばらごっこをしてくれる。

「大したものではないんですけど、こういうの好きかなと思って」

そういって小父《おじ》さんが転がすのは松ぼっくりだ。

「まつぼっくり！」

小紅が目を輝かせる。

「海松子《かいしょうし》！」

猫猫も目を輝かせる。

「なんだよそれ？」

玉隼だけ興味がなさそうだ。

「ここら辺に落ちてるんですか？」

子どもたちよりも食い気味に猫猫が聞くので、護衛の小父さんは若干引いている。

「は、はい。大きな松の木がそこにあったので」

「取ってきてもいいですか？」

「ええっと、俺から離れないなら」

「よし！」

猫猫は馬車から飛び降りる。小紅も猫猫に続く。

二人はひたすら松ぼっくりを拾いまくった。四半時《さんじゅっぷん》ほど経《た》った頃だろうか。

猫猫の周りには松ぼっくりの残骸が小さな山になっていた。松ぼっくりに興味はないが、その中の実には興味がある。

松の実、生薬でいえば海松子、松子仁《しょうしにん》などと呼ばれる。油脂の多い栄養価の高い実だ。

軽く炒《い》るとほのかな甘みがあっておいしい。

(実が小さくて取りにくいのが難点だけど)

生薬になるとあらば、猫猫にとってそれくらいの労力は大したことない。小紅が松ぼっくりを拾ってきて、猫猫がひたすら松ぼっくりの鱗片《りんぺん》を剝《は》ぐ。小紅は集めるのは楽しそうだが、集めたそばから猫猫が解体し始めるので少し不服そうな顔をする。気に入ったらしい形の良い大きな松ぼっくりだけ懐《ふところ》に入れていた。

小父《おじ》さん護衛は猫猫たちのそばにいて、馬車ではもう一人の御者が飯を食っていた。玉隼は馬車の中で寝ているらしく、たまに護衛がのぞきこんでいた。

猫猫が集めた鱗片からさらに中の胚乳《はいにゅう》を取り出さねばと思っていると、小父さん護衛に袖を引っ張られた。

「すみません」

小父さん護衛は小紅を抱えていた。

「どうしました?」

「……」

護衛の小父さんは無言で馬車をちらりと見る。馬車に誰か近づいて来る。三十代くらいの男だ。

「呼んでくるように言われて、使いで来たが」

「そうか。わかった」

もう一人の若い護衛は御者台から降りた。

何の変哲もない動きに見えたが、その瞬間、若い護衛は呼びに来た男に斬りかかり、喉を見事に掻《か》っ切《き》った。

「!?」

猫猫は何が起こったのか一瞬わからなかった。隣の小父さんは小紅の目と口を塞いでいる。

「森の奥へ」

小父さんは小紅を横抱きにして走る。若い護衛も寝ていた玉隼を馬車から抱えて持ってきた。舌を噛《か》まぬよう叫ばぬよう、玉隼の口には布が突っ込まれている。仕事柄か手慣れていた。

（そうか）

猫猫は、護衛がやってきた使いに斬りつけた理由に気が付いた。

女鏢師《おんなひょうし》は言った。

『問題がないようでしたら、私が戻ってきますからその間お待ちください』

女鏢師ではなく使いだという者が来た。つまり問題があったのだ。

猫猫は嫌な汗をかきながら、小父さんについていくしかなかった。猫猫たちは森の中を逃げていた。途中、追っ手の足音が聞こえ、そのたびに隠れる。数が少なければ、護衛二人が倒す。

だが、それがいつまで続くかわからない。

「いてえ」

若い方の護衛が腕を怪我《けが》していた。追っ手とやり合った際に斬りつけられたのだ。

猫猫は持っていた血止めの生薬を塗って、さらしを巻き付ける。神経には異常はないが動きが鈍りそうだ。

なにより、どれくらい追っ手がいるのか、逃げたところで終わりがあるのか。

猫猫たちは逃げるのに不利だ。護衛が二人いるとはいえ、子ども二人いる。子どもを抱えて逃げなければならず、次々と追っ手につかまりそうになる。

玉隼は涙目でよくわかっていない。ただ、口に突っ込まれた布は取らないほうがいいだろう。騒ぎ立てて捕まるのは困る。

小紅は黙っているが、その体は恐怖で震えていた。息も荒く体力も限界に近い。

(詰んだな)

猫猫のような素人《しろうと》が思うのだから、護衛の二人もよくわかっているはずだ。

「あんたら」

小父《おじ》さんが神妙な面持ちで猫猫に話しかける。

「追っ手の数が多い。正直、これ以上は貰った金に見合わない仕事だ。まだしばらくは逃げ回れるだろうが、森の外へと逃げない限り、あんたらを守ることは不可能だ」

「……」

もっともな話だ。

森の外に逃げたとしても、馬車から離れてしまったので馬はない。食糧も水もほとんどなく、元の町に戻るのは難しい。だからといって、馬車に戻ることもできないし、何より次の町に入ることは無理だろう。

かなり悪い状況のようだ。

「正直、このまま逃げ続けても無意味だろう。俺は、喧嘩《けんか》が強くて鏢師《ひょうし》になったわけじゃねえ。この通り、臆病さで生き残っているからな」

猫猫にもわかる。へたに勇猛果敢《ゆうもうかかん》より、危機回避能力を持った人物のほうが護衛にふさわしい。

「つまりあんたらを置いていく。任務は失敗した」

正直すぎる小父さんだ。わざわざ猫猫たちに言わなくても、さっさと逃げてもおかしくない状況だ。へたに無茶を通して逃げるというより好感が持てた。

「……わかりました」

猫猫は息を吐く。

「一応、確認ですが、追加料金を払うと言っても、駄目でしょうか？」

金ならいくらでも払う、陳腐な台詞《せりふ》が頭をよぎった。

どこからか馬を調達しさえすれば、猫猫たちを連れて脱出できるのではと一縷《いちる》の望みをかけてみるが――。

護衛二人は顔を見合わせて、否定する。若い護衛は怪我《けが》をした自分の腕を見せた。

「一番の可能性は近場の水場に集まる野生馬を捕まえることだ。俺たちはそれに乗れるが、あんたらは調教していない鞍《くら》もついていない馬に乗れるか？　俺たちは二人乗りして敵を振り切れる自信がない。こいつに至っては、一人で馬に乗るのが精いっぱいだろう」

「……」

こんなことなら乗馬を習っておけばよかったと猫猫は思った。

命あっての物種。

むしろ、この護衛二人はかなり良心的なほうだろう。

（裏切って追っ手に引き渡したりしない。または銭だけ奪って放置しない）

一応役目を果たそうとして、不可能と判断した挙《あ》げ句《く》、猫猫たちに説明している。

「……あんたらはまだ若いし女だ。捕まっても生き残る可能性は高い」

「……」

（生き残る可能性は高い、ね）

何をされるかわからない。盗賊なんぞに捕まってまともな扱いを受けるわけがない。

だがこの護衛たちは、捕まったらまず殺されるだろう。

「わかりました。ですが、一人だけなら連れて行くことは可能ですか？　子ども一人なら？」

「……なんだ？」

身構えつつ小父《おじ》さん護衛が聞き返す。

猫猫はさらしを取り出して切る。

「小紅、お母さんの名前は？」

「銀星《インシン》」

そうだ、そういう名前だった。猫猫は、他の兄弟と違って動物にかけた名前ではないのだなと思いつつ、さらしに簡単な手紙を書いた。

「あと、これを借りるけどいい？」

「うん」

小紅の髪飾りにさらしを巻きつける。そして、口に布をつっこまれたままの玉隼に持たせた。

「むむ？」

玉隼が何か言いたそうだが無視する。

「西都にこいつ一人だけでも連れて帰っていただけませんか？」

「この坊主一人かい？」

「ええ」

猫猫は一応女だ。小紅も女で可愛らしい顔をしている。対して、玉隼は男で、空気を読めるような子どもではない。追っ手に父親の名前をひけらかしかねない。

（鴟梟《シキョウ》の名前は吉《きち》と出るか、凶《きょう》と出るか）

身代金を要求される可能性も考えたが、鴟梟自身がいろいろと恨みを買っていそうだ。なにより誘拐された人質が無事に帰される可能性は低い。

猫猫は、玉隼がいれば殺される可能性がぐんと高くなると判断した。

本当なら年下の小紅を優先したかったが仕方あるまい。

「子ども一人、それでも難しいでしょうか？」

猫猫は懐《ふところ》に何かないか探す。一応銭はいくらか持っているが、駄賃程度にしかならない。ならば――。

（たいへん、たいへんもったいないけど）

猫猫は断腸の思いで、小さな巾着《きんちゃく》を取り出す。中にはいびつだが真珠がいくつか入っている。薬としていつか利用したかったが仕方ない。

「し、真珠か？」

「はい。本物です」

ごくんと唾を飲み込む二人の護衛。

(本当にもったいないけど)

こんな数粒の真珠で家一軒建てられる値段だと聞いた。

猫猫は、玉隼の口から布を出す。

「おい、どういうことだ!?」

「私たちはこの森に残る。おまえは護衛たちについて西都へ帰れ。そして、これを小紅の母にでも渡せ」

小紅の髪飾りを指す。

「いや、なんでおれだけが」

「はい、時間がない」

猫猫はまた玉隼の口に布を突っ込んだ。暴れないように手足を縛る。

小父《おじ》さん護衛がじたばたする玉隼を担ぐ。紐《ひも》で体をきゅっと固定しておんぶする形だ。

「すまねえな」

護衛二人は猫猫たちを森に置いていく。小紅は猫猫にしがみつきつつ、悲しそうにその後ろ姿を見る。聡《さと》いだけに、護衛たちに置いていかれたことはわかっているのだろう。

「悪い。勝手に決めて」

「これがいちばんいいほうほう？」

「そうだと思いたい」

さて、くよくよしていても埒《らち》が明《あ》かない。行動あるのみだ。

猫猫は周りを見る。まだ人の気配はないが、そのうち追っ手もやってくるだろう。ならば――。

大きな木を探して地面を掘る。そして、落ち葉に隠れるように身を潜めた。

「……かくれるの？」

「今は隠れる」

「みつかるかも」

「見つかるね」

見つかるのは時間の問題だった。だが――。

しばらくして足音が聞こえる。荒っぽくざくざくと踏み入る音。手にはそれぞれ武器を持っている。剣を持っている者もいれば、農具を持つ者もいる。

（口封じに殺すか、それとも人質にするか）

猫猫にはどっちに転ぶかわからない。

ただ、人質にしてもどんな処遇になるかわからない。

「ちょっと我慢していて」

猫猫は小声で小紅にささやく。服の袖を丸め、小紅の口に突っ込んだ。

ざくざく、と人の足音が近づいて来る。

ちらりと横目で見る。

（あいつは違う）

猫猫が抱く小紅の心の臓の音が大きく響いてくる。同じように小紅も猫猫の心拍音を感じているだろう。もう秋も深まって肌寒い季節なのに、異常に熱っぽい。このまま湯気が出て隠れているのが見つかるのではと思うくらいだ。

（こいつも違う）

盗賊たちは、やってきては通り過ぎる。そのたびに呼吸を止める猫猫たち。

盗賊たちの動きは杜撰《ずさん》だ。さっきまで護衛と共に逃げ回っていただけに、護衛がおらずこんな穴の中に二人でうずくまっているとは思っていないのだろう。

（まだだ、まだだ）

猫猫はひたすら待った。そして――。

手に曲刀を持った男が近づいて来る。髭《ひげ》と体毛が濃く、ぼさぼさの髪、汚れた外套《がいとう》を羽織っていた。五十代くらいだ。首から何かをぶら下げている。

（こいつだ）

こいつ以外に目的の奴が見つかるかどうかはわからない。だから、どんな奴かわからないにしても、こいつにかけるしかない。

男が目の前を通り過ぎそうになったとき、猫猫は立ち上がった。

「お、おまえ」

「……」

猫猫は口をきゅっと結ぶ。

男は曲刀を猫猫の首に当てる。

(落ち着け、落ち着け)

猫猫は血がたらりと流れるのを気にする間もなく、口を開ける。

『神よ、私たちを見ていますか?』

前に雀《チュエ》から聞いた異国の教典の一節。舌を噛《か》まぬよう、よどみがないように言った。

猫猫はぎゅっと男を見る。睨《にら》むと言っていい。心拍数が上がり、足が震えそうになるがそれを見せるな。はったりを決めるには、いかに堂々とするかが焦点となる。

「……っだよ」

男の諦めたような声と共に、曲刀は下ろされた。

(……賭けは勝ったか?)

腰が抜けそうになるが、まだ虚勢を張らねばならない。

「異教徒ならさっさと処分できるのに」

（やばかった）

本当にやばかった。

猫猫は男の首に掛けられている首飾りを見る。革ひもに木片をぶら下げただけの簡素なもの。それには、猫猫が暇つぶしに見ていた教典と同じ紋様がつづられていた。

そして、街にある教会はその教典が説くものと同じ宗教だった。

十八話　盗賊の根城《ねじろ》

信仰の町の中は意外なほど静かだった。

大きな宗教建築物の周りには商店が並んでいるが、休業中。代わりに、薄汚い男たちがたむろしていた。格好からして、村人というよりどう見ても盗賊だ。

猫猫《マオマオ》は小紅《シャオホン》と共に信心深い中年の男に連行されていた。盗賊は猫猫たちを値踏みするような目で見るが、中年の男が睨《にら》みをきかせると目をそらした。

この町はすでに盗賊たちに支配されているようだ。盗人は生産性がない。きっとこの町を食いつぶしたら別の場所へと移動するだろう。

（蝗《いなご》みたいだ）

猫猫は、出そうな反吐《へど》をなんとかこらえる。

しかし猫猫は自分の判断は正解だったと、息を吐《つ》く。中年の男は交渉相手として悪くなかった。

まずこの教会の信者であること。次にある程度、地位が確立されていること。

首飾りの紋様から信者であることはわかった。地位については、身なりを確認した。汚れた外套《がいとう》を羽織った中年の男。決して裕福には見えないが、盗賊の立場になればわかる。武器である曲刀は丁寧に研がれていた。汚れた外套もしっかりした毛皮で、軽く斬りつけられた程度では破れない物だった。

盗賊といった破落戸《ごろつき》の場合、力がそのまま権力に繋《つな》がる。装備がその地位を表していると判断した。

おかげで猫猫の首は切っ先が当たったせいで血まみれだ。大した量の出血ではないので、すぐかさぶたになったが、血は実際よりも多く流れているように見えるので小紅が心配している。

（この子がおとなしくて本当に助かった。でも……）

不安が溜《た》まると、小紅には髪の毛を食べる癖があった。心的負荷《ストレス》があると異物を食べる症例があるが、その一つだろう。

「この中だ」

猫猫たちは町の中央にある教会へと案内される。

（なに教だったかな？）

雀《チュエ》に聞いたのだが、発音が難しくて猫猫はよく覚えていない。

教会の礼拝堂の真ん中で偉そうに寝ていたのは三十くらいの男だ。片目が傷で潰れており、いかにもといった人相をしている。異民族のような格好で、袖のない服に上から狐《きつね》の毛皮をかけていた。

本来、神に祈る場所が台無しだ。何重にも毛皮を重ねて、酒瓶と食べかけの肉を散らかして寝ている。周りには怯《おび》える女性が二人、男の世話をするように待機していた。

「頭領、連れて来ました」

中年の男が言った。

(案外若い?)

もっと年寄りだと思った。盛り上がった筋肉がすごいので、実力で頭になったのだろうか。

「そいつか?」

「はい」

なにがそいつなのだろうかと猫猫は疑問に思う。

「ふーん。連れの女はいらないんじゃねえのか?」

「……同教の者は見逃す話だったでしょう。飯炊きくらいには使えるはずです」

(連れの女? 見逃す?)

猫猫の想定とは少しずれているように思えた。まるで、本来の目的が猫猫ではないような口ぶりだ。

(私じゃないとすると)

視線は小紅に向かう。

頭領はのそりと立ち上がる。熊のような巨躯《きょく》で、小紅の前に立つ。小紅は涙を浮かべながら、猫猫の後ろに立った。

「ふーん。おい」

「はい」

「手配書は？」

女たちはびくっとしながら、おずおずと羊皮紙を差し出す。頭領が広げて小紅と見比べる。

「似ているような、似ていないような？」

（似顔絵？）

子どもの顔と特徴が書かれていた。猫猫は似顔絵に覚えがあった。

（これって？）

先日猫猫が診《み》た異国のお嬢さまに似ている気がした。

（いや、さすがに）

猫猫は小紅を見る。小紅の髪はかなり明るい色をしていた。遠目なら異国人と間違えてもおかしくない。目は青くないが遠くから見たら気づかないかもしれない。

（年齢差はあるぞ）

小紅はせいぜい七、八歳くらいだ。さばを読んでも十にも見えない。対して、あのむし歯のお嬢さまは見た目十二、三くらいだったが――。

（異国人は大人びて見えるから）

実年齢は十くらいかと思っていた。

（いや）

異国人の年齢は数えではなく生まれた日で決まるという。生まれて一年で一歳になると計算すると、年齢が十と書かれていてもおかしくない。

（もしかして、同行していた玉隼《ギョクジュン》と目撃情報が混じっているんじゃ）

猫猫はちらっと似顔絵を見る。注意書きがいくつか書かれていた。

（淡い金の髪、青い目、年齢は十……）

さすがに青い目ではないので注意事項で別人だとわかると思うが、頭領は気付いていない。

（もしかして字が読めないのか？）

そして、もう一つ特記事項がある。

（女装をしている可能性あり）

猫猫たちを捕まえた理由が判明した。

「あー、もうわかんねえ。たしか男だって言ってたな。ひんむきゃいいんだ、ひんむきゃ！」

頭領が、小紅の手を引っ張ろうとしたので猫猫は前に出る。

「ああ？」

不機嫌そうな頭領の声。

猫猫はひるみそうになりながら、ごくんと唾を飲む。やはり、猫猫の判断は正しかった。ここに玉隼がいたらもっとややこしいことになったはずだ。

「お手を煩《わずら》わせるわけにはいきません。この子は娘です。私が脱がせますのでご容赦願います」

猫猫は小紅を前に立たせる。さすがに男か女かくらいわかるだろう。

「少し我慢して」

泣きだしそうな小紅を前に出して、裳《スカート》をめくりあげる。女だとわかれば問題ないだろう。

そんな中、酌《しゃく》をしていた女がやってくる。

「ど、独眼竜《どくがんりゅう》さま。私が確認いたします」

「……ん。わかった。餓鬼《がき》の裸なんてどうでもいいからな」

頭領は独眼竜と呼ばれているらしい。

（独眼竜とな？）

ずいぶん大きな名前を付けたものだと猫猫は感心する。昔の武将の異称だったはずだ。

女は近づいてきて、涙ながらに小紅の裳を掴《つか》んだ。

「ごめんね」

「……」

女は、幼子とはいえ小紅に恥をかかせまいと代わりに来たようだ。小紅の股間に何もついていないと確認すると、ほっとした面持ちで独眼竜を見る。

「女子です」

「……女か。誰だ、次に来る馬車が怪しいと言った奴は？」

「隣町に忍ばせている奴です」

「なら、百回叩《たた》いて飯を三日抜いとけ」

「わかりました」

中年の男は黙々と仕事をする。

「あー、畜生。やっと鴟梟《シキョウ》に一泡吹かせてやれると思ったのに」

まるで子どものように地団太を踏む独眼竜。体躯《たいく》が大きいので地響きになる。

（鴟梟とな？）

猫猫は小紅を庇《かば》うように覆いかぶさる。小紅は伯父の名前を聞いて動揺していた。変に知り合いだと気づかれるのはまずい。

（あの野郎、一体何やらかしているんだ？）

手配書を見る限り、あの異国のむし歯娘、いやむし歯小僧が原因で小競《こぜ》り合《あ》いとなっているとみて間違いない。箱入りに見えたが、かなり重要人物のようだ。

(そして、私が逃げるのは壬氏《ジンシ》に害が及ばないようにするため)

なんらかの政治的要因があのむし歯小僧にある。

「こいつらはどうしますか?」

中年男が独眼竜に猫猫たちの処遇を聞いた。

「ああ。任せる。勝手にやれ」

もう完全に興味をなくしたのか、それとも不貞腐《ふてくさ》れているのか、毛皮の寝床で丸くなる。その様子は熊か虎《とら》のようだった。

「おい」

中年男は小紅に謝罪していた女を呼ぶ。

「案内してやれ。同教だ」

「わかりました」

女は中年男に恭《うやうや》しく頭を下げる。独眼竜に対しては怯《おび》えているようだが、中年男には敬意らしきものを感じた。

「こちらへ」

猫猫たちは女についていくしかなかった。

十九話　盗賊村　前編

猫猫《マオマオ》と小紅《シャオホン》が案内された先は、女や子どもが集まる集会所だった。壁際にそれぞれ枕や布団が置いてあることから、集団で寝起きさせられていることがわかる。そして、集会所の前にはいかつい男が見張りに立っていた。

（そういうことか）

町の住人は盗賊に支配されているようだ。女と子どもは人質のような立場らしい。

さっきの「ごめんね」発言は、関係ない小紅に対しての謝罪だろうか。いや、住人たちも被害者だろう。どういう意味なのか、猫猫にはまだわからない。

「ふーん。新入りね」

どっしりとした中年女の元に案内される。中年女は猫猫と小紅を値踏みするように見る。

「どっちも痩せっぽちだねえ。使えるのかい？　どうせ老師《せんせい》が連れてきたんだろう？」

「はい。同教ということで」

猫猫たちを連れてきた女が言った。

（さっきのおっさんが老師《せんせい》？）

教師かそれとも教会関係者かどちらかだろう。となると、盗賊ではなく町の住人となる。

（つまり、住人たちは盗賊どもに協力している、もしくはさせられている）

ならさっきの女の謝罪も理解できる。なにより農具を持った盗賊などいるわけないのだから、最初からわかっていた。

ふくよかな中年女は猫猫を見る。

「あんた、悪いけど今着ているもの全部脱ぎな。この部屋には女しかいない。ぺぺっと脱いでぺぺっと着替えな」

「……わかりました」

猫猫は特に気にもせず、服をさくさく脱ぎ始める。女ばかりだというし、後宮《こうきゅう》に入るたびに身体検査は受けていたので慣れている。

ただ、問題があるとすれば――。

「これは何だい？」

「それは血止めです」

「これは何だい？」

「それは解熱剤です」

「これは何だい？」

「それは咳止《せきど》めです」

猫猫の懐《ふところ》からどんどん出てくる薬草の包みに、中年女はあきれ顔だ。

「これは何だい？」

「……それは精力剤です」

最後に女鏢師《おんなひょうし》から渡された瓶について聞かれた。

（ある意味精力剤）

毒蛇は酒につければいい味が出る。

「あんた、何者だい？」

「薬師《くすし》です」

猫猫は、いまさら誤魔化しようもないので正直に答える。化粧が落ちてしまったので母子設定はどこまで使うかあとで判断しよう。

「薬師ねえ。なら、この薬の類はちゃんととっておきな。どうせ、あんな奴らに渡しても使い道がわからず捨てられるだけだからね」

「ありがとうございます」

冷たいように見えた中年女だが、根は悪い人ではなさそうだ。もちろん、そこには同教であるという仲間意識があるのかもしれない。

（異教徒、ってことはないけど、ばれないほうがいいな）

猫猫は、そう判断する。

「あんたらの服を洗うからついでに着替えておくれ。自分で洗濯はできるかい？」

「はい。あと、ついでで申し訳ありませんが、私たちが乗っていた馬車の荷物は受け取れませんよね？」

「無理だね。なんか大切なものでもあるのかい？」

「いえ、愛用の教典を置いていたんです。この子に教えている途中だったので」

小紅がそこで猫猫にしがみつく。

（即興芝居うまいな、こいつ）

猫猫が勝手に思っているだけかもしれないが、小紅とはうまくやっていけそうだ。

「教典かい？　なら仕方ないね。あたしから老師《せんせい》に頼んでおくよ」

中年女はすんなり引き受けてくれた。

猫猫はほっとする。

猫猫たちに渡された服は粗末だが、丈夫な毛織物だった。さっきまで着ていた服は、綿織物だったので町の中では浮いてしまうだろう。

鏢師《ひょうし》に護衛を頼む奥方ならともかく、半分捕虜のような扱いなら、この格好のほうがしっくりくる。

「じゃあ、あたしは他の仕事があるから、あそこにいる子たちに仕事をもらっておくれ」

「わかりました」

猫猫は丁寧に頭を下げる。

「いいかい？　ここでは働かないとすぐ処分される。生き残りたかったら、今までの奥方だった生活は忘れて、恥を捨てて懸命に働くことだよ」

念を押すように言われて、猫猫と小紅はこくこくと頷《うなず》いた。

「ところであんたたち名前はなんていうんだい？」

「な、名前ですか？」

猫猫は焦る。ここでそのまま実名を言っていいのか。独眼竜《どくがんりゅう》の態度から、鴟梟《シキョウ》に恨みを持っているようだった。

もし、小紅が鴟梟の姪《めい》だと気づかれた時が怖い。しかし、壬氏《ジンシ》たちが猫猫を追ってきたとき、気付かないと困る。

（んー）

悩んだ挙《あ》げ句《く》出てきたのは——。

「私は熊熊《ションション》、この娘は小狼《シャオラン》です」

とっさにこんな名前しか出てこなかった。

猫猫がそっと小紅を見ると、眉間にしわを寄せて毛虫でも見るような目をしていた。

「へえ、熊熊に小狼ねえ。ずいぶんいかつい名前だね？」

人懐っこく喋《しゃべ》るのは、先ほど独眼竜とやらに酌《しゃく》をしていた女のもう一人だった。日焼けして少し大人びて見えるが年は十七。すでに三歳の子持ちで、猫猫と小紅が母子だと言っても問題ないと確信する。

「はい。うちの家系は、女は病気に打ち勝つようにと強い名前を付けられるのです」

猫猫は息を吐くように嘘《うそ》をつきながら、野菜の皮を剥《む》く。とりあえず体格的に力仕事は難しいと判断され、炊事の手伝いをすることになった。

猫猫は皮剥き、小紅は野菜を水洗いする。水源が近いだけあって、他の地域より水を贅《ぜい》沢《たく》に使える。

今、猫猫が剥いているのは馬鈴薯《ばれいしょ》である。

とても既視感がありすぎる野菜だ。

「不自由だけど我慢してね。殺されないだけましだからさ」

よく喋る娘で一緒に皮剥きしながら町のことを話してくれる。

蝗害《こうがい》が起きてからぐぐんと町の訪問者が減ったこと。食い詰めた人間が盗賊に加わって勢力が拡大したこと。さらに、一か月ほど前からろくでもない頭領が来て町を制圧したこと。

町には西都から派遣された兵士がいたが、皆殺された。

（一か月か）

なら、まだ西都へ報告が来ていないことはわかる。予想よりかなり悪い状況だ。

「腕っぷしの強い奴らは盗賊たちに刃向かったんだけど、殺されちゃった。独眼竜とかかっこつけているし、頭は悪いけど強さだけは半端ないの。あいつにはどうしても逆らえないからって、老師《せんせい》が提案を持ち掛けたんだ」

老師とは猫猫を捕まえた信心深い中年の男だ。

結果、今の町の態勢になったという。

（長持ちはしない）

老師とやらはそこをわかっているのだろうか。打開策はないまま、ただ存命を願っているのだろうか。

猫猫は疑問を持ちつつ、剝き終わった馬鈴薯を桶《おけ》に入れる。

「皮はどこに捨てますか？」

「皮は捨てないよ。炒めて、残った異教徒のごはんにする」

なんとも居心地の悪そうな顔で娘が言った。

「皮は美味しいとはいえませんよ。舌がぴりぴりします」

猫猫は皮と芽に毒があると聞いてから、何度か口にした。

「だけどあの盗賊たちが許さないいんだよ。味については、これで誤魔化すの」

娘は香辛料が入った壺《つぼ》を見せる。

「芋はけちるのに、香辛料はたくさん使っていいんですか？」

岩塩や胡椒《こしょう》だけでなく、肉桂《にっけい》に肉荳蔻《にくずく》、西紅花《サフラン》にそのほか、いろいろある。香辛料は使い方によっては生薬にもなるので、猫猫は目が輝いてしまう。

「使い道がないのさ。隊商《キャラバン》を襲って手に入れたのはいいが、売る方法がないんだよ。だから好きなように使えとさ」

「もったいない」

「ふふ、でも便利なのよ。食材の品質が悪くても、香辛料で誤魔化せるの。……だからたまに腐った野菜、盗賊たちの飯にぶちこんでるの」

娘の目は据わっていた。

「でも、熊熊たちは同教でよかった。もし異教徒だったら大変なことになっていた」

「どういうことです？」

猫猫はできるだけ平静を装いつつ聞き返す。

「独眼竜とかいう奴は住人を半分に減らすつもりだったみたい。でも、老師《せんせい》が住人をまとめて労働させるから許してくれって。でも……」

娘の目からぽろりと涙が落ちる。

「独眼竜は、じゃあ減らすのは半分の半分にしてやる。その選別は老師に任せると言って老師とやらは、減らす対象として異教徒を選び出した。

「ち、ちっちゃい子どももいたの。うちの子とよく遊んでくれて……。労働力として使える人たち以外は……」

嗚咽《おえつ》を漏らす娘。

猫猫は周りを見る。見張りの男に仕事をしていないと思われるのではと怖かった。

「わかりました。つらいことを聞いてしまい申し訳ありません」

猫猫は娘の背中をさすると、忌々《いまいま》しい独眼竜をどうにかできないかと奥歯を噛《か》みしめた。

猫猫は数日滞在したことで、町の中のことが大体把握できた。女たちは陰鬱な気分をお喋《しゃべ》りで発散するため、新参者の猫猫にべらべらと喋る。

独眼竜とか格好つけるが、見た目は熊だの、頭の中まで筋肉だの、足が臭いなどなど。聞こえたらすぐさま殺されるのではないかと不安になるくらい悪口を言っている。

しかし、独眼竜は頭が悪いが勘がよく、腕っぷしで盗賊をまとめている。

「あいつさえいなければ、雑魚《ざこ》ばっかだっていうのに」

小母《おば》さんは煮炊きをしつつ、話す。猫猫は隣でひたすら馬鈴薯《ばれいしょ》の皮むきだ。芋の皮は飯にするので、芽だけはしっかり取り除いておく。

猫猫が放り込まれた集会所には女と子どもを合わせて三十人ほど。主に煮炊きをさせるためだけに集められており、他は洗濯や掃除など役割ごとに分けられている。元々、千人ほど住んでいた集落だが、蝗害《こうがい》の煽《あお》りを受けて半数が他の地域へと移った。主に商人たちで、残ったほとんどの者は、教会を守る信心深い者、農民、またはどこにも行き場がない人たちばかりだ。

（盗賊の元々の数は多くないみたいだな）

五十人いるかいないかくらいだ。だが、非戦闘員ばかりの集落を襲うのには十分だったらしい。最初に、西都から派遣された兵士たちを殺してしまえば、残るは聖職者と農民ばかりだ。

（農民って、体はできているから本来強いはずだけど）

戦い方を知らない。羅半兄《ラハンあに》がいい例だ。

残った住人の男たちを使って盗賊まがいのこともさせているのを見ると、部下たちは大したことはなさそうだ。まさに烏合《うごう》の衆《しゅう》といえよう。

「そういえば鴟梟とかどうとか言っていたんですけど、誰なんですか？」

猫猫は話を聞くべきかどうか迷ったが、口にする。

「ああ、何年か前、あの熊の片目を潰した男らしいよ。その男が護衛する隊商《キャラバン》を自分が襲ったから返り討ちにあったのに、逆恨みしているのさ」

(長男め)

いや、悪くないのだが、猫猫が今大変なことになっているのは、あのどら息子が原因だ。もっと元を辿《たど》れば、猫猫を頼ってきた小紅になるが――。

(あいつは可愛いから許してやる)

どうにも情が移ってしまった。

今までろくでもないひねくれた餓鬼《がき》の相手をしてばかりだったので、素直に言うことを聞く子どもは可愛くて仕方ない。世の中、あんな子どもばかりなら猫猫も子ども好きと言いたくなる。

(鈴麗《リンリー》公主《ひめ》は、まあそれなりに可愛かったけど仕事だったもんな)

ふと、翡翠宮《ひすいきゅう》のことを思い出してしまう。元気にしているだろうか。

それにしてもこんな目に遭うなら本当に、あのとき小紅のことを無視していればよかったと後悔する。その小紅も虎狼《フーラン》にそそのかされていた。

(あいつ、何か気に食わないと思ったら)

鴟梟を陥れようとしたのだろう。

(腹が立つ)

猫猫は、芋を持ったまま素振《すぶ》りしてしまう。

そんなふうにいろんなことを考えているうちに、馬鈴薯《ばれいしょ》の皮をむき終える。皮とむいた芋をまな板の上にのせる。芋は蒸《ふか》して主食に、皮は千切りにして炒める。

猫猫は馬鈴薯の皮をつまみ、眉間にしわを寄せた。

(もっとちゃんとした物じゃないとだめだよな)

実際、住人の四分の一を間引きするといったが全員が殺されたわけでなく、労働力になる者は奴隷扱いにしたという話だ。なので、食事は実に粗末なものだ。

馬鈴薯の皮を炒めただけの主食に、薄味の汁物がつくだけだ。かわりに盗賊たちには、貴重な羊肉や乳酪《バター》など食わせている。

煮炊きの小母《おば》さんたちは、思うところはあるが逆らえない。せめて、肉を炒めたあとの鍋で皮を炒めて風味をつけてやっていた。

この村では、元々異教徒だからといって差別はなかったらしい。なので、この方針を決めた老師《せんせい》に対して反感を持っていた。

「ひどいもんだ。異教徒だからって小さい子も見捨てるだなんて」

「見損なったね。今じゃ、熊男の腰ぎんちゃく」

そういう者もいれば――。

「でも私たちが殺されている可能性もあった」

「何かしら選別は必要だったから、立場上仕方ないよ」

という者もいる。

「ともあれ、異教徒にもたくさん世話になっているからね。大体、この芋だって異教徒のにいさんが持ってきた物じゃないか」

馬鈴薯を鍋に入れながら小母さんが言った。

（異教徒のにいさんって）

猫猫の頭の中に浮かぶのは一人の男だ。

（羅半兄）

この村もまた、羅半兄が農業を教えるために立ち寄ったのだろう。馬鈴薯は主食として定着しているので、成功と言える。

「そうだね、数日だけしか滞在しなかったけど、働き者だったねえ。私があと十歳若けりゃ、結婚を申し込んでいたよ」

違う小母さんの言。

「あんたは十歳若くてもすでに旦那いただろう？　うちの娘にぴったりだったわ。もう少し滞在が長ければ夜這《よば》いさせていたのに」

「あー、それお隣も言ってたわねえ。たしか、見た目は農民だけど、実はすごい名家の出だって聞いたけど」

「まーさーかー。あんな腰が入った鍬《くわ》さばきの旦那が名家ってことはないでしょ？　先祖代々農民に決まってるさ」

（いえ、一応武家の名家です）

猫猫は黙って聞いている。

「そうよねえ。いやあ、いい鍬《くわ》さばきだったわ」

（兄、もてもてやん）

今、この話を西都にいる羅半兄に聞かせたらどう思うだろうか。落ち着いたらこの村で見合いでもして、婿《むこ》入りしてもいいかもしれない。

炊事場には見張りの目が届かないので、結構声が大きい。

「あのー」

「何だい？　熊熊？」

自分で決めておいて慣れない偽名だ。もっと他の名前にすればよかったが、思いつかなかったので仕方ない。普段、何も文句を言わない小紅にさえ蔑《さげす》まれた。

「私たちが来る前に、女の鏢《ひょう》師《し》は来ていませんでしたか？　私たちの護衛として雇った者だったんですけど」

気になっていた女鏢師の話を口にした。

小母《おば》さんは味見をしながら唸《うな》る。

「んー、そんな騒ぎはなかったと思うけど。ただ、私はずっとここにいるから、外のことは知らないことが多いからね」

「あたしもよくわかんないわねえ。ただ、異教徒だとわかれば牢《ろう》に閉じ込めて後で処分を決めることが多いのよ」

「……牢ですか」

あれだけ用心深そうな女鏢師が簡単に捕まるとは思えないが、不測の事態には違いない。猫猫たちを置いて逃げたのだろうか。

唸りつつ猫猫は馬鈴薯《ばれいしょ》の皮を千切りにする。

「あらってきました」

小紅が馬鈴薯を持ってくる。

「あんたは小さいのに偉いねえ」

小母さんがくすんだ手のひらで小紅の頭を撫《な》でる。小紅ははにかんだ顔をした。

「あんたらがまあ働ける方でよかったよ。飯炊きに使えなかったら、他の仕事にまわされたからね」

「他の仕事はここより大変なんですか？」

「掃除洗濯は力仕事だし、畑仕事も大変だろ。楽な仕事はないが、比較的飯の心配がない煮炊きの仕事はましなほうだよ。ただ一つだけ気をつけておくれ」

「な、なんでしょう？」

ずずいっと小母《おば》さんが顔を近づける。

「あたしたちは順番で二人ずつ、熊男の酌《しゃく》をさせられる。その時、変な様子を見せないように。一度、包丁を隠し持って油断した隙に殺そうとした子がいたけど……」

小母さんたちの暗い表情を見ればわかる。失敗したのだろう。

（じゃあ、毒なら）

「飯も酒も、最初に箸をつけない。女たちに最初に毒見させるよ」

（ちっ）

猫猫は切った馬鈴薯《ばれいしょ》の皮を鍋に放り込む。鍋には肉を炒めた油が残っていた。

二十話　盗賊村　後編

「ちょっと熊熊《ションション》。あんた薬師《くすし》だって言ってたよね？」

炊事場の女たちをまとめている中年女が猫猫《マオマオ》を呼び止めた。表情が曇っている。

「ちょっと来てくれないかい？」

「わかりました」

言われてやってきた場所は、町のはずれだった。干し草の上に無造作に横たわっている男が一人。息も絶え絶えの様子だ。足はあらぬ方向に折れ、顔半分は殴られて腫れ上がり、口から血が出ている。どうやら歯が折れているらしい。他にも切り傷が多数ある。

年齢はまだ二十歳にも満たないだろう。少年といってもいい。

猫猫はとりあえず手を動かしつつ、状況を確認する。

「一体これはどういうことでしょうか？」

猫猫は折れた足を心臓より上に上げる。周りに煮炊き用の薪《まき》があったため拝借し、添え木にして折れた足を固定した。折れ方が綺麗なのでよかった。中で粉砕されていたら、切開して骨の破片を取らねばならなかった。

「独眼竜《どくがんりゅう》の可愛がりだよ」

「可愛がり」

つまり、行き過ぎた指導というところか。中年女の心配そうな目を見ると、やられた少年は元々町の住人なのだろう。

「食っちゃ寝に飽きたら、稽古と称して適当な奴を殴るのさ。まだ、この子はましなほうだけどね。死人が出ることもある」

小母《おば》さんは遠い目をしていた。

「稽古で死人を出すとか、常軌を逸してます」

「その子は独眼竜に一太刀浴びせたんだと。別に大した傷じゃないんだけど、独眼竜が驚いて口の中を噛《か》んだからって理由で、ぼろぼろにされた」

猫猫は少年の血だらけの口を開ける。折れた歯が残っていないか確認して、さらしをまとめた物を口に含ませる。圧迫して血を止めたいが、意識はあるだろうか。

「噛めますか？」

「……」

少年は軽く頷《うなず》いた。

あとは、止血剤だが貴重な蒲黄《ホオウ》を全部使う羽目になった。

服を脱がせて胴体を見る。特に折れた場所はなかったのでよかった。これで、内臓に傷がついていたら命すら危ない。

「今ある物ではこれが限界です。あとは栄養価の高い食事と安静が必要ですけど」

「……無理だね」

中年女が諦めたように言う。

「使えない奴は異教徒と同じ部屋に入れられる。薄い汁と芋の皮だけの飯しか出せない。栄養状態が悪いのか、よく皆腹を壊すからね」

猫猫は、おそらく馬鈴薯《ばれいしょ》の皮と芽が原因だろうと判断する。皮を使う時は、芽を綺麗に取り除いていたが、それでも皮に毒性が残っていたのだろう。

（口にすべきか）

しかし、注意したところで食う物がなくなるだけだ。

「ありがとうよ。こいつは男衆に頼んで運んでもらうから、あんたは帰っていいよ」

「わかりました」

「あっ、その前に」

中年女はこっちへおいでと猫猫を呼ぶ。何かと思ったら、猫猫と小紅《シャオホン》の着ていた服だった。返してもらえるとは思っていなかっただけに意外だ。

「ほつれていたところを直しておいたよ。他の奴らに見つかると分捕《ぶんど》られるから、さっさと隠しておきな」

「ありがとうございます」

猫猫は頭を下げつつ、服を確認する。

(ほつれたところなんてあったかな?)

森の中を逃げ回っているときに引っかけたのだろうかと見てみると、袖に縫われたあとがあった。

(!?)

ほつれたところを直すだけでなく、鳥の形の刺繍《ししゅう》が入っていた。袖の裏の、よく探さないと見えない場所に、雀《すずめ》のこまやかな刺繍が施されていた。

(これは……)

細かい模様に見せかけているが文字だった。異国語の単語で、猫猫は辛うじて読めた。

『夕飯 酌《しゃく》 隙 作れ』

偶然とは思えない単語の羅列に、猫猫は中年女の背を見た。

(そういえば)

『生き残りたかったら、今までの奥方だった生活は忘れて』

あの時、猫猫は小紅との母子設定を説明していなかった。なのに、この中年女は知っていた。

(そういうことか)

猫猫は何か腑《ふ》に落ちた気がした。

飯炊き女たちは夕餉《ゆうげ》の洗い物をしたら終わりだ。洗い物にそんなに人はいらないので当番制でやる。猫猫と小紅は母子という設定なので一緒に配属されることが多い。月明かりの下で二人は黙々と皿を洗う。

猫猫はあまり自分から話すほうではない。小紅も同じで、二人で並んでいてもいつも無言だ。だが、今日は猫猫から話しかけた。

「頼みがあるんだけど」

他に誰もいない中、それでも小さな声で答える。

「なに？」

聡《さと》い子どもは、猫猫の意図を汲《く》んでいるようだった。

二十一話　酌《しゃく》

猫猫《マオマオ》は馬鈴薯《ばれいしょ》を調理していた。

「新しい献立《メニュー》ってどんなものさ？」

盗賊どもはただでさえ少ない食糧に文句を言う。なので、文句を言われないように考えていたところに猫猫が手を挙げた。羅半兄《ラハンあに》のおかげで芋料理はけっこう得意だ。

「蒸《ふか》した芋を切ります」

「皮ごとかい？」

「皮ごとです」

大鍋に油を入れて肉を炒める。そこに四等分に切った芋を入れ、酒と醤《ジャン》で味付けをする。ぴりっとした香辛料もたっぷりだ。贅沢《ぜいたく》だが照りを付けるため、蜂蜜も入れる。

（おおっ）

匂いからしてかなりのもので、酒がすすむ味のはずだ。

「これなら確かに食いつきそうだね」

一つ芋をつまむ小母《おば》さん。

「ん……、あいつらに食わせるのもったいないんだけど」

「だめだよ、小母さん。見つかったら殴り殺されるよ」

「わかっているよ。はあ、なんでまたいい物を食わせないといけないんだか」

猫猫とて自分で食べたいが、肉は管理されている。独眼竜《どくがんりゅう》と盗賊の手下以外は、肉はまともに食えず、切れ端を汁に浮かべるくらいだ。盗賊たちの食い散らかしを食べることも多い。

「じゃあ、これ、もっとたくさん作りますね」

「頼むよ。追加で芋を蒸さないとね」

「あっ、それなら」

小紅《シャオホン》が籠を持ってくる。中には小ぶりの馬鈴薯がたくさん入っていた。

「蒸しやすいように小ぶりのものをたくさん使いましょう。蒸すと、切る手間が省けるので」

猫猫は蒸籠《せいろう》にぽんぽん馬鈴薯を入れる。どんどん料理を作っていかないと夕餉《ゆうげ》に間に合わない。

「ね、ねえ」

猫猫が追加で肉を炒めていると、小母さんの一人が話しかけてきた。

「あんたらが今日の夕餉のお酌だけど、大丈夫かい？」

猫猫と小紅を見る。お酌《しゃく》は飯炊き係に平等にやってくる。年齢は関係ない。

「あの熊男、基本は寡婦《かふ》と異教徒の女たちで満足しているけど、たまに酌している女たちにも手を出すんだよ。あんた……、旦那は存命なんだよね？」

もし、手をつけられたらという心配をしてくれている。戒律的に姦淫《かんいん》に値する行為は禁忌《きんき》なのだろう。

「気を付けます」

猫猫は肉を炒めつつ、小母《おば》さんの忠告を受け入れた。世の中、そうそう物好きは多くないと思うが、気を付けてという心配を受け入れても問題なかろう。

盗賊たちの夕餉《ゆうげ》は教会の中に運ばれる。朝餉は各自好きな時に食べるが、夕餉は報告も兼ねて教会の中で、皆で食べるらしい。

猫猫は盗賊の人数を五十人くらいだと踏んでいた。でも、実際は三十人くらいだろうか。意外と少ない。

猫猫と小紅は独眼竜の横に座る。

献立《メニュー》は猫猫が作った芋と羊肉の煮っころがしに、乳酪《バター》と麺麭《パン》、それから羊肉と野菜の汁ものだ。汁物は山羊《やぎ》の乳を入れ、とろみをつけている。酒は馬乳酒で独特の匂いが漂っていた。

独眼竜には特別に生の肉餅のような物が添えられる。馬肉の膾《なます》で、細かく潰した肉に胡《こ》椒《しょう》や香草を混ぜて作っている。

「さあ、食え」

独眼竜の声とともに部下たちが食べ始める。芋の煮っころがしは好評のようでどんどん食べているが、口に合わない奴は違う菜《おかず》に手を付けている。

（好き嫌いせずに食え）

猫猫は思うが、自分勝手な盗賊たちに届くわけがない。

「おまえらも食え」

独眼竜は猫猫たちの皿に、芋と麺麭と乳酪に馬の生肉、そして汁物をぶっかけて渡す。家畜に餌を与えるようだ。

「いただきます」

猫猫は箸すら使うことができず手づかみで芋を食べる。ぐちゃぐちゃだが生肉は美味い。香辛料を万遍なく混ぜ込み、味見をしたのは猫猫なので当たり前だ。

その様子を独眼竜はまじまじと見る。食事を与えているようで、実は毒見を兼ねている。食べ終わっても平気そうなのを見ると、今度は酒の器を叩《たた》く。

猫猫は馬乳酒を注ぎ、飲もうとしたが――。

「おまえじゃない。こいつに飲ませろ」

独眼竜は、猫猫ではなく小紅に酒の杯を差し出した。

差し出された杯に小紅はたじろぐ。

猫猫が小紅を見てこくりと頷《うなず》くと、小紅も頷き返す。

「いただきます」

小紅は杯の中身を全部飲み干した。

「ぷふっ」

案外いける口のようだ。杯の中身は馬乳酒。酒といっても酒精《アルコール》は少なく、戌西州《いせいしゅう》では赤子でも飲むと聞いていたが本当のようだ。

「私も念のため飲みますね」

猫猫も杯に酒を注いで飲む。

(やっぱり酒精が薄い)

もう少し濃かったらなあと思ってしまう。

「……」

独眼竜は食べても安全と思ったのか、酒と食事に手を付け始める。猫猫は酒を絶やさぬように注ぎつつ周りを見る。

夕餉《ゆうげ》というより酒盛りに近いので、食事の速度は遅い。酒をこぼしたり、麵麭《パン》を投げつけたり、やりたい放題だ。

（こっちは食材を節約しているのに）

床に落ちた肉や芋をもったいないと思いつつ、さすがに拾い食いはできない。住人の飯にはこの余り物なども含まれる。

どんちゃん騒ぎしている中、一人が席を立つ。

「ちょっと厠《かわや》」

教会を出ていく。

猫猫は空になった酒瓶を持つ。

「追加をお持ちします」

小紅を呼んで酒の追加を持ってこようとした。

「待った」

独眼竜が止める。

「二人も必要ないだろう」

「……わかりました」

猫猫は酒瓶を小紅に持たせた。代わりに、独眼竜のあいた皿におかずを入れる。肉以外ほとんど減っていない。独眼竜はずっと口の右側で噛《か》んでおり、左側には口内炎でもできているようだ。

小紅には酒瓶が重かったのか、こけてしまう。がちゃっという音がした。

「すみません、すぐ片付けます」

独眼竜は膾《なます》を食べ終えると、酒ばっかり飲んでいる。

「俺も厠《かわや》」

「あっ、俺も」

次々と席を立つ部下を見て、独眼竜は片眉を上げる。

（……もうすこし、もうすこし）

そしてまた一人、立ち上がろうとした男が口を押さえた。顔色が悪い。壁伝いによろよろと歩き、そしてうずくまった。

「おっおえええ」

吐しゃ物をまき散らす。周りの者が汚いと避《よ》けようとするが、誰もが顔色が悪い。そして、さっきまで美味い美味いと食っていた物を見る。

一人だけなら悪酔いをしたのだと思うが、さらに一人、また一人と増えていく。

猫猫はひどくにらみつける視線に気づく。

「盛りやがったな」

「食中毒かもしれません。元々、新鮮な食材が乏しいので」

猫猫はあくまで不可抗力だと言わんばかりの顔をする。

だが、そんな言い訳は通用しない。独眼竜は頭から煙を出しそうな勢いだ。猫猫はすかさず教会の棚の陰に隠れた。

「この野郎！」

立ち上がろうとした時、独眼竜の体ががくっと崩れた。手が震えている。

「俺にも盛りやがったな」

「私たちはちゃんと毒見しました」

毒見した結果、なぜ猫猫は平気で盗賊たちが苦しんでいるかについて。

（はい、盛りました）

簡単に言うと食べる量が違った。猫猫の毒見の量は、腹を壊すほどの量ではない。

馬鈴薯《ばれいしょ》の芽、皮には毒があり、嘔吐《おうと》、下痢《げり》の症状を起こす。西都では暇だったので、何度か口にして、どのくらいの量で腹痛を起こすか試していた。もちろん、周りには呆《あき》れられたが仕方ない。

馬鈴薯の毒はぴりぴりした刺激がある。普通なら気付くところだが、食糧が乏しく、時には腐った食材を混ぜられていたのであれば舌が麻痺《まひ》してくる。何より、数日前から猫猫は食事に馬鈴薯の芽を混入させていた。

馬鈴薯は芽に一番毒性があり、緑色の皮も毒性が強い。未熟な芋ほど皮は緑色で、さらに日に当てると緑色が濃くなる。

小紅に頼んだことの一つ目だ。

小さな芋を集めて陽の当たる場所に置いておくこと。

もちろん、それでも芋を食べる者、食べない者がいるかもしれない。味覚が鈍っていない者は他の料理を食べていたが、そこにも混ぜ込んでおいた。すりおろした肉荳蔲《にくずく》をたっぷりと、それこそ売るほどあるので量には困らなかった。

肉荳蔲は生薬として使われる一方、使いすぎると毒性もある。吐き気や痙攣《けいれん》、動悸《どうき》が起こるほか、精神錯乱状態も引き起こす。

そして、猫猫は独眼竜用の特製膾《なます》にもたっぷり混ぜ込んでおいた。

「このくそ女！」

震えながら歯茎を剥《む》きだしにする独眼竜。その手には、得物である斧《おの》が握られている。

猫猫は恐怖に飲まれぬよう移動する。ふらふらともつれる独眼竜は猫猫に追いつけず、振り回そうとした斧を何度も落とす。

さっき小紅がこけたとき、猫猫は片付けるふりをして斧の持ち手に油を塗っておいた。柄に布でも巻いておけばいいのに、木のままなのでよく滑る。

「な、なんで。俺はそんな、に、食って、ないのに……」

(でもよく飲んでいた)

独眼竜が肉と酒ばかり取る偏食家であることは、ここ数日の食事でわかっていた。馬鈴《ばれい》薯《しょ》は手を付けない可能性が高い。体も大きいので肉荳蔲の毒だけでは弱いかもしれない。

　だから、猫猫はさらに酒に盛った。

「さ、酒か。いや……、あれは餓鬼《がき》も飲んで、問題、なかった」

　猫猫も小紅もぴんぴんしている。

（効いてよかった）

　猫猫は酒に、女鏢師《おんなひょうし》から貰った蛇毒を混ぜていた。それで、なぜ猫猫たちが平気かというと——。

（ちょうど口の中を怪我《けが》してくれていて助かった）

　独眼竜は口内を噛《か》んだため、腹いせに村人を殴ったと聞いた。

　蛇の毒は強壮剤になる。舐《な》めて摂取したところで、胃液で消化されるのだ。小紅には飲み物の毒見をさせられる可能性を示唆しておいた。強い酒ではなく馬乳酒を出したのは、そのためだ。

　あらかじめ、小紅の口の中は入念に確認してむし歯も口内炎もないことはわかっていた。小紅に頼んでいたことの二つ目だ。

　ただし、口の中を怪我していれば話が違う。傷口から毒が回る。蛇毒の毒性は消えておらず、馬乳酒は癖があるので混ぜても気づかれなかった。

「ただじゃおかねえ……」

　ふらつきながら、独眼竜が手を上げる。

「おい……。あ、あの女を、捕まえろ」

呂律《ろれつ》が回らないまでも部下に指示するだけの元気はあった。部下の中で比較的、余裕がある者たちが猫猫に近づいて来る。全員が全員、猫猫の思惑通りに毒を食べるわけがない。体格によっても、効き目は違う。

だが、猫猫とてもっと悪い状況を想定していなかったわけじゃない。

(私は勝ち目のある勝負しかしたくない)

時間を稼げ、なんとか逃げ回れ、どうにかしろ。

猫猫は柱と柱の間をかいくぐり、油の壺《つぼ》をひっくり返した。よろよろの盗賊たちが猫猫を追いかけては油で滑って転ぶ。喜劇のようだが、やっている本人としては命がけだ。

逃げ回る際、教会の鐘を大きく鳴らした。それこそ非常事態だとわかるはずだ。

(早く、早くしろ!)

猫猫に迫る手が増える中、どんどん教会の隅へと追いやられる。

(捕まる!)

猫猫が、苦し紛れに近くにあった皿を投げつけたときだった。

激しい音とともに、教会の扉が大きく蹴破られた。

「だ、だれだ?」

ふらふらする独眼竜には見えているのだろうか。

（おっせえぞ）

猫猫はこの野郎と思いながらやってきた人たちを見た。

「久しぶりだなあ、熊男」

「そ、そのこえは」

よろけて柱に寄りかかる独眼竜。残った一つの目に誰が映っているかと思えば――。

「好き勝手やってくれたみてえだな。こんなことなら両目えぐり出しとけばよかった」

憎らしいことをいう男。整っているが野性味あふれる顔をしている。

「鴟梟《シキョウ》、てめえ！」

鴟梟が多数の鏢師《ひょうし》を引きつれていた。その中に、例の女鏢師も確認できる。

「さあて、掃除を始めようじゃねえか！」

大きく手を振り上げて鴟梟に同調する鏢師たち。

（本当におっせえよ！）

猫猫は息を吐きながら床に座り込んだ。

二十二話　事の顛末《てんまつ》

盗賊たちは、笑えるほどすぐに一掃された。

厠《かわや》へ行っていた盗賊たちは捕縛され、教会の中にいる盗賊たちも抵抗はしたものの、ほぼ無血に近い形で捕らえられた。

ただ、盗賊たちに嘔吐《おうと》や下痢《げり》の症状があったため、違う意味で阿鼻叫喚《あびきょうかん》の図になったので、詳しい描写は避けておく。絶対その場の掃除はしたくない。

そして、猫猫《マオマオ》はぎゅっと眉間にしわを寄せながら、鴟梟《シキョウ》と対面していた。横には小紅《シャオホン》と女鏢師《おんなひょうし》がいる。小紅は伯父との再会に顔をほころばせていた。

集会所の一室を借りているのだが、部屋の外には護衛がおり、盗み聞きはできないようになっている。

「さすがにそろそろ詳しく説明してくれないでしょうか？」

猫猫は自分の倍の体重はあろうかという男を前にひるむ気配もなかった。

女鏢師が気を使ってか、小紅を連れて部屋から出ていく。

「さて、説明したいところだけど、まずは改めて互いに自己紹介といこうか。あんたは俺についてどこまで知っている？　忌憚《きたん》なく言ってくれ」

　鴟梟の言葉に猫猫は正直に答えることにした。

「玉袁《ギョクエン》さまの孫。玉鶯《ギョクオウ》さまの長子。玉葉后《ギョクヨウきさき》さまの甥《おい》で、血筋としては申し分ないものの素行が悪く、後継者争いではあまり良い目で見られていないどら息子ですね。密造酒を醸造して売り出したり、盗賊とつながりがあるとかないとか見られたり。ついでに言えば、自分の子どもの教育をちゃんとしたほうがいいと思います。あのまま育てるならもう一人、子を作られてはいかがでしょうか？」

「本当に忌憚ないなあ。おかげさまで玉隼《ギョクジュン》は無事戻ってこられた。だいぶ、盗賊に追いかけまわされたのが衝撃だったみてえだがな」

　鴟梟は猫猫の言に怒る様子もない。

「じゃあ、俺から。あんたは漢太尉《かんたいい》の娘。表向き、医官の手伝いとして来ている官女《かんじょ》だが、実際は月の君のお気に入りだよな？」

「私が漢太尉の馴染みだった妓女《ぎじょ》の娘だったから、自分の娘だと勘違いしているだけです。月の君については、毒見役として重宝されているとだけお伝えします」

　訂正しておかねばならない。

「ん、まあ、そういうことにしておこう」

　鴟梟の言い方が引っかかるが、無視しないと話が進まない。

「なんでこういう形になったかといやあ、どこから話せばいいかなあ？」

鴟梟は唸《うな》りつつ、卓《テーブル》をとんとんと指で叩《たた》く。

「俺はならず者の親分をやっているとか言われるけど、まあ、鏢局《ひょうきょく》を作ったと言えばわかるな。正しくは小さな鏢局を買い取って継いだ」

「盗賊とのつながりはどうですか？」

「盗賊とは仲がいいわけないだろう。あの熊男の片目を潰してから、あいつは俺に恨みを抱いていた。鏢師として働き始めた俺の縄張りに突っかかるように出現するわ、時にうちの鏢師の名前を騙《かた》ることもあった。結果、盗賊とつるんでいるという流言《デマ》が出て困っていたのはこっちだ」

鴟梟の話を全部鵜呑《うの》みにするわけにはいかないが、猫猫が聞いた話はだいたい雀《チュエ》が持ってきたものだ。

（雀さんの情報のほうが怪しいな）

雀からの話を鵜呑みにしたら、矛盾する。そもそも雀は鴟梟のことを手のつけられない放蕩者《ほうとうもの》のように言っていたのに、猫猫をこの男と一緒に逃がしたところからおかしい。

（雀さんのことだから巧みに本当のことを入れて、誘導された可能性のほうが高い。ならず者の鴟梟に私が絡まないように配慮したのか？）

ならば、鴟梟の話をちゃんと聞いて事実の照らし合わせをしなければならない。

「なぜあなたが命を狙われ、私が西都を離れなければならなかったのですか？」

猫猫は本題へと移る。

「話せば長くなる」

「承知しております」

なんでもいいからとっとと話しやがれ、と猫猫は思う。

「事の始まりはこうだ。月の君が西都にやってきて間もない頃、俺の元にとある隊商《キャラバン》を西都まで連れて行ってほしいと話があった。途中まで他の鏢局が引き受けた仕事だったが、縄張りから離れることになるというから、引き継いだ」

「異国の隊商だと知っていて引き受けたのですか？」

「まあなんとなくな。相手も俺のことをよく知っていたから頼んできたんだろうな。もし親父の玉鶯に見つかったとしても、息子が宥《なだ》めるという算段だろうよ。鏢師の間じゃあ、親父の異国人嫌いは知られていたからな」

「玉鶯さまの息子であるあなたにとって異国人云々《うんぬん》は、どうなのでしょうか？」

幼少の玉葉后は、玉鶯の子どもたちにいじめられていたと聞いた。ならば、この男にも当てはまるだろう。

「……昔は親父の影響を受けて嫌っていたさ。でも、国境に囲まれたこんな地方で異国人を排斥してもなんの得にもなんねえ」

（ふーん）

猫猫は茶がわりの馬乳酒を飲む。もちろん蛇毒など入れられていない。

「ところが案内した異国人は、茘《リー》にほいほい案内しちゃいけない奴らだった」

「異国の要人だったとかそういう話ですか？」

「最初は知らなかったけどな。段々、怪しいなとは思うようになったさ」

「どんな？」

鴟梟はひとさし指を立てる。

「月の君の滞在を聞きつけてやってきた様子だったこと。やってきてすぐ追っ手も来た。商人を狙うにしては執拗《しつよう》だし、面倒くせえ。どうやら手配書が配られていたみてえだった。犯罪者かと思ったがそれもちと違う雰囲気だ。あと、砂欧《シャオウ》から来たっていっていたが、北側の訛《なま》りがあった。国交がある砂欧と違い、北亜連《ホクアレン》の連中なら大問題だ」

「北亜連……」

猫猫は手配書と聞いて、熊男が持っていた物を思い出す。

「月の君の暗殺でも企んでるのかと思ったけど様子が違う。目的は別にあった」

「どんな目的で？」

壬氏《ジンシ》が来ている時を狙ったのが要点のようだ。

「あわよくば亡命を狙ったのかもしれないし、月の君がそこにいれば、追いかけてきた自国の人間がこの地に入りにくいと思ったんだろう。なんか莫迦《ばか》なのか天才なのかわからねえぎりぎりのやり方ばかりやる参謀がついているみたいでな」

（それは面倒くさい）

ともかくこの男は雲隠れしていたようだが――。

「蝗害《こうがい》があってずっと足止めを食らったわけだ。異国人への反感は危なかったが、大海《ダーハイ》の叔父貴が宿場町で保護してくれたんで助かった。途中、要人が病気になったとかで医者が必要だったときは焦ったけどな」

「……」

（異国人、宿場町、医者……）

猫猫には大変覚えがある話だ。

「要人とは子どもですか？」

「そうだ」

やっぱりと猫猫は頭を抱える。

「いつまでも宿場町でだらだらしているわけにはいかねえ。だが、親父が死んだことでいろいろ進展があったわけだな」

「玉鶯さまがいなくなってどう変わったのですか？」

「異国人の話をまともに聞く相手と聞かない相手なら、どちらと話したいか？　つまり、異国人、もう名前出していいかな。理人国《リビト》の者が要人である子どもを迎えに来たわけだ。国内のごたごたがだいぶおさまったわけでな」

(理人国……)

たぶん、北亜連に属する国だった気がする。それ以上、猫猫にはわからない。

「それで俺が月の君との間に入って話すことになった。だが、その話をしにいこうとした矢先」

鴟梟はわき腹を叩《たた》く。毒矢で怪我《けが》をしたあたりだ。

「本邸に入ってすぐにやられた。俺は条件反射で近くにいた門番たちを殴り倒した。あれが間違いだったな。ともかくどこに刺客《しかく》がいるかわからねえんで、例の通路に隠れて矢をえぐりだした」

「そして、玉隼と小紅が来た。小紅が医者を探し、私が処置したと」

話がつながった。

「なら、知っていますか？　小紅たちを隠し通路に案内した人物が誰かを」

「……」

鴟梟は無言だ。弟の虎狼《フーラン》がやらかしたことを認めたくないのだろう。

「では、私まで逃亡する意味はあったのでしょうか？」

「俺はいつの間にか異国の要人を誘拐した犯人になっていた。俺を治療したあんたも繋《つな》がっていると見られる。外交問題において、自国の不利になることは相手国に見せないのが基本だ」

　仮にも玉鶯の長男として教育を受けていただけに、そういうことはわかるらしい。

「屋敷内で吹き矢を使われたことも考えると、中に内通者がいる可能性は高かったんだろう。雀はそう言っていた。ああ。あんたの言う通りだ。きっと虎狼がやったんだろうさ」

「そうですか」

　猫猫を連れ出したのは雀の判断か。そうとは知らずすでに異国の要人と接触していた猫猫なので、知らないと言い切ることはできない。何より内通者がいる時点で、本邸にいては、猫猫もはめられる可能性があった。

「異国の要人と落ち合い、誤解なく理人国に引き合わせることができれば解放できた。もちろん、引き合わせる相手が要人の政敵じゃねえことを確認してからな。その間、俺たちは元よりあんたと姪《めい》っ子も雲隠れさせておかなきゃなんねえし、追っ手も振り払わないといけない。あと、月の君ともなんとか連絡を取りたかった。むしろ、月の君との連絡が一番の問題だった」

（簡単に言うけど、やること多い、やること多い）

「まあ全部上手くいくわけなく、危険を感じた要人は宿場町から移動し、あらかじめ何かあった時の待ち合わせ場所へ向かった。結果、またあんたらを引っ張りまわす羽目になったわけだ」

「……その要人を追いかけてきた一人が独眼竜《どくがんりゅう》とやらですね」

「そんな名前もったいねえ、熊男で十分だろう。あいつは俺のことを根に持ってたもんな。喜んで仕事を引き受けたんだろうよ。この町は、俺が仕事の準備するときによく利用する場所だったから待ち伏せして狙っていたのかもな。……申し訳ないことをした」

盗賊たちがこの町を根城《ねじろ》にした理由が自分のせいと知って落ち込むのも無理はない。熊男のせいで何人も死んだ。

「今、ここにいるということは、要人を無事引き渡すことができたということですね」

「ああ。二日ほど前に月の君からの増援が来てから円滑に終わった。もっと早く向かいたかったが、変に熊男に気付かれると何されるかわからねえ。言い訳じみても仕方ないが、俺はあんたも小紅も囮《おとり》にするつもりはなかった。まさか、異国の要人と小紅が間違えられるとは思わなんだ」

「わかっています。普通は間違えません」

独眼竜もとい熊男が小紅を異国の要人と間違えた理由は、あの男は字が読めなかったからだろう。似顔絵には色がついておらず、細かい特徴は横に箇条書きにされていた。髪色はともかく目の色を間違えるということは、箇条書きを読んでさえいなかったからだ。

（読まないじゃなくて、読めない）

そして、盗賊のほとんどが字が読めないならば、いろいろ出し抜くこともできる。猫猫は服の袖を見る。毛織の服から、洗濯した服に着替えた。袖には雀《すずめ》の刺繡《ししゅう》が入っている。こまやかな刺繡で、「ほつれを直す」程度ではない。何より、服にはほつれなど何もなかった。

こんな細かい刺繡が短期間に労働の合間にできるとは思えない。なので、最初から刺繡がされていたのだと猫猫は思った。単語の羅列はあとから付け加えられたものだろう。

まるで刺繡をした主は、猫猫は服装などに興味がないと言わんばかりに。そして、「ほつれを直す」を符丁《あいことば》だと気づくと想定した。猫猫のことをよく知っていないとできない。

刺繡には猫猫しかわからないように指示が入っており、猫猫は指示通りに動いた。

あらかじめ町の中には協力者がいたのだろう。あの小母《おば》さんだ。だとすれば、猫猫と小紅の母子設定をすでに知っていてもおかしくない。素朴な住人の中で一人、妙に語彙《ごい》が多いと思った。

「何かあらかじめ決めておいた連絡方法があったのですか？」

「普通に忍び込んで教えた。まあ、想定した場所に書いて指示するだけだがな」

「そんな人いるんですか？」

「いるんだよ、そういうのが得意なのが」

「……それって女鏢師《おんなひょうし》さんですか？」

「……もしかしてその」

猫猫が聞こうとしたときに、戸が開いた。

女鏢師《おんなひょうし》が立っていた。三十代くらいの精悍《せいかん》な顔つきだが、表情は妙に親しみやすかった。猫猫は目を細め、女鏢師の全身を見る。背は高く、声も凛々《りり》しい低さだ。

だが、どこか引っかかるところがある。

その違和感を元に、気になっていたことを口にした。

「雀さんですか？」

猫猫は恐る恐る聞いてみた。まさかとは思っていたが――。

「へへっ、知られちゃいましたか。正解です」

女鏢師は、非常にふざけた姿勢《ポーズ》を取った。

それまでの冷静で落ち着いた女鏢師像が、がらがらと崩れていく。

「とりあえずその格好で変な動きをするのはやめてください。頭が混乱します」

むしろどうやったらあんな別人になれるのか。身長は三寸《九センチ》以上違うし、骨格だって別人だ。普段、独特な足音で近づいて来るのに、今は武人の動きそのものだった。

なによりおふざけで九割構成されている雀が、硬派な女鏢師だと誰が思うのか。

「しかし、絶大なる自信をもってやった変装ですのに、猫猫さんには気づかれてしまいましたか。ふむ。最近、自信をなくすことがおおいですねぇ」

「この刺繍がなければ絶対気づきませんでしたよ」

猫猫は袖の刺繍《ししゅう》を見せる。むしろ雀《すずめ》の刺繍は、まだ気づかないのか、という挑発にも思えた。

雀は女鏢師の正体についてほのめかすことで、もうすぐ猫猫たちを助けにいくと伝えていた。町の中には雀の協力者が何人もいて、符丁《あいことば》を使って情報を交換していたのだろう。

「もしかして老師《せんせい》と呼ばれる方も雀さんのお知り合いですか？」

「よくわかりましたねぇ」

猫猫はふうっと息を吐く。道理で、雀があれほど熱心に猫猫に教典の一文を教え込んだわけだ。最初からその理由を教えてくれればよかったのに。

ともかく、今更愚痴を言っても仕方ない。

「雀さんも私にいろいろ説明することありますよね」

「そうですねぇ。何から話せばよろしいのか」

そういうと雀はくくった髪をほどく。鋭い目つきが、どことなく愛嬌《あいきょう》のある元の慣れた顔に戻っていく。雀が指で肌をこすると、ぽろぽろと白いかけらが剥《は》がれ落ちる。化粧で肌色の濃淡を作るだけでなく、特殊な接着剤で顔の造形を変えているようだ。

「まず、お二人の関係を教えていただけますか？」

猫猫は、鴟梟と雀を交互に見る。にいっと雀が笑う。

「雀さんは最初、鴟梟さまがろくでなしであるような言い方をしていました。少なくとも、あまり仲良くすべきではない人間であるように言っていましたよね」

「はい。でも嘘《うそ》は言ってないですよぅ。以前、私と猫猫さんを襲った盗賊いたじゃないですか？　あれって鴟梟さんの元部下ですよぅ」

羅半兄《ラハンあに》と共に農村に向かった時だ。あの時の盗賊は、馬閃《バセン》にぼろぼろにされていた。

「買い取った鏢局《ひょうきょく》に元からいた破落戸《ごろつき》だよ。護衛にするにはあまりに信頼のおけねえ奴らは追い出したんだ。逆恨みした奴は俺らの縄張りで盗賊をやったり、あの熊男につきやがった」

（鏢局には信頼のおけない部下は置けないか）

猫猫たちに状況を教えた上で森に放置した小父《おじ》さんたちもそうだろうか。確かに仕事と割り切っていたが、誠実なほうだと思った。

「じゃあ、密造酒を造ったのも理由があるんでしょうか？」

「いや、あれは、ええっと、自家消費用だったんだけど入れ物がなくて……、ちょうど良さそうな空き瓶に詰め込んだら、間違えて輸送用の荷物に紛れ込んで……」

鴟梟はしどろもどろに言い訳をする。真実はともかく、周りに迷惑をかけたことは違いないらしい。

「こういう方ですので、猫猫さんは近づかないほうがいいと私は思ったんですよぅ」

化粧を完全に落とした女鏢師は確かに雀の顔になっていた。

「へえ、そうですか」

猫猫はまだまだ隠しているように思えたが、とりあえず納得してやることにした。

「鴟梟さまと雀さんがどんな関係かは知りませんが、雀さんがどうしていたかについては説明をしていただけますね？」

「はい。猫猫さんを本邸から連れ出したあと大変でしたよぅ。鴟梟さんを襲った内部犯を見つけること、月の君への説明、やぶさん他への誤魔化し。一番面倒くさいのは軍師さまですねぇ。わかります？　この苦労、わかりますぅ？　まあ、途中で猫猫さんと合流しましたので、月の君やらやぶさんに軍師さまの対処はお任せしましたけどもぅ」

どうやって誤魔化したのかは知らないが大変だったらしい。

「内部犯以外のことはやり遂げ、その後、猫猫さんを連れて移動。西都はまだ危険であると同時に、月の君に要人誘拐の疑いがかからないようにするため、仕方ないことだったと思っていただけたら」

「そうですね」

雀が猫猫にもわからないほどしっかり変装をしたのも、そのためだろう。

「要人を理人国へ引き渡す。その間、猫猫さんたちはその一つ前の町、つまりこの町に滞在し、誘拐の容疑が晴れた状態で西都に戻る予定でした」

「でも、ここには熊男がいたのですね？」

「ええ。最大の誤算ですよぅ。嫌な予感はしていましたが、あそこまで入り込んでいたなんて。ついでに言えば、誰が小紅さんと異国の要人を勘違いして追いかけていると思いますぅ？」

盤遊戯では、素人《しろうと》ほど駒をどんなふうに動かすか予想できない。策士ではない熊男が、どんな動きをするか本当にわからなかったのだろう。

「そうなると私は予定を変えるほかなかったんですよぅ。猫猫さんの護衛を続けるわけにはいきません。なので、猫猫さんの命の保障ができると確認して、この町を離れました」

「……私が老師《せんせぃ》とやらと接触したのを確認して、去ったわけですね？」

「はい」

猫猫は「この野郎」と叫びたくなったが、なんとか腹の中に抑え込んだ。雀にも雀の立場がある。

「私は町の状況を確認し、中の協力者数人と接触を試みただけなので、盗賊には存在が知られていませんでした。私が戻る前に馬車が盗賊に見つかってしまったのでもう逃げられないと確認して計画を変更したのですよぅ」

「だから、私は同教の者として庇護《ひご》を受けたと？」

「ええ。老師は昔から同教の者には手を出しませんから。同時に、その同教の者を守るためには手段を選びません」

（守るためには手段を選ばないか）

だから、異教徒は見捨てるということかと猫猫は呆《あき》れたくなったが、実際命が助かった側なので何も言えない。

「鴟梟さんたちはまだこの町に到着していない。熊男と鉢合わせになることも、理人国の要人が近くにいることも知られてはいけません。私はこの町を避けて次の場所へ向かうことを伝えて、要人の引き渡しを最優先しました。下手に私一人戻ったとしてもあの人数を制圧する武力はありません。諸々の事情で月の君から武力を借りることはできません。途中、月の君が内部犯を割り出し、鴟梟さんと協力することで円滑に終わらせることができましたねぇ。なので要人の引き渡しが終わったあと、鴟梟さんとその鏢局《ひょうきょく》の人たちを連れてやってきたわけです」

「それで、協力者を通じてそろそろ迎えに行くよ、とほのめかしたわけですか？」

「ええ、気付いても気付かなくてもどっちでもよかったんですけど、さすが猫猫さん。盗賊たちに毒を盛ってくれたおかげでだいぶ楽になりました。というか、どうやって毒を入れたのかが気になりますけど、どうやったんです？」

雀は褒めるがあまり嬉しくない。本来、薬師《くすし》がやるべきではない仕事だ。

「盗賊に味覚音痴が多くて助かりました」

毒の入った芋は食べるとぴりぴりする。誤魔化した味付けでも気づく者はいるはずだ。症状が軽い何人かは、芋の味を変に思ってあまり口にしなかったのだろう。

「馬鈴薯《ばれいしょ》の皮と芽の他に、肉荳蔻《にくずく》と蛇毒を使わせていただきました。また馬乳酒に酒精《アルコール》を混ぜて酔いやすくし、隠し味がわりに悪酔いする茸《きのこ》も混ぜておきました」

『……』

「なんで二人してじっとりした目で見るんですか？」

「猫猫さん、過剰な毒の盛りかたですねぇ」

「手加減したら殺されるのは私ですから」

猫猫だって、殺されるくらいなら殺すほうに回る。

「よくそんだけ毒を集めたもんだ」

「毒なんてどこにでも落ちてます。使い方を知っているか知らないかの差です」

話が脱線したので元に戻さねばなるまい。

「……二つ確認してもよろしいですか？」

「可能な範囲でしたら」

「要人を引き渡したとありますが、どんな方に引き渡したのでしょうか？」

猫猫の質問に雀は目を細める。

「ご安心を。猫猫さんが気を揉《も》むような相手ではございませんよぅ」

曖昧な言い方だが、要人の身の安全は確保されているらしい。むし歯で我《わ》が儘《まま》を言う子どもであっても、変に死なれると後味が悪い。

「二つ目は何ですか？」

「……鴟梟さまを襲ったのは誰かという話です」

「猫猫さんは気付いているように思えますけどねぇ」

雀は鋭いことを言うから困る。

気付いていても口にしないのが猫猫だ。

猫猫には疑問があった。

なぜ、小紅が猫猫を呼びに来たのか。

なぜ、秘密の通路を知っていたのか。

なので、小紅にこっそり聞いてみたのだ。

「なんで、あの場所に鴟梟さまがいたのを知っていたのか」

と。その返事が――。

『おじさんが教えてくれた』

ここでいうおじさんとは親戚の叔父さんということだろう。

『虎狼おじさんが教えてくれた』

虎狼。腰の低い玉鶯の三男だ。四人兄弟の中で一人だけ年が離れている。

「……虎狼さまはどういう意図があったんですか？」

話が進まないので猫猫は口に出すしかなかった。

「はい、なんてことはない後継者争いですよぅ」

気軽な口調の雀とは裏腹に、鴟梟は複雑な顔をしていた。

「まあ、それより雀さんがここに来たのにはいくつか理由がありまして」

雀は鴟梟を見る。

「なんで、盗賊たちを生かしているのでしょうかぁ？」

間延びしたいつもの口調だが、妙に迫力を感じた。

「俺は役人じゃねえ。縛り首にするのも斬首するのも俺が決めることじゃねえだろ？」

「甘いですよぅ。大体、片目だけ潰して逃がしてしまうから、こんなことになったんでしょうに。さっさと首をざくっと落としてしまいましょう？　今ならいくらでも言い訳ができますよぅ」

雀は首を斬る真似をする。おどけた割に残酷なことを言う。

「何もできねえように腕も折った。役人に引き渡すだけで十分だろうが」

「そうですかぁ」

雀は首を傾げながら背中を向ける。

「そこまで言うのならいたしかたないですねぇ。ちゃんと責任を持ってくださいよぅ。手負いの獣ほど怖いものはありませんから」

「わかってる」

「そうですかぁ？　そんな甘ちゃんでは後継者にはなれませんよぅ」

「……わかってる」

そう言って、雀は部屋から出て行った。

二十三話　帰路

『なんてことはない後継者争いですよぅ』

猫猫《マオマオ》は妙に引っ掛かった。

雀《チュエ》が言うほど単純には思えない。だからとて猫猫が首をつっこむ理由はない。

（さてさてと）

猫猫が見えるいろんな問題が解決したところで、西都に戻れるわけだが、馬車の中は退屈だ。一緒に乗っている小紅《シャオホン》は眠っている。雀は御者台にいるので、ぼんやり外を眺めるくらいしか猫猫にはやることがない。

（考えをまとめておくか）

猫猫は役に立つかどうかもわからない西都の四兄弟のことを思い出す。

玉鶯《ギョクオウ》の長男、鴟梟《シキョウ》。英才教育を受けていたが本人にやる気がなく今は鏢局《ひょうきょく》をやっている。本人にやる気さえあれば、後継者争いなど起きず、何もかもうまくいくように思える。噂《うわさ》ほど悪い人間ではないが、同時に抜けているようにも感じた。

長女、名前は銀星《インシン》だったか。小紅の母親、気が強そうな女だが、戌西州《いせいしゅう》で生きるのは息苦しそうだ。一応、別れた護衛の小父《おじ》さんたちに小紅についての手紙を託したのだがどうだろうか。無駄足にさせてしまったし、駄賃として渡した真珠はもったいなかったが、あとで慰謝料として鴟梟にでも請求すればいいだろうか。四兄弟の紅一点で遺産の分配についてかなり不服がありそうだ。

次男、飛龍《フェイロン》。長男が反面教師だったのか、やたら真面目な男のようだ。数回会っただけでまともに話したこともないが、変な噂は聞かない。

最後に三男、虎狼《フーラン》。ちょっと怪しい気はしていたが、今回こやつのきな臭さが浮き彫りになった。今思うと、玉鶯の死以後、大概の厄介ごとは三男が持ってきたのではと思えてくる。表向きには次男を支えるような雰囲気だった。なので、長男の命を狙った理由について説得力があるような気もする。

(でも雀さんは後継者争いといった)

確かに、長男次男の後継者争いであれば話はわかる。三男は次男側の人間として長男を落とそうとした。説明はつくのだが――。

(妙な含みを感じるんだよなあ)

雀は本当のことを言わないところがある。

猫猫は悩みつつ、名前を馬車の床に書く。

(四兄弟とも玉《ギョク》の付く名じゃない)

新しい楊《ヨウ》さんの家では独自の名づけ規則があるように思える。

男は動物の名前、女は色の名前だろうか。わかりやすいし一般的といえばそうかもしれない。

（長男は自分から玉の名を捨てたのならわかる。でなきゃ鴟梟なんて名前は付けられない）

鴟梟、梟《ふくろう》の別名だが『凶悪な者』を例えていうこともある。ある意味、長男は自分で悪役をやりたがっていたように見える。

その父、玉鶯が自分を武生《ヒーロー》と思い込んでいたとしたら、息子はその反対の道を進む。これまた反面教師だ。一方で、悪ぶっていてもその性格の素直さは、玉鶯よりもよほど武生に向いていると猫猫は思った。

（わざと、私が熊男に追い回されている場面で突入したんじゃないよな？）

まるで劇の終盤のような立ち振る舞いだった。

次男の名前、飛龍。これはよくある名前だ。息子が龍のように飛び、出世するように願う名。

だが、三男はどうだろうか。

虎狼、名前としては鴟梟と同じくあまり良い意味はない。欲深い、残忍などという意味が大きい。

（中央と戌西州では意味合いが違うのか？）

いや、羊や山羊《やぎ》を放牧する遊牧民の中で、狼《おおかみ》はあまりいい意味はなかろう。

猫猫は窓から顔を出し、御者台で鼻歌を歌っている雀を見る。

「雀さん、雀さん」

「猫猫さん、猫猫さん、なんでしょうか？」

よそ見をせず手綱を持ったままの雀。風があって少し聞き取りづらい。

「戌西州では、末っ子に嫌な名前を付ける風習とかあるんですか？」

「うーん、どうでしょうねぇ。早く死なないようにろくでもない名前を付けるという風習はなかったと思いますよぅ」

雀は見た目によらず博識だ。猫猫も、そんな風習についてちらっと聞いたことがある。可愛い子どもが天に気に入られて早死にしないように、わざと汚い名前を付けるというものだ。中には排泄物《はいせつぶつ》を名前に付けられることもあるらしい。

「どうしてそんなことを聞くんですかぁ」

「いえ、虎狼という名前は悪役向きの名前だと思いまして」

「ああ、それですかぁ。末っ子で、もっとも当主に向いていないからと、奥方が付けたそうですよぅ」

（奥方が？）

小紅の祖母で、容体《ようだい》を診《み》たときに合った。

「奥方さまは奇矯《ききょう》な名づけをなさるんですね」

「数年異国にいたので、感受性が少し変わっているのではないでしょうかぁ」

「言ってましたね」

虎狼が四兄弟の中で一人だけ年齢が離れているのはそのためだとか。

「その時、いろいろ壊れてしまったみたいで、虎狼さまを産んでからはもう抜け殻になったんですよぅ」

「そうなんですね」

ふと猫猫はあらぬことを考えた。

(虎狼が玉鶯の子ではないとしたら?)

異国でできた子どもだとしたら、悪い意味の名前を付けるのも理由になる。

口にするかしまいか考えつつ、もうこの際だから聞いてしまえと猫猫は思った。

「もしかして、虎狼さまって玉鶯さまの実子じゃないとか」

「っぷ！」

何がおかしかったのか、雀がいつにないほど大笑いを始めた。普段にこにこしているが、腹を抱えて笑うところは初めて見た。なのに、手綱はしっかり持っていたので操縦技術は素晴らしい。

「ははは、失礼しました。そ、そんなことは絶対にありませんよぅ」

「どうしてそんなこと言えるんです？」

「奥方さまが戻ってきた一年後に生まれていますので、異国人の子を身ごもって帰ってきたとかありませんから。あっ、もちろん、屋敷内で密通したのなら別ですけどねぇ」

雀はよほど面白かったのか、また思い出し笑いをしていた。猫猫とは少し笑いのつぼがずれているらしく、どこが面白いのかわからなかった。

（なんだ、違うのか）

猫猫は窓を閉める。まだしばらく馬車に揺られる時間は長い。おとなしく眠っていようと思った。


西都までは数日かかる。行きに比べて大所帯なので、途中は町に滞在せず野営をすることになった。元遊牧民が多いのか野営は手慣れたもので、簡易天幕は瞬く間に建てられる。中は案外居心地がいいのを猫猫は知っていた。

取り仕切るのは鴟梟で、猫猫と小紅はもとより、雀もまた客人気分で見ているだけだった。

「おじさま、すごい」

部下を取りまとめる鴟梟を見て、小紅が目をきらきらさせている。温めた山羊《やぎ》の乳を飲む姿は、年相応の子どもだ。

（今回、一番の功労者は小紅かも）

なんだかんだあったが、これほど言うことを聞く子どもがいていいものだろうか。大人だってできない者が多いのに、言われたことは全部やってくれた。いっそ、中央に帰るときに持って帰って薬師《くすし》として育てたら面白いのではと猫猫はよからぬことを考える。

「猫猫さん猫猫さん、何やら不穏なことを考えてませんかねぇ？」

「雀さん雀さん、何も考えていませんよ？」

猫猫はしらを切る。そこらの犬猫のように拾ってくるのは駄目らしい。

「それにしても手際がいいですね。野営なのにこんなに食事が美味しいとは思いませんでした」

少し焦げ目をつけた麺麭《パン》に火で炙《あぶ》った乾酪《チーズ》をのせる。びょんと伸びる乾酪の塩気が麺麭に合って美味い。汁物も具はほとんどないが、家畜の骨で出汁《だし》を取っているのか、食欲をそそる。

「雀さん的にはもう少し量を増やしてもらいたいですねぇ。ここ最近、まともな食事をとっておりませぬ」

雀は女鏢師《おんなひょうし》になりきっていたときは普通の食事量だった。もし、普段通り食べていたら猫猫はもっと早く正体に気づいただろう。むしろ普段あれだけ特徴的な行動をとるのも、変装がばれないようにするためではなかろうかと勘ぐってしまう。

「さすがに野営でお腹《なか》いっぱいは難しいでしょう？」

「でも、盗賊にもちゃんとごはんあげているんですよぅ。その分、雀さんにくれればいいのに」

「一応、罪人でもお腹は空きますし、役人に突き出す前に飢え死にさせるわけにもいかないでしょう？」

「どうせ縛り首になるんですから、一思いに片付けてしまったほうがいいですよぅ」

雀の言葉は、声の明るさに比べてきついものだ。

（確実に縛り首になるだろうな）

町を一つ制圧した上で、住人を殺害および奴隷化。さらに異国の要人誘拐も企てていたとなれば、言い訳の余地もない。

なので、下っ端《したっぱ》どもは隣町で役人に引き渡したが、すぐに縛り首になるらしい。首領の熊男他数人は、やらかしたことが大きすぎるために西都に運んでいるのだが――。

「盗賊の仕事を手伝わされた住人はどうなるんですかね？」

「うーん。無罪とは言い切れないでしょうね。情状酌量の余地はありますけど……」

（あの老師《せんせい》とやらは難しいだろうな）

住人があれだけ生き残ったのは老師のおかげだ。だが、その過程で同教か異教かで命の選別を行った。さらに、殺されぬように盗賊どもに追従する道を選んだ。

「老師《せんせい》はどうなりますか？」

「無罪ではありませんし、罰を受けて戻ってきたとしても居場所はないでしょうね。異教徒を見殺しにした彼に元の地位は与えられないですよぅ」

「そうですか」

なんともやるせない気持ちになる猫猫。仕方ないとはいえ、人間の心は割り切れるものではない。

「猫猫さんが気に病むことはありません。老師はたとえどんなことがあっても同教を守ったことを後悔するような人ではないでしょう」

妙に知ったかぶっている雀。雰囲気からして雀はやはり戌西州にいたことがあるのだろう。

「なにより今回のことは詰めが甘い鴟梟さんが原因みたいなものです。前の時、片目ではなく両目を潰しておけばよかったはずです。今も、西都の役人に熊男を引き渡さず、あの場でさくっと処分しておけばよかったんですけどねぇ」

「おじさまやさしい」

小紅がちょっと雀をにらんでいる。伯父の悪口を言われたと思ったらしい。

「とうしゅもいちばんおじさまが合うとおもう」

「伯父さん推しますねえ」

猫猫は山羊《やぎ》の乳を飲む。

「ええ、伯父さんは優しいし人の上に立つ人ですから、当主に向いているかもしれないですねぇ。でも、後継者にはむいてないんですよぅ」

「矛盾してません？」

「矛盾してません」

雀は名残惜しそうに指についた麺麭《パン》くずを舐《な》め取ると、山羊の乳を飲みほした。


翌日、馬車は行きとは違う道を通っていた。

「方向が違いますね？」

猫猫は雀に聞いた。今日は御者台にではなく一緒に幌《ほろ》馬車の中に入っている。小紅は、伯父と一緒に馬に乗っていた。馬車よりも景色がいいので、楽しいらしい。

「はい、山脈沿いを通ってますよぅ」

草原を突っ切ったほうが早いと思うが、なぜか遠回りをしている。

「どうして道を変えているんですか？」

「このまま真っすぐ行くと、鴟梟さんと同い年の叔父さんに出くわすんですよぅ。前に言ってませんでしたか、お二人の仲について？」

同い年の叔父さん、つまり玉袁《ギョクエン》の六番目だか七番目だかの息子のことだろうか。

「あれですか？　真剣を用いた決闘になったとか？」

猫猫はふわっと聞いたことを思い出す。

「ええ。私たちよりも鴟梟さんの到着が遅かったのは、出くわすのを避けていたからでしょうねぇ。ある意味、あのお二人、誰よりも仲がよろしいので」

しみじみと雀が言った。

（めんどくせー野郎だ）

猫猫はまた周りを見た。草原というより岩砂漠。両側に崖がある。

「だからってこういう道ですか？」

「距離的には近道なんですよぅ。行きは馬車一つでしたから避けましたけど、大がかりな隊商《キャラバン》はこちらの道を使いますね」

小規模だと使えない道。つまり盗賊が出るのだと推測される。さすがに護衛を引きつれた今の状態を襲う莫迦《ばか》な奴はいないだろう。

そう思うが、猫猫の不安はぬぐえない。

「普通の道がいいですね」

山脈沿いの道だ。馬車に乗っている身としては、揺れて気持ち悪い。

「違う迂回路《うかいろ》はなかったんですか？」

「この季節だと北側の迂回路《うかいろ》はもう雪が降っているんですよぅ。馬の消耗が激しく、野営する場合の燃料がたくさん必要になります」

　総合的に判断してこの道がよいと決めたのなら仕方ない。

　だが、雀の表情もほんの少し曇っていた。

「早く抜けてしまいたいですねぇ」

　外を眺めると、ひたすら不毛の大地が続いていた。


　馬を消耗させないため、道中こまめに休憩がとられる。馬車のうちの一つは、馬用の飼料や水を運んでいた。桶《おけ》に入れられた飼い葉を馬は美味しそうに食べる。小紅も餌をやっているようだ。手に何か白いものを持っている。

「馬に岩塩を与えるんですね」

「はい、お馬さんは汗をたくさんかきますからねぇ」

　もったいないが必要なのだろう。遠い北に棲む巨大な鹿は人間の尿を好むと聞く。

「んー」

　雀が微妙な顔をしながら、食事の準備をする。

「どうしました？」

「いえ、やっぱり不安要素があるのは落ちつきませんねぇ」

雀は干し肉をそいでいた小刀を器用にくるくる回す。楽天的な彼女が気を揉《も》むとなるとよほどのことだ。

猫猫はその様子を見てなんとも言えない不安を感じる。

「雀さん、そういうこと、私の前で言ってもよろしいのですか？」

猫猫は、確認を取るように聞いた。

雀はきょとんとした顔になる。

「……そうですね、迂闊《うかつ》でした。でも、私の今の仕事は猫猫さんの身の安全なので、必ず守りますからご安心ください」

雀にしては珍しい。焦っているのが猫猫にもわかるというのは、ただならぬことではないだろうか。

「それでも心配そうですけど」

「こう見えて雀さんは完璧主義者なので、不安要素って取り除きたいんですよぅ」

「どんな不安要素ですか？　熊男はもう逃げられないでしょう？」

「ええ。四肢を縛り、両腕も折っています。武器を振り回すこともできませんが……」

雀は軽くまつ毛を伏せる。

「そこまでやればさすがに何もできないのでは？」

「普通にやって雀さんはあの熊男を倒すことはできませんよぅ。いくら手足を縛られていても相手が熊なら一噛《か》みされれば決着がつきますからねぇ」

　雀はぐわっと熊の真似をする。

「何より一番怖いのは、虎《とら》のように獰猛《どうもう》なのではなく、すっぽんのようにしつこい人なんですよねぇ」

（まあ、わかる）

　熊男は目を潰された恨みから何度も鴟梟の仕事を邪魔したようだし、今回捕まえなければまたちょっかいをかけてきただろう。

　そして、今回、猫猫に対してもかなり恨みを持っているに違いない。

「さすがに逃げられないと思いますけど」

「そうですかねぇ」

　雀は小刀を置く。

　猫猫は、何事もなければいいと思った。

　だが、雀の直感は当たっていた。

二十四話　手負いの獣

その夜、岩砂漠を抜け切ることなく野営となった。狼《おおかみ》の遠吠《とおぼ》えが聞こえ、よく眠れない。猫猫《マオマオ》は、寒いので上着を重ねてさらに毛皮を羽織る。吐いた息が白く濁り、耳が切り裂かれるように痛い。草原ではないので地面に杭《くい》が刺さらず、天幕が上手く張れない。だから馬車の中で寝ていた。

雀《チュエ》は震える猫猫を見て、追加の毛皮を取ってくると馬車を出た。

ひとまず眠ってしまえば朝になっているだろう。だが、睡魔はなかなか来ない。ようやく眠れそうな雰囲気になってきたところで瞼《まぶた》がちらついた。寒さと眠さとだるさで瞼を開くのが億劫《おっくう》だが、なんとか目を開ける。馬車の幌《ほろ》が赤く染まっていた。

猫猫は慌てて毛皮を羽織ったまま馬車から身を乗り出す。

馬車が焼けて火の手が上がっている。馬が嘶《いなな》き、男たちが火を消そうと躍起になっていた。火がついたのは飼い葉を載せた馬車だろう。燃え方が尋常ではない。

皆が焼けた馬車に注目している。

なので、猫猫の前にやって来た者に誰も気付いていなかった。

「!?」

どすんと脇腹に衝撃を受ける。痛みを感じる間もなく、猫猫は馬車から落ちて地面に転がった。

「……このくそ女」

顔を上げると片目の熊男がいた。目を血走らせ、口から血が滴《したた》り落ちている。その前歯は数本なくなっており、かわりに手足に引きちぎられた縄がついていた。歯で縄を食いちぎったらしい。

折られたという両腕はぶらんと下がっている。右腕に金属棒が無理やりくくりつけられていた。腕を支えるというより、武器に等しい。

「おまえを……殺してやる」

もう熊男には痛覚すらないように見える。

猫猫を叩《たた》き落としたのは、金属棒がついていないほうの腕だろう。そこには、気絶させず時間をかけて痛めつけてやるという狙いが見えていた。

(殺される)

厚着していたため、いくらか衝撃は吸収されたが痛みはある。立ち上がってすぐさま逃げなければならない。

熊男が近づいてくる。猫猫は後ずさりしながら立ち上がろうとするが、立てない。落ちた衝撃で体がまだしびれている。どうにか走ってみなのところに逃げれば何とかなるはずだ。

だが、猫猫が逃げるより、熊男が殴りかかってくるほうが早い。

なんとか頭は守らなければと猫猫は顔をかばい、目を瞑《つぶ》る。

どれくらい時間が経《た》っただろうか。一瞬のようであり、四半時《さんじゅっぷん》経った気もする。

熊男の腕が猫猫に振り下ろされることはなかった。

「すみません、猫猫さん」

雀の声がした。

猫猫は、目を開ける。

燃え上がる馬車を背景に、熊男の影とその上に乗る雀の影が見える。熊男の首の辺りからしぶきが舞っている。

「私が目をはなした隙に」

雀が熊男から飛び降りるとともに、熊男の体が崩れ落ちかける。

「汚い格好ですみません。大事ありませんか？」

「……大丈夫です」

ほっとすればいいのか、驚けばいいのかわからない。雀の顔には返り血がべっとりくっついている。

同じ馬車に小紅《シャオホン》が乗っていなくてよかった。伯父の鴟梟《シキョウ》と一緒にいるはずだ。

「だから、さっさと片付けたほうがよかったのに」

「ああ、ぞうだな」

くぐもった声がした。雀はすぐさま向き直り、振り下ろされた拳を受け止める。いや、振りぬいたと言っていい。熊男の腕には動かせる支柱となる骨はもう残っていない。

折られた腕はさらにみしみしと骨が砕ける音をさせ、雀の体も衝撃を逃がすかの如く吹っ飛んだ。

熊男は、歯が折れて口から血を流し、砕けた両腕が力なくぶら下がり、首からは血しぶきをあげている。

「……」

もうとうに死んでいてもおかしくないのに、なぜ生きているのか。それこそ、首を落としても動く蛇のようなしぶとさからだろうか。

だが、雀はすぐさま猫猫の前に立つ。左手に小刀が握られている。

ぎゅっと歯を食いしばると、熊男の懐《ふところ》に入った。

「これで終わりにしてください」

雀は熊男に小刀を突き刺す。

（手慣れている……）

まるで肋骨《ろっこつ》の隙間に刺すように、中心からやや左よりの位置に小刀が埋まる。躊躇《ちゅうちょ》などというものはなく、ひたすら作業のように小刀は引き抜かれる。

それでも、熊男は立っていた。

「お、おればまだじなな……」

熊男が振りかぶり、雀が後ろに跳んだ時だった。

どすっと熊男の残った目に矢が刺さった。

「本当にしつこい奴だ」

どこか残念そうな男の声。鴟梟だ。鴟梟が手を上げると、部下たちが次々と矢を射る。

耳をつんざくような熊男の叫びが聞こえる。もう何を言っているのかわからない。

ただ、その声が止まった時、独眼竜《どくがんりゅう》などと名乗っていた盗賊は、立ったまま息絶えていた。

「悪い、火事に気を取られているうちに」

鴟梟が猫猫に話しかけてくるが、猫猫が気になったのは雀のほうだった。

「猫猫さん、申し訳ありません」

雀は普段と変わらない笑顔を見せている。ただ気になったのは、小刀が左手に握られていたことだ。

「雀さん」

猫猫が雀の肩に手をかける。右肩がおかしい。そして、その下を見る。暗くてよく見えない。だが黒く変色しているように見えた。猫猫が雀の右腕を握ると、ぬるっとした。

「いやはや、すみません。雀さん、へましちゃいましたよぅ」

雀の目はうつろになっていた。一体いつこんな怪我《けが》をしたのか。猫猫が目を瞑《つぶ》っているのは一瞬だと思ったが、その中に何度も攻防があったのか。

腹からも血がにじんでいた。猫猫はすぐさま雀を馬車に運ぶ。

熊男も大概だが、雀も同じだ。

「お湯を沸かしてください！　あと治療器具！」

「お、おう」

相手が鴟梟であろうと関係ない。

猫猫は雀の着物を脱がせた。

折れた腕は半分ちぎれかけ、腹部には打撲痕。どちらも激しい傷だが、内臓を診《み》るほうが優先だ。

だが、同時に、雀の体には彼女の歴史ともいえる無数の傷痕が残っていた。歴戦の戦士もかくやという傷痕もあれば、明らかに拷問らしき痕もある。

「猫猫さん」

「しゃべらないでください！」

「しゃべらせてくださいよぅ……」

雀は左手で猫猫の頬を撫《な》でる。

「私の右手、使えなくなるでしょう？」

「まだわかりません」

「いいえ、使えなくなります」

猫猫は何も言えなくなる。事実、半分ちぎれている。

猫猫は図星を指されて悔しくなった。猫猫にはちぎれた四肢をつなぎ合わせる技術はない。ここでつないだとしても、ほとんど機能しなくなるか、もしくは腐り落ちる。

「もし使えるようなら、お腹《なか》よりも腕を優先してください」

「だめです、腹からです」

四肢より内臓のほうが命に関わる。先に処置するのは腹だ。

「いえ。右手が使えないのなら、私の価値はありません。使えなくなったら終わりなんですよぅ」

「そんなことありません」

猫猫は手持ちの薬を出す。血止め、咳《せき》止め、風邪薬、ろくなものがない。

「雀さんがいないと困るので駄目です。何があろうと生きてください！」

猫猫は早く治療器具を、お湯を、火をと鴟梟の到着を待つ。外では、火をつけられた馬車がまだ燃え続けていた。

「ふふふ、猫猫さん……私のこと好きですぅ？」

「はい、好きですから。しゃべらないでください」

これだけしゃべれるのだから肺には異常なさそうだ。

「いいですねえ。猫猫さんからの愛の告白。月の君に自慢しなきゃ……」

妙に雀の顔はあどけなく見える。

「一時的にでも人から好かれるのはいいことですよぅ。私はここにいてもいいんだって、思えちゃいますものぅ」

「……」

猫猫は言い返す余裕もなく、雀の腹に指を滑らせる。肋骨《ろっこつ》が折れていて、内臓に突き刺さっている可能性が高い。

「猫猫さんにもいろんな事情がありますから、感情に流されないことは大切ですぅ。でも……」

雀は血で濡れた左手で猫猫の頬に触れる。

「それを言い訳にしちゃだめですよぅ」

ふふふと笑う、雀。そのまま目を瞑《つぶ》る。

猫猫は一瞬驚き、慌てて脈をとる。まだどくどくと鼓動を感じた。

「おい、湯と治療器具だ」

猫猫は鴟梟から治療器具を受け取る。ぎゅっと切開用の小刀を握り、消毒用の酒精《アルコール》を取り出す。

(何が言いたいのかわからないけど)

猫猫はぎゅっと唇を噛《か》む。

(簡単には死なせない)

猫猫は固く拳を握り、手術を始めた。

二十五話　醜い雀《すずめ》の子

幼い頃の雀《ベグラ》はとても幸せな子どもだった。

父は貿易商で、年を取ってから結婚した。綺麗な母を見て、年甲斐《としがい》もなく一目惚《ひとめぼ》れしたらしい。

すらりと伸びた背、象牙色《ぞうげいろ》の肌、流れるような曲線を描く体つきの美人。父でなくとも皆が目を奪われる。

父が異国人である母と出会ったのは偶然だったらしい。隣の砂欧《シャオウ》という国の船に母が乗っていた。嵐に遭って難破し、母は父の商船に救われた。最初は言葉が通じず苦労した。父は砂欧の言葉が得意だったので、いろいろと母の面倒を見た。仕事を与え、言葉も教えた。

父はすぐさま砂欧に帰してやろうとしたが、上手くいかなかった。難破した船には母の旦那と子が乗っていて死んでしまっていた。砂欧には身内がおらず、帰っても居場所がないという。

父は商人だったが、とても人が良かった。人望で商売が成り立っており、そんな父が天涯孤独の母を見捨てられるわけがない。さらに、四十を過ぎて独身だった父は年甲斐もなく、恋などというものをした。

母は異国人で言葉は拙《つたな》いが働き者だった。使用人から奥様と呼ばれるようになるのに時間はかからなかった。

母は奥様になった後も父の手伝いをよくした。雀はそんな二人に手をつないでもらって、教会に行くのが好きだった。休息日には三人でお祈りをし、外食して帰るのだ。

「そのうち、親戚の子でも引き取るつもりでいたんだけどなあ」

結婚した翌年、雀が生まれた。女の子だが、子どもを持つと思っていなかった父は大喜びで、雀が生まれてから十日間、店の前を通りかかった人々に菓子を配り続けたという。

雀という名は母がつけた。小さな小鳥の名で可愛いと父は言う。雀はすらりとした美人の母に似ず、ずんぐりした父によく似ていた。あまり大きくない目、潰れたような小さな鼻、背もそんなに高くない。だが、あばたもえくぼ。父は親戚中に雀を自慢した。

雀の容姿は良いとは言えなかったが、頭は悪くなかった。生まれて一年経《た》つ前に歩きだし、二年経つ頃にはべらべらとおしゃべりをするようになった。さらに、三年経つ頃にはどう成長するだろうかと、父はにこにこして見ていた。

本当に雀の頭は悪くなかった。

三つになる前に母が消えたことも、消える前の母の様子も覚えていたのだから。

ある日突然、母がいなくなった。父はうろたえた。従業員は驚き、戸惑い、一体何が起きたのかと大騒ぎになった。

絵描きに似顔絵を何枚も描かせ、捜索する毎日。

何か事件に巻き込まれたのではないか。母を探す父だったが、そこから妙なことが少しずつ浮き彫りになる。

父の取引先の情報が漏れているようだった。確かな証拠はないが、他国との輸入や輸出で、妙な流れが見えた。

父は人望で仕事を取っていたがそれだけでは商売は成り立たない。雀の頭の回転の速さは、父譲りなのだ。

父は些細《ささい》な違和感を無視することはなかった。母が来てからの数年間と帳簿の流れを確認する。

とある国がつながった。

茘《リー》。砂欧の隣にある国だ。国交はないが、砂欧を挟んだ東側にある国だ。

母は砂欧人と言っていたが、その容姿は茘人に近い。砂欧は混血の人が多く、特に気にも留めていなかった。

「ぜったい、ぜったい母さんを探してやるからねえ」

父は雀にそう言いながら、勉強をするんだよと教典を渡す。やることもない雀は教典を使用人に読んでもらった。

「母さんはなにか理由があるんだ。きっと仕方ないことだったんだよ」

優しく言う父を雀は初めて愚かだと思った。

数年後、父が母を見つけたかもしれないと言った。似顔絵にそっくりな人物を茘で見たと言う人がいたらしい。

父は喜び、船に乗って茘へと向かった。

あの時、雀は手を伸ばしておけばよかったと後悔した。母は死んだと思えば良かった。父と二人、仲良く生きていけばいい。

でも、その夢はかなわない。

父は帰ってこなかった。

親を失った子どもは一体どうなるだろうか。雀がもう少し大きかったら話は違っただろう。だが十にもならない娘には何もできない。

ひと月もしないうちに父の財産は奪われ、なくなった。金持ちが死んだら、不思議と親戚が増えるものだ。かろうじて父に恩義を感じていた使用人たちが残した数枚の金貨のみ、雀の手元に残った。

きっと正気の父であれば、雀にまともな後見人を選んでいただろう。母は綺麗だったが、父をどれだけ狂わせてしまったのだろうか。

「何かあったら教会に行きなさい」

雀は金貨を握りしめて教会へと向かった。

聖職者は比較的まともだったが、雀を哀れに思い救貧院に入れようとした。だが、そこは駄目だと雀はわかっていた。数枚残された金貨は見つかり次第奪われてしまう。

雀の目標は決まっていた。

教会には東に教えを広めたいという先生がいた。そして、もうすぐ旅立つのだと聞いていた。

「私を連れて行ってください」

気難しそうな先生に雀は言った。

「子どもは連れて行けない」

先生は四十ほどの男だ。元は大きな教会の先生の護衛をやっていたとのことで、がっしりとした体つきをしている。異教徒だらけの異国に行く人なのだから、腕っぷしも強くなくてはいけないらしい。

雀は子どもだ。何の力もない。あるのはただ一つだけだ。

『神よ、私たちを見ていますか？』

雀は何度も読み聞かせられた教典の中身を覚えていた。何度も読み聞かせてもらった。一字一句間違えず全部声に出す。

「……」

「私も連れて行ってください」

何の価値もなければ誰にも見てもらえない。

父にとって雀は娘だったから価値があった。

従業員にとって雀は雇い主の娘だったので価値があった。

なので雀は、先生の布教の役に立つ手駒という価値を示した。なにより雀は母の娘だ。東よりの顔立ちをしている。言葉さえ覚えれば、道中いくらかでも役に立つはずだ。

その後、しばらく先生は渋ったが結局折れてくれたのでよかった。雀にはもう居場所がないということをわかっていたのかもしれない。

「死んでも責任は負えない」

「わかってます」

雀は先生と共に東へと向かった。しかし、布教活動をやりつつ移動するので速度は遅い。砂欧を横断し、茘に着くまで一年かかった。

だが、茘を移動するのはもっと大変だった。

道中、先生にいろんな言語で書かれた教典をもらった。

「いいか、言葉だ。言葉を覚えろ。一字一句間違えるな。それで生死にかかわることもある」

先生はぶっきらぼうだが面倒見は良かった。ただ、元々気が短いらしく、異教徒たちに何度も追いかけまわされたのでいらいらしていた。時に閉じ込められ、拷問まがいのこともされた。

「異教徒め。改宗するまで絶対許さんぞ」

先生の口ぐせだ。

どういう経緯があって異教徒だらけの茘にやって来たのか不思議だったが、雀にとっては関係ない。

教会の一団とはいえ、子どもの使用人に対する扱いはそれほど良くなかった。あまり資金があるわけではなかったので仕方ない。その時は、雀は自分が何なのか思い出す。豪商の娘ではない。ただの餓鬼《がき》で使用人だ。

だから食べるために知恵を絞った。時に、町で出会った優しそうな奥方の傍《そば》で泣いて見せるとたまに施しをくれることもあった。道化みたいに笑わせるとおやつを分けてくれる子どももいた。たまに祝い事でご馳走が出ると、普段食べない分溜《た》めるように食べ、保存が効く物はこっそり溜めこんだ。

成り行きで遊行芸人の一行と旅をしたとき、奇術を覚えた。堂々と練習を盗み見すると芸人たちに袋叩《ふくろだた》きにされるので、木に登って隠れてやった。これを金持ちの前でやると小銭を恵んでもらえると知っていたからだ。

先生に見つかると怒られたが、飯をまともに食べさせられないことはいくらか悔やんでいたようで、貰った菓子や小銭を奪われることはなかった。

茘に入ってからしばらくして、雀は麻雀《マーチュエ》と名前を変えた。茘人のふりをするほうが、生存確率は増えるという先生の教えだった。

「西都まで行くんだってな」

「はい」

先生と一団は茘の中でも大きな教会が建てられている村に滞在するらしい。そこを拠点として教えを広めるのだという。

「西都まで一緒に行こうか？」

先生も数年一緒にいた雀をそれなりに気遣ってくれるようになった。

「大丈夫です」

雀の年齢はもう十二になっていた。茘ではもうそろそろ適齢期の娘だ。普通なら危険だと思うだろう。だが、雀は髪を短く削るように切っていた。小さな目も潰れた鼻も決して美しいとは言えない。西都に行く隊商《キャラバン》の小間使いとしてついていった。

西都に着いた時、もう年は明けて十三になっていた。隊商とは別れ、浮浪児として住み着くことにした。

雀は道化が性に合っているらしい。昼間はふざけた動きで奇術を見せて小銭を稼いで、夜は水路の中で寒さを凌《しの》いで眠った。しばらくそういう生活をするうちに、母の似顔絵に似た人物がいるという話を聞いた。

「確か一番大きなお屋敷にいたのを見たよ。まあ、一度っきりだがね」

その言葉を信じ、雀は屋敷へと向かった。

西都で一番大きな屋敷。到底、薄汚い雀の姿では入れない。だから、屋敷の前で誰か出てくるのを待った。

「兄さま、待ってください」

声が聞こえた。

門からしっかりした体つきの男が出てくる。男と称したがまだ年齢は元服して数年も経《た》っていない。ただ、雀より綺麗な服を着ている。きりっとした眉は若い娘にもてるだろう。

次に出てきたのは、娘だ。さっきの声はこの娘だろう。適齢期の娘で目つきは鋭いが美しい顔をしていた。服にふんだんに使われている生地は、かつて父が商売をしていたときに触れていた絹だろう。あの独特の光沢と手触りには、もう何年も触っていない。

「ほら！　早く来なさい！　兄さまがあんたの護衛をしてくださるのよ。感謝なさい！

ああ、おじいさまの頼みじゃなきゃ、絶対やらないのに」

気が強そうな娘のあとにもう一人、娘が続く。美しい赤い髪に翠玉《エメラルド》の目を持った娘だ。さっきの娘と違い、目元が優しい。雀とそう変わらない年齢に思えたが、どうしてこうも違うのだろうか。

かたや浮浪児、かたや美しいお嬢さま。

「銀《イン》、口を慎みなさい」

声が聞こえた。

もう何年も聞いていなかった声。不思議と、すでに記憶の底に沈んでいたはずの光景がよみがえってくる。

「葉《ヨウ》さまは、後宮《こうきゅう》に上がられるのですよ。立場を考えなさい」

すらりと伸びた背、象牙色《ぞうげいろ》の肌、流れるような曲線を描く体の美女がそこにいた。

銀と呼ばれた娘が不機嫌になる。だが、雀はそんなことどうでもいい。ただ、かつてずっと一緒にいたはずの美女がどうしてこの場にいるのかが疑問だった。

「わかりました。母さま」

銀が言った。

母さま。雀は反芻《はんすう》する。数年かけてしっかり覚えた茘語。『母』という意味に違いなく、なぜ異国の娘がそう呼んでいるのかわからなかった。

父と出会う前に旦那と子がいたという話は聞いた。だが、船が難破して死んだと言っていたのではないのか。

「母上ー」

もう一つ声が増える。

子どもだ。雀よりも小さい。十にもならない子ども。

「僕も連れて行ってください」

「いいえ。あなたは私とお勉強ですよ。お買い物はまた今度にしましょうね」

「えー」

子どもは母の足にすがりつく。かつて雀もああやって甘えることがあった。

何を見せられているのか雀にはわからない。ただ、母の周りにいる子どもは皆、雀よりもずっと綺麗だという現実だけがつきつけられる。

雀の髪は剃刀《かみそり》でざんばらに切った坊主で、服はもう何年も同じ物を着古している。宿に泊まることもできず何日も水浴びもできていない垢《あか》まみれの汚い餓鬼《がき》。

雀は、思わず隠れていた塀から顔を出した。一歩、また一歩、母へと近づく。

「なんか汚いのがいる」

銀という娘が言った。明らかに汚物を見るような目、価値がないどころか、存在が許されない物を見る目だ。がらくたを鑑定させられたときの父の目を思い出す。

「銀、そんなの気にするな」

男が言った。気にするな、の中にどういう意味が含まれているのか雀には判断しづらい。

ただ、雀は美女を見た。

美女は銀と同じく雀を一瞥《いちべつ》すると、何事もなかったかのように子どもを連れて屋敷へと戻った。

雀はどうすればいいのかわからなかった。

ただ雀は母の背を追いかけてきた。母が雀を見たら何か気づいてくれるはずだと思った。

でも、気付きすらしなかった。

雀が何年もかけて母を追いかけてきたのは、何のためだったか。

親子の感動の再会がしたかったのか、いやそうじゃない。

母にとって、雀はどんな価値があったのか、それが知りたかった。

雀はその夜、屋敷へと忍び込んだ。

どうしても確かめなくてはいけなかった。雀は母にとってなんだったのか。

何年も異教徒から追い回されてきたおかげか、屋敷に忍び込むのは簡単だった。母はどこの部屋にいるのか、身を隠しながら移動した。

「ねずみは臭くて仕方ないな」

雀のすぐ後ろで声がした。

慌てて振り返るが、その前に抑え込まれる。

「浮浪児が物取りか？　腕を切り落とされるぞ」

そう言ったのは男だった。三十くらいだろうか、抑え込まれていて顔が見えない。

「物取りじゃありません」

雀はできるだけ丁寧な言い回しをした。先生に教えられたことだ。だが、それは逆効果だった。

「おまえ、異国人だな？　発音に癖がある」

雀は、ぎゅっと顔を地面に押し付けられる。

「まだ若いがどこの国だ？　砂欧か？　いや、それよりもっと西？　何が目的だ？」

男は人目につかないところへ雀を移動させる。

「は、母に会いに、来た」

雀はとぎれとぎれに口にした。

「母だと？　そんな汚い身なりの餓鬼《がき》を持つ親がこの屋敷で働いているのか？」

嘲《あざけ》るような笑い。どう罵《ののし》られても雀は気にしない。ただ、懐《ふところ》から汚れたぼろぼろの似顔絵を差し出す。

「……これは？」

男の声が変わった。戸惑いが現れている。

雀を拘束する力が緩んだ。

「おまえは、あいつの子か？」

あいつとは誰かわからない。ただ、雀にできることはこの男が戸惑った隙を狙うしかない。ただ、逃げ出すのは難しい。どう隙を狙うかと言えば――。

「十四年前、母は遭難して父に助けられた。私はその後生まれた娘です」

率直に真実を口にした。

「娘か。はは、そうか、そうだな。確かにいたな」

男は笑った。

「あの女が、不要だと捨てた娘だな」

不要という言葉が雀の頭に響いた。

「不要？」

「ああ。不要だ。この屋敷に戻るには、いらない子だろう。数年間、異国に潜伏する際の身分の保証。それがおまえの存在価値だった」

だったという過去形。もう雀はいらないということか。

「連れて帰ることはできまい。役割を果たすためにはどうしてもいらない存在だ」

「いらない存在」

頭をがんがんと殴られるような衝撃。

わかっていたことだ。父と雀を置いて出て行ったときにもう雀はわかっていたはずだ。

「おまえの父親はどうした？　羽振りの良い商人なら、後妻でも貰っているだろう？」

いっそそんな父なら良かった。父は人が良く優しくそして愚かだった。

「母が茘にいると聞いて旅立ち、死にました。家は潰れました。私には何も残されず、母を追いかけてきました」

「その似顔絵一つ持ってか？」

「はい」

「ふむ」

男は何かを考えているようだ。雀を値踏みするように見ている。

雀は思った。今、ここで雀の価値が決められようとしている。もし、何もなければおそらくいらないものとして処分される。

「私は母国語と茘語、砂欧語は話せます。あといくつかの言語もわかります」

先生にもらった教典を思い出し、外国語をすらすらと口にする。

「算術もできます。一週間水だけで空腹をしのいだこともあります。痛みに強く、あと、手先が器用です」

雀は見様見真似の奇術を見せる。

なんだってする。生き残るため、存在価値を見出《みいだ》すため。

「……莫迦《ばか》な奴だな。こっちのほうが、よほど素養があるじゃないか」

男がぼそりと口にした。

「わかった。しばらくおまえの有能さを見せてみろ。もし、価値があるようなら」

男はにやりと笑う。

「私の後継者にしてやろう」

雀にとって男は師匠となった。

二十六話　夫婦

馬良《バリョウ》が十六の時、母の桃美《タオメイ》から呼び出された。

「今から口頭で伝えることは必ず記憶しておきなさい」

母は『馬《マ》の一族』を取り仕切る女性だ。

馬の一族は皇族の護衛として存在する。逆を言うと男は体を張って死ぬこともある。なので、何かあったとき頭脳として残すのは女だ。

本来であれば一族の長《おさ》の妻がその役割を果たす。父である高順《ガオシュン》は特殊な事情により、長になることはない。だが他に適任がいないため母が請け負った役割だ。

桃美が話すのは、名持ちの一族の一つ、『巳《ミ》の一族』についてだ。表から皇族を守るのが馬の一族。裏の守りは巳の一族が担《にな》う。

「巳の一族といいますが、その成り立ちは私たちのようなわかりやすい血縁関係ではありません」

巳の一族は諜報《ちょうほう》を得意とする。ただ、その役割ゆえ、表立って誰なのかという名前は出てこない。

「巳の一族といっても複数あり、それぞれ世襲制だと思ってください」

「世襲制といいますと？」

「巳の一族の者は、そうですね、例えば十人いたとします。その十人がそれぞれ自分の後継者を一人選びます。血縁から選ぶことがほとんどですが、ちょうどいい者がいない場合、外部から引き取ることもあります。それが次の巳の一族になります。なお、後継者以外は巳の一族として認められず、ほとんどの場合後継者と決めた者以外に技術を伝えることはありません。それどころか血縁が巳の一族であるということも知らないでしょう」

「母上、質問してもよろしいでしょうか？」

「なんですか？」

「つまり、巳の一族とはよその名持ちの一族にもぐりこむこともありうるのではないですか？」

にんまりと笑う桃美。正解だと顔が言っている。

「そうです。最重要事項ですね。巳は馬の一族と対になる家であるがゆえ、私及び数名のみに知られている話です」

馬良は胃がきりきりと痛くなった。諜報に特化した一族、これなら確かに臣下の腹を探るのに適している。

「もう一つ質問していいでしょうか？」

「何ですか？」

「僕の妻となる人も巳の一族ではありませんか？」

数日前から、姉の麻美《マーメイ》より見合い話が来ている。母が機会を狙ったかのように話すのに理由がある気がした。

「わかりません。ですが、お断りなどできないと思いなさい」

ぴしゃりと言い切る母に、気が弱い息子は言い返すことはできなかった。

数日後、姉の紹介でやってきた女性はよくわからない人だった。

「こんにちは、麻雀《マーチュエ》と申します。気軽に雀《チュエ》さんと呼んでください！」

元気いっぱいでやって来た人を見た。馬良とは対極の人間だ。

「雀さんよ。距離がすごく近いけど、まあそういう人だから慣れなさい。はい、雀さん、弟の馬良よ。たまに気絶することもあるけど、何かあったら下男でも呼んで寝室に運んでもらって」

「了解しました！」

雀は、すちゃっと麻美に礼をして、馬良に近づいた。馬良は慌てて部屋の隅に隠れたがいつのまにか背後を取られていた。

「うふふ、逃げるなんて初心《うぶ》ですねぇ。雀さん、そういう人、嫌いじゃないですよぅ」

ふうっと耳に息を吹きかけられた。

「うわああっ」

馬良は、早速気絶してしまう。

雀の第一印象は、距離が近すぎて絶対無理な人、だった。

「こんにちはー、雀さんが来ましたよぅ。綿入れ作ったので着てくださいよぅ」

「はーい。お饅頭《まんじゅう》作ってきました。あっ、勉強中でしたか、温かいうちに食べてくださーい」

「お話ししやすいように簾《すだれ》用意しましたー。これを挟めばお話できますかぁ？」

なんだかんだと雀はよく馬良の元にやってきた。騒がしくしたかと思えば、科挙《かきょ》の勉強中なら饅頭を置いたり、近づいたかと思えば距離を測ったり。

雀という娘は、騒がしいが有能だった。

饅頭は何度も貰ううちに馬良の好みの大きさ、味に変化していった。

綿入れは季節に合わせて体の大きさにぴったりのものが作られた。

簾は正直、便利で助かった。

「ふふふ、雀さんってば使えるでしょうー」

「自分で言うかな？」

簾《すだれ》越しに話せるようになったのはどれくらい経《た》った頃だろうか。顔が見えないのでずいぶん気楽に話せた。

「僕と結婚しても何にもないと思うけど？　正直、家は弟が継ぐよ。子どもができたらそいつの養子にされるかもしれないけど、君に恩恵はないからね。育てるのは姉さんになるかな？」

血縁以外の人とこれだけ長く話せたのは何年ぶりだろうか。

「養子ですかぁ。つまり雀さんは子育てしないでいい！　最高じゃないですかぁ！」

「そこに食いつくのか？」

馬良は呆《あき》れてしまう。大体、子どもが生まれる話をしているが、その前に作れるのかどうか疑問だ。想像し、少し赤くなる。

「麻美さんが育ててくれるならちゃんとやってくださるでしょう。私が育てるより安全安心。雀さんはさくさくと働く女性になりますとも」

強がっているようには思えない。本気で言っている。

母が言っていたことを思い出す。もし雀が巳の一族であれば、子どもは後継者として育てられる。ならば、姉に渡して教育してもらうほうが適切だ。

馬良は弱い人間だ。誰かに逆らえるほど強くない。なので、誰が政略結婚の相手でも受けるしかない。

「馬良さん、少しは私役に立ちますぅ？」

「それなりに」

少しだけこの変な女に慣れてきた馬良がいた。

「灯《あか》りを消してもよいですか？　大丈夫ですよぅ、へまはいたしませんので」

新婚初夜の台詞《せりふ》としてはどうだろうか。灯り云々《うんぬん》については初心《うぶ》に聞こえるが、そのあとはどう見ても立場が逆だ。

とはいえ、人間不信に近い馬良が初夜に失敗しないためにと、よそで練習することは不可能だ。しかも、お相手に完全に任せるという、男として大変不名誉な形を伴っている。

「くすぐったくないですか？」

「……くすぐったいに決まっているだろ？」

名前の通り、雀のような笑いをこぼす妻に、馬良は負けてばかりだ。

「すべすべでいいお肌してますねぇ。羨ましい限りですよぅ」

妙に雀の声がねっとりとしていた。

馬良はただ、目を瞑《つぶ》るしかなかった。

子どもが生まれても雀は雀だった。

「本当に猿みたいですねぇ。というか、馬良さん似とか皆さん言いますけど、区別ついているんですかねぇ。ってか、産むの疲れますよぅ。生まれてこのかた三番目くらいに痛かったですねぇ。次は馬良さんお願いします」

「いや、無理だって」

さすがに馬良でも簾《すだれ》を挟まずとも話せるようになる。くしゃくしゃの顔の赤子を雀から渡される。

「自分の子には人見知りしないでくださいよぅ」

「失礼な」

とはいえ、ふにゃふにゃと骨のないような生き物を抱くのは難しい。不安になって雀に返そうとするが拒否された。

「もういりません。これ以上抱っこして変に顔を覚えられても困りますし」

「それが母親の言う言葉か？　第一、まだ目も開いていないだろう？」

「雀さんは育てない。最初からそういう話だったじゃないですかぁ」

ほどなくして、雀が仕事をすると言って家を出て行った。

その頃にはもう馬良は雀が巳の一族だと確信していた。

巳の一族は、互いに誰が同じ一族かさえ知らないことも多いという。それぞれ仕える皇族に従い、序列が付けられる。より高い序列を得ることは巳の一族としての名誉であり、それは後継者にも当てはまる。

雀はいつか後継者を選ぶことになる。子どもを遠ざけるのは、雀なりの親としての愛情なのだろうかと、馬良は思うことにした。


雀はいつも騒がしかった。静かなのは食べているときか、寝ているときだ。いや、寝ているときも、本当に寝ているのだろうか。

そんな雀が全身にさらしを巻かれ、寝台の上に横たわっていた。

雀は西都へ帰る途中に、盗賊の男と戦闘になった。その際受けた傷だと聞いた。

本来なら安静にして動かさない方が好ましいのだろうが、雀の仕事はそれを許さない。

手術を終え、ぼろぼろの体のまま馬車に揺られて運ばれたのだろう。

雀が本邸に帰ってきたのは会議中のことで、馬良は終わってから聞かされた。つい先ほどのことだ。

寝台の横には薬師《くすし》の娘が座っている。猫猫《マオマオ》だ。

『あっ』

なんというべきだろうか。まともに顔を合わせたことはほとんどない。大体、帳《カーテン》や簾越しに話しかけるばかりだったが。

「……雀さんは重傷ですので、無理をさせないようお願いします」

そういう本人も顔は擦《す》り傷だらけ、ぼろぼろである。

雀を生かすために必死で治療したのだろう。

「……」

馬良はただ頭を下げる。

雀は仕事のためにこんな姿になったとわかる。その仕事が何なのか馬良はわからない。

ただ、何もできない。

なんとなく無事なほうの左手に触れた。指先が冷たい。

「……ん」

「!?」

雀の瞼《まぶた》がゆっくり開いた。ずっと寝ていたのか腫れぼったく見える。

「あら、旦那様ではないですかぁ。死にそうな顔ですよぅ」

「おまえが言う台詞《せりふ》か？」

「ふふふ。ちょっと失敗しちゃいました。やっぱり、詰めが甘いのはよくありませんねえ」

雀の声を聴いて安心する馬良。同時に、まだ声がか細いのが気になってしまう。

「聞いてもいいですか？」

「何だ？」

「私、これからは前ほど動けません。どうしましょう？」

『雀さん』ではなく『私』と言った。

「私はもう用済みでしょうか？　離縁したほうがいいですかねぇ？」

いきなりの離婚話に馬良は愕然《がくぜん》となる。

「どうすると言われても」

「右手、たぶん使えないんですよぅ」

右手が使えない。それは今後、いろんな生活に支障が出てくる。

しかし——。

「雀は両利きだろう？」

馬良は知っている。器用にどっちの手でも箸が使える。右手でも左手でもどこからともなく旗や花や鳩《はと》が飛び出てくる。

「僕の十倍器用な人間が、片手になったら五倍器用になるだけだ」

雀は、馬良が饅頭《まんじゅう》を一つ丸める間に、十個作る奴だ。

「おや、うふふふ。それは、雀さん一本取られちゃいましたねぇ。せいぜい三倍が限界ですよぅ、ふふふ」

「笑うな、腹の傷に響くだろう」

馬良は慌てる。

「なによりその口数の多さは変わらない。それとも頭を殴られでもして、覚えていた異国語は全部抜け落ちたか？」

「いえ、たぶん覚えていますねぇ」

　雀は妙に楽しそうに言った。

「なら気にする必要はないだろう」

「そうですねぇ。では、とても役に立つ雀さんが一つ頼み事をしてもよろしいでしょうか？」

「何だ？」

「お腹《なか》すきました」

　雀の腹がぐううっと大きな音を立てる。

「おまえなあ」

　こんなに砕けた口調になったのはいつくらいからだったろうか。

　新しい妻を迎えてまた一から距離を詰めていくのは面倒だ。

　そんな面倒は、一人だけでよかった。

「ふひひ、失礼をば」

二十七話　師弟

「それでは無理して食いすぎるな」

馬良《バリョウ》は雀《チュエ》が食事をとり終えるのを見届けてから出て行った。食事中、何か手伝おうとしていたようだが、雀が左手でも器用に箸を使うので手持ち無沙汰に見えた。雀は、心配させることになっても、もっと下手な箸使いをすればよかったと思ったが、空になった腹に飯を入れる方を優先したのだ。

食べたら寝る。療養の基本だが、訪問者が来たのであれば仕方ない。

雀はゆっくり目を開ける。腕がちぎれても、腹をえぐられるように殴られても、勘はまだ衰えていないつもりだった。

薄闇の中には四十ほどの男が立っていた。魯侍郎《ルーじろう》、礼部《れいぶ》の次官に当たる男だ。

「どうしたんですか？　お見舞いとは珍しい、不甲斐《ふがい》ない弟子を叱咤《しった》しに来たのでしょうか？」

「気が抜けているのか？　訛《なま》りが残っているぞ」

「おや、まあ。失礼いたしましたぁ」

雀は起き上がれない。肋骨《ろっこつ》が折れているらしく、がちがちに固められている。食事の時も食べにくかったが我慢した。

「右手はもう使い物にならないでしょう。左手はいけますよぅ」

「半端な能力ならいらない」

「では、もう私に価値はありませんかぁ？」

雀は顔を歪《ゆが》める。馬良の三倍器用なだけでは半端なのか。

「師匠の後継者、また新しく決めますかぁ？」

「今から見つけて育てるとどれだけ時間がかかると思っている？」

「そうですねぇ。私ほどの逸材でも五年は必要ですからねぇ。いくら才能があっても十年以上かかって大変ですねぇ」

「元々、お前を肉弾戦で使えると思って育てたわけじゃない。おまえの通訳は何より主上が買ってくださっている」

「それはありがたいですねぇ。でも、前座の奇術ができないのでそれは困りますねぇ。小話でも覚えましょうかぁ？」

それこそ猫猫《マオマオ》のように冗句《ジョーク》を集めないといけないかもしれない。

「私は処分されません？」

「できないから困っている」

「申し訳ないですぅ」

「ならおまえよりも優秀な後継者候補でも見つけろ」

「優秀な、ですかぁ？」

ふと、雀は小紅《シャオホン》を思い出す。適性がありすぎる子だが、ひっぱってくるのは難しいだろう。

「まあそのうちに」

雀はにいっと笑う。

魯侍郎は雀を『巳《み》の一族』に引っ張った人物だ。表向きは礼部《れいぶ》の次官。本来なら、巳の一族はそこまで出世しない。目立たず動きやすい立ち位置にいる。だが、魯侍郎の兄が死んだことで家督を継ぐ羽目になった。

雀も魯侍郎について中央に行った。そこで麻美《マーメイ》と知り合いになり、馬良と結婚した。その結婚に自由などない。魯侍郎の思惑、馬《マ》の一族の思惑、双方の合意が含まれている。

雀は自分に価値があるのなら、それもまた悪くないと思った。馬良も悪い人ではなく、むしろ雀はいい旦那だと思っている。

本来なら、生まれた国とは別の国に仕えることを良しとはしないだろう。だが、雀は母以上に巳の一族としての才覚と適性を持っていた。自分の価値が上がれば、認められれば、序列という形で評価される。

母は巳の一族だった。

西の地を眺める主上の目として派遣された巳の一族であり、その美貌により玉鶯《ギョクオウ》の妻になった。

「だがそれだけの女だ」

かつて忍び込んだ西都一のお屋敷で、魯侍郎こと師匠が言った。

「ただ可愛がられるだけのお飾りだ。目としては大した役割が与えられず、巳の一族としての序列も低かった」

だから、功を急いだのだ。仕事と称して砂欧《シャオウ》に向かった。だが、半端な能力の持ち主ほど、どうしようもない。失敗し砂欧に正体がばれそうになったところで都合よく船の難破事故が起きた。ほとぼりが冷めるまで他国に潜伏しようとした。

その際に生まれたのが雀だ。

雀の母は、その本性は詐欺師に近い。あくまで本気で男に対して妻として愛するのだ。

だが、仕事として終わったから捨てた。

雀も雀の父も。

父の仕事の取引先の情報は、茘《リー》に戻るための手土産《てみやげ》になったのだろう。

その時、母の脱出を手伝ったのが魯侍郎の師匠だった。

母は西都に戻ると、雀と父との記憶をなかったことにした。夫と三人の子どもと再会し、さらにもう一人子どもを産んだ。

ただ、その後玉鶯が『戌《イ》の一族』を滅ぼすことになったのは、おそらく母の能力不足だ。巳の一族として内側から蛇のようにじわじわとからめとって、身動きできないようにすることができなかった。

母は巳の一族として半端すぎたのだ。

母自身それを知っていた。だから、後継者は優秀な者を選ぼうとした。

すでにいた三人の子どもは母と離れている間に、玉鶯に毒されてしまった。なのでもう一人、子どもを作ることにした。

虎狼《フーラン》、玉鶯の三男。

名前の通りに育った虎狼は、それこそ西都を思い通りに作り替えようと考える。

その中でやりやすいのは、破天荒な長兄を排斥し、扱いやすい次兄の補佐をやることだ。

長兄は将来当主の座に座らせるとどうなるのか。予想がつきにくい。だが、次兄なら安定が狙えるだろう。

もしくは、玉の一族とは別の誰かを西都に落ち着かせるためにはかったのかもしれない。

そんな考えが頭に浮かぶ。

だが、長兄は虎狼の秘密を、その思惑を知ってしまった。

「いやはや鴟梟《しきょう》さまも面白いですよねぇ。まさか、自分から巳の一族になりたいなどと言い出すなんて」

どう見ても諜報《ちょうほう》には向かない人種だ。

鴟梟と名乗りだしたのも、巳の一族になるための決意かもしれないが、雀にとって面白くもなんともない。名前など立場が変われば、いくらでも作っては捨てる。それが巳の一族なのに。

鴟梟にまで巳の一族であるとばれている以上、能力不足の母の序列は低いままだ。

「雀さんの序列はどれくらい下がるのでしょうかねぇ」

「あの女より低くなることはあるまい」

「そうですよねぇ」

雀は笑う。

母は雀のことを価値がないと判断した。その無価値の者が、常に自分の上に存在していたらどう思うだろうか。

雀にとってはもうどうでもいい。だが、父は何も知らずに死んでしまった。

だから、これくらい許されるはずだ。

父を、雀を忘れないように、雀は常に母よりも価値がある存在でなければいけないのだ。

　雀はそんな些細《ささい》な復讐《ふくしゅう》のために、茘という国に忠誠を誓っている。

「師匠、雀さんの仕事は変わりないでしょうか？」

「変わりないだろう」

「それは良かったです」

「ずいぶんとわかりづらい仕事だが、意味は分かっているのか？」

　師匠は顔を曇らせる。

「ええ。私に下された第一の命《めい》は、『月の君を幸せにすること』です」

「意味がわからん」

　雀にもわからない。まだ誰かを探れ、消せならわかりやすいのに。

　ただ、右手を失っても猫猫を守りきったことは正解だったと思っている。

「あー。猫猫さん、雀さんの忠告をちゃんと聞いてくれるといいんですけどねぇ」

　師匠が不思議そうな顔で雀を見たが、知らないふりをした。

二十八話　安眠

猫猫《マオマオ》はふらふらしながら、雀《チュエ》の寝室から医務室に戻ろうとしていた。

（つ、つかれたー）

もう疲れが絶頂に達していた。鴟梟《シキョウ》を助けてからもう、ろくでもないことしか起こっていない。

監禁されたうえ、意味もわからず逃亡。盗賊に捕まって強制労働のあと戻る途中に襲われた。

雀の手術は大変だった。肋骨《ろっこつ》はひびが入っていたが完全に折れていなくて良かった。内臓にも損傷はなかったが打撲が激しいので、がっちりと固定した。胴体の怪我《けが》がひどくなければ命には別状はない。

ただ問題は右腕だった。

ひどい有様としか言いようがなかった。辛うじて腕の形を残している。肘から先の骨は複雑に砕けて、肉も半分えぐれていた。

雀は護衛として腕は立つと思っていたが、分が悪かった。熊男は怒りで痛みも何も考えることができず、それこそ蛇のようなしつこさで倒れなかった。手負いの獣を相手にしたのだ。

猫猫は骨を元の形にくっ付けた。ちぎれた筋もつなぎ合わせ、皮膚を縫う。それこそ、実験に近い試行錯誤のろくでもない手術だった。

麻酔なんてものはなく、雀には手ぬぐいをくわえてもらった。動かぬよう手脚を押さえてもらったが、雀はどれだけ痛みに強いのだろうか、ほとんど動くことはなかった。

本来なら安静にしたいところだが、野営を続けるわけにもいかず、ならばいっそ急いで西都へと帰った。

それが今さっきだった。

猫猫の診立《みた》てでは、雀の右腕は今後使い物にならないだろう。少なくとも肘から先の感覚はほぼ失っていると言ってもいい。猫猫にできるのは今後、つないだ腕が腐り落ちないように経過を見ることくらいだ。

（ちゃんと筋はつながるだろうか？）

つなげるだけつなげたつもりだ。上手くつながっただけ、雀の手の感覚は戻ると信じているが、あくまでこれは養父の羅門《ルオメン》がやっていた処置の見様見真似にすぎない。医官たちの腑分《ふわ》けの実習ではそんなことは習わなかった。

やれることはやった。さすがに猫猫もこれ以上、雀の傍《そば》にいても仕方ない。夫である馬《バ》良《リョウ》に任せたが、何かあったら呼びに来るだろう。

（あー眠い、つらい）

結局一睡もしていない。つらいが、もっとつらい人間がいると思ったら休むことはできない。

それで働いてしまうなど、本末転倒だ。

（寝る！　絶対寝る！）

猫猫は医務室に向かおうとした。したのだが、なぜか足は反対方向へと向かう。

どうしてだろうか。

（雀さんのせいだ）

あんな遺言めいたことを言うからだ。

本当なら体力温存、それが一番大切だというのに。

猫猫は壬氏《ジンシ》の執務室へと向かっていた。

普段なら雀あたりから呼び出されないと向かわない部屋。妙に戸を叩《たた》くのに勇気がいる。

すうっと息を吸って、吐いて、扉を叩いた。

「……」

返事がない。

誰もいないのだろうかと猫猫は首を傾げる。同時に、肩透かしを食らったような気持ちになって、医務室に戻ろうと背を向けた時だった。

乱暴に扉が開かれた。猫猫が驚きつつ振り返ると、そこには壬氏《ジンシ》がいた。やつれている。また、自分の体力を過信して徹夜したのだろうか。何日寝ていないのだろうか。人によっては憂いと見える。だが、猫猫にはただの過労にしか見えない。腫れぼったい目、くすんだ肌、髪には艶がなく、唇は渇いていた。

「一体、何日徹夜しているんですか?」

「その台詞《せりふ》、そのまま返してやる」

壬氏はなにか言いたそうに、手を伸ばしてきた。その手は猫猫の手を掴《つか》むと、扉の外にいた猫猫を執務室へと連れ込んだ。あまりに勢いが強くそのまま床に倒れこみそうだったが、その前に抱きすくめられる。

(あっ)

床の上で二人は横になっていた。猫猫が上に壬氏が下に。毛足の長い絨毯《じゅうたん》が敷かれているが、床に倒れこんで痛くないのだろうかと猫猫は思う。

「……勝手なことはするな」

「申し訳ございません」

「もっと考えて行動しろ」

「……考えた結果がこれなんです」

ため息とわかる温かい息が猫猫の頭にかかる。

身動きができない。顔を上げようにも壬氏の顎が猫猫の頭を押さえ込んでいるようだ。

「安全だと思って連れて来たのに、なんで全て裏目に出るんだろうな」

「世の中上手くいかないものですから。中央にいても、どうせ似たような厄介ごとがあったかもしれませんよ」

「それもそうだな」

なんで二人して床に寝そべって、世間話をしているのだろうか。

(戸を閉めなくちゃ)

誰かに見られたら困る。

(早く立ち上がらないと)

いつまで抱きついているのだろうか。

正直、何日風呂に入っていないと思っている。着替えすらまともにしていない。汗と垢《あか》まみれの汚れた女に抱きついて臭くないのだろうか。

(それどころか嗅いでいる)

「壬氏さま」

「なんだ？」

「そろそろ放してはくれませんか？」

「自分で振りほどけばよかろう」

猫猫は壬氏の手を掴《つか》む。ずっしりしているが押さえつけているようではない。

だが――。

（眠い）

猫猫はぼんやりしていた。

緊張が解けたのか、猫猫は妙に安心していた。毛足の長い絨毯《じゅうたん》が気持ちいいのだろうか。それとも密着した体温がちょうどいいのか。

「……そうですね」

振りほどこうにもほどけない。

猫猫の息がゆっくりと規則的になる。壬氏の息もそれに重なる。

（何をすればいいだろうか）

もう瞼《まぶた》が落ちようとしている。でも、何かを伝えなければならない気がした。

『猫猫さんにもいろんな事情がありますから、感情に流されないことは大切ですぅ』

（感情に流されているわけじゃない……）

猫猫は目の前の美しい男の顔を見る。閉じた瞼、切れ長の目を縁取るまつ毛は長い。整った鼻梁《びりょう》に、薄くも厚くもない唇。右頬には縦に流れる傷がついている。

顔の割にがっしりした体つき、わき腹には忌々《いまいま》しき焼き印の痕が残っている。

猫猫には理解できない。目的のために、国の頂に近い地位からおりようとする。その目的が猫猫自身だとしたら、どこかおかしくなったとしか思えない。

まるで焼けた鉄のような熱さだ。

猫猫はそんな熱量をぶつけられても、困る。猫猫に返せるものといえば、それこそぬるま湯のような温度だ。

ゆっくり壬氏の頬に手を伸ばし、ぬるま湯と変わらぬ体温を押し付ける。やや壬氏の頬のほうがひんやりとしていた。壬氏の瞼《まぶた》は完全に閉じており、撫《な》でられる子猫のように頬を手に擦《す》り付けてくる。安心したのか眠っているようだ。

（私には何も返せるものはない）

猫猫は壬氏に顔を近づけた。壬氏の寝息と猫猫の息が重なる。壬氏の唇は頬よりもさらにひんやりとしていた。

しばしして、猫猫の息は寝息へと変わり、何日ぶりかわからない安眠をとった。

二十九話　折衷案《せっちゅうあん》

数日ぶりにしっかり取った睡眠は、壬氏《ジンシ》の気力を回復させるのに大いに役に立った。

そっと寝台の上を見る。埃《ほこり》と血糊にまみれて汚れた猫猫《マオマオ》が丸くなって寝ている。よほど疲れたのだろうか、壬氏が抱き上げて寝台に運んでも起きる様子はなかった。

壬氏のほうが先に寝てしまったことが悔やまれる。猫猫のほうが何倍もひどい目に遭ってきただろう。もっと早く寝台に移して、柔らかい布団に包んでやればよかったと反省した。

数日ぶりの睡眠はどうにも抗《あらが》えなく、そしてぬるま湯に浸《つ》かったかのように心地よかった。

猫猫の頬には殴られたような痕、体に擦《す》り傷、首には斬り傷が見えた。血まみれの服は、重傷の雀《チュエ》を処置したかららしい。

「ひどすぎる格好だ」

ここ数日の間に何があったのか、壬氏が聞いたところで猫猫は業務連絡のようにつらつらと話すだけだろう。そこに、心配してくれかまってくれという、ひりつくような情念はない。かつて後宮《こうきゅう》の女たちが向けてきたぎらぎらとした感情はない。

壬氏の重石《おもし》にならぬようにと思っているのか、それとも感情を訴えるだけ意味がないと思っているのか。

もし前者だとしたら、壬氏はこの憎たらしい猫のような生き物をどうにかしないと気が済まなくなる。

宦官《かんがん》を装うための薬を飲まなくなった壬氏は、もう十分雄としての機能を持っている。理性という鎖がなければただの獣となるのをわかっているのだろうか。

「坊ちゃま」

侍女の水蓮《スイレン》が声をかける。手には着替えを持っていた。

「そろそろお時間です。食事をとってください」

「わかっている」

「湯あみはどうされますか？」

「……やめておく。時間がないだろう」

「本当なら血だらけのままだと衛生上良くないんですけどね」

水蓮は小言を言いつつも、普段以上ににこにこしているように思える。

「お湯だけでも準備しておきますか？」

水蓮の目は寝台に向かっていた。壬氏に必要なくとも、猫猫には湯あみをさせるべきだろう。

「着替えも用意しておいてくれ」

察しのいい侍女なら、壬氏が『誰の』をはしょっていてもわかるだろう。

「かしこまりました」

水蓮は恭《うやうや》しく頭を下げる。

壬氏は大きく伸びをすると、もう一度寝台の前に立った。

ぐっすりと眠る猫猫を起こさぬように顔を近づける。

「このくらいの補充は許されるべきじゃないか？」

己に言い聞かせるように言うと、そっと唇で猫猫の額に触れた。


着替えて、食事を終えたところで向かった先は本邸にある広間だった。離れにあり、よく宴会に使われる場所らしいが、今日は護衛を含めて最低限の人数しか入れていない。誰にも話を聞かれぬよう配慮されている。壬氏の傍《そば》に付き従っているのは、高順《ガオシュン》と桃美《タオメイ》だ。

今日、桃美は侍女としてではなく、副官の役割として付いてきている。夫婦を左右に置いていると妙な気分になるが、この二人が横に付いていれば何より安心である。

広間にはすでに先客がいた。それぞれ、長卓の椅子に座っている。

一人は武骨な男。散々、煮え湯を飲ませてくれた玉鶯《ギョクオウ》によく似た男だ。ただ、髭《ひげ》はない。無表情だが眉間にはしわが寄っている。玉鶯の長男である鴟梟《しきょう》だ。壬氏はほとんどこの男と話したことはないが、遺産相続の話し合いの際、ずっと様子を見ていた。父親である玉鶯とは似ているようで似ていない。

鴟梟と向かい合わせにいるのは、まだ元服してから間もないような青年。ここしばらく壬氏の下《もと》で仕事を学んでいた虎狼《フーラン》だ。その顔は長男の鴟梟とは全然似ていない。腰の低い、まだ成長過程とさえ思える体格の持ち主であるが、今の姿は異様だ。全身あちこちにさらしが巻かれている。燃える炎の中に自分から入るという行動の結果だ。すぐさま水をかけたので大した火傷《やけど》ではないが、痛々しい。

そしてもう一人。

本来なら長男、三男ときて次男がいるものだが、違う。三角巾を付けてにこにこ笑っている女がいる。雀だ。

顔には擦《す》り傷があり、胴体にも何か処置がされているのか、ごわごわした着物の着方をしている。肩には寒くないように綿入れがかけてあった。この場にはいないが、馬良《バリョウ》がよく着ている綿入れだった。

「月の君、お久しぶりでございますぅ」

普段と変わらぬ声に壬氏は本当に怪我人《けがにん》なのかと思ったが、猫猫の返り血を見た限りかなり重傷で、血も足りないはずだ。ふざけた態度だが、忍耐力は大したものだ。

「申し訳ありませんが、私はこのままの体勢でもよろしいですかぁ？」

雀がちらちらと確認するのは桃美だ。壬氏ではなく姑《しゅうとめ》の顔色を窺《うかが》っている。桃美もさすがに大怪我をした嫁に対して厳しくしないはずだ。

「問題ない」

壬氏は姑に代わって返事をした。

鴟梟と虎狼はすでに立ち上がり、壬氏に恭《うやうや》しく頭を下げている。

「たびたびお呼び立てして、まことに申し訳ありません」

まず口を開いたのは鴟梟だ。前回の遺産相続の話し合いには見られなかった恭しい態度だった。

鴟梟には、何か思うところでもあるのだろう。

対して、三男こと虎狼はにっこりと笑っている。

「月の君、顔色がよろしいようですね。僕のような罪人に対し寛大な処置に感謝申し上げます」

今回の事件、物事を何よりも厄介にしたのは虎狼だった。何くわぬ顔でいるのも許せないが、それ以上に自分の信念のためなら笑いながら切腹しそうで怖い。

「誰もおまえのことを許すとは言っておらぬぞ」

壬氏は声を荒らげもせずに言った。その言葉に虎狼は笑みを絶やさず、代わりに鴟梟の表情が固くなる。

今から広間で話し合うのは、虎狼のことだ。虎狼が何を思って、何をやったか、弾劾《だんがい》するために集まった。

そして、本来いるべき次男の飛龍《フェイロン》はここにはいない。それは飛龍には知られたくないことがあるからだ。

壬氏は手で「座れ」と合図する。鴟梟と虎狼は壬氏が椅子に座ったのを確認してから座る。

雀は椅子に座ったままだが、手には飲み物を持っていた。乳白色で湯気を立てている。おそらく山羊《やぎ》の乳かそれを加えた汁物だろう。血が足りていないのだから仕方ない。

壬氏は気にせず話をすることにした。

「虎狼、なぜおまえは実兄である鴟梟を殺そうとした？」

前置きは必要ない。壬氏は確認するように質問する。

虎狼は顔色も変えず笑みを絶やさない。

「僕は僕なりに西都の、戌西州《いせいしゅう》のために考えました」

「それが実兄を殺す理由か？」

壬氏は淡々と聞き返す。

鴟梟はじっと虎狼を見ている。兄としては複雑な気持ちなのだろう。

「おまえは鴟梟とも仲良くやっていただろう？　遺産相続で兄がいたから困ったわけではあるまい？」

「はい。確かに大哥《にいさん》は遺産はいらない、好き勝手に分けろと言いました」

「そうだ。俺は何もいらない。親父の遺産は勝手におまえらで分ければいい。西都を治めるつもりもねえ、飛龍と虎狼の二人で勝手に話し合えばいい。何より俺の名前は鴟梟だ。もう玉《ギョク》の名を使うつもりはない」

　鴟梟の話は、世の次男、三男にとってはまたとない提案に聞こえるだろう。しかし、戌西州を治める一家にとってはそう簡単なことではない。

「それで、僕と飛龍兄さんの二人で治めろと？　ご無体なことを言いますね。大哥が遺産と仕事を継がないだけで何もかもうまくいくと思いますか？」

「いくだろう？　飛龍はしっかり者だ。俺よりも頭が良い。上手くまとめてくれる。おまえが補佐に入ればいい。すぐさま親父の代わりにならなくても、数年後にはちゃんとやっていけるはずだ」

「数年後？　これからの数年間が一番大変なのにですか？」

　虎狼は呆《あき》れたような声を上げる。普段の腰が低い青年はどこへ行ったのだろうか。

「確かに飛龍兄さんはしっかりしています。普通に中央で役人をやれば、鴟梟兄さんよりもぐんぐん出世するでしょう。でも、西都の頭に、顔にするとなるとどうですか？」

虎狼は鴟梟にではなく壬氏に問いかけているようだった。

「蝗害《こうがい》の後処理、治安の悪化、食糧不足に加え、他国からの侵略も今後視野に入れないといけません。飛龍兄さんにまとめ上げる力があると思いますか？」

「祖父《じい》さんや叔父さんたちにも頼めばいいだろう？」

「お祖父さまは高齢です。もう中央から戻ってくることはないと思います。また、叔父さまや叔母さまたちもどこまで頼れますか？　曲がりなりにもお祖父さまが父上に西都を任せたのは、思想はどうであれまとめる力があったからですよ」

壬氏は虎狼の言葉に頷《うなず》くしかない。どういう思惑があったのであれ、玉鶯には力があった。詐欺師めいた扇動力は、ある意味壬氏も見習うべきところだ。

「お祖父さまが存命のうちはまだ大丈夫かもしれません。また、蝗害が起こる前の状況であれば、おとなしくしていたでしょう。ですが、父上なき今、叔父さま叔母さまは今後、遠慮なく本家に対して口を出すようになります。そして、長男でもない飛龍兄さんや僕には、戌西州のそれぞれの分野で力を持った叔父さま叔母さまたちを抑えつける力はありません。だから、飛龍兄さんはずっと鴟梟兄さんが戻るのを待っているんです。鴟梟兄さんは、幼達叔父《ヨーダ》さまと殴り合ってでも黙らせるくらいの力はありますからね」

幼達、末っ子の意味を持つ字《あざな》だ。玉袁《ギョクエン》の子どもたちの中で末っ子は玉葉后《ギョクヨウきさき》だが、男兄弟では確か牧畜をやっている七男が一番下だと聞いている。以前、鴟梟と刃物を持ち出すほどの喧嘩《けんか》をしたと聞いていた。

「うちの兄弟で、おそらくまともに西都を治めることができるのは鴟梟兄さんくらいです。それがわかっているので、飛龍兄さんも僕もずっと補佐として支えることしか考えていませんでした」

「矛盾しているぞ。さっきからずいぶん鴟梟のことを褒めている。なぜ、命を狙ったのかと私は聞いている」

「矛盾していませんよぅ」

口を開いたのは雀だった。手には柔らかい揚げ麺麭《パン》のようなものを握っていた。

「鴟梟さんがそのまま生きていたら、鴟梟さんを担ぐ人が絶対いますでしょう？　それが邪魔だったんですよねぇ」

「その通りです」

雀の答えに虎狼は肯定する。

「だが、鴟梟がいなくなったところでどうなる？　飛龍も虎狼も力不足と言ったばかりではないか？」

壬氏の問に、雀と虎狼はにっこり笑う。妙によく似た笑い方だった。

「ええ。でも虎狼さんは見つけてしまったんですよねぇ。やる気のない大哥《にいさん》よりももっと西都にいてほしい人を」

「はい。その通りです」

　虎狼はじっと壬氏を見る。嫌な予感がした。

「玉鶯さまの三人の男子のうち、一番治めるのに向いているのは鴟梟さんですけど。虎狼さんにとって別の人材さえいれば、新しい楊《ヨウ》さんにこだわる必要はないんですよぅ。虎狼さんの目的は『西都を発展させること』なんですねぇ。政治的に西の長《おさ》に就いてもおかしくなく、実力が伴った人物であれば――」

　雀も壬氏を見る。

「鴟梟兄さんがいなくなればきっとうまくいったはずです。月の君の下《もと》であれば、飛龍兄さんも僕もしっかり補佐として役に立てるはずです」

　そう言うと、虎狼は椅子から立ち上がり、床に跪《ひざまず》いて頭を下げる。

「無茶を承知でお願いいたします。月の君、ぜひ西都に残り、戌西州の民を導いていただけませんか？　そのためなら、僕の首などいくらでも差し出します」

　額を何度も床にこすりつける虎狼の目は、嫌なくらい輝いていた。全身の火傷《やけど》を見る限り、嘘《うそ》ではないことはわかる。

　壬氏は思わずのけぞり、後ろに控えている高順と桃美を見た。

「……『巳《ミ》の一族』は、主の命《めい》に従うことを最良の喜びとして教え込むと聞いたことがあります」

高順が小さな声で言った。

「最良の喜びと言われても」

「ここで月の君が西都に残ると言ってくだされば、僕は喜んで自分の首を掻《か》っ切ります」

「掻っ切られても困る」

一体だれが片付けるというのだ。

「やめろ！　そんな真似はしなくていい」

床に跪いている虎狼の横に、鴟梟も膝を突く。そして、虎狼と同じように頭を床にこすりつけた。

「この通りです。弟は戌西州を思って行動しただけです。首を斬ろうなんて思わないでください」

壬氏は別に虎狼の首を斬るとは言っていない。勝手に虎狼がやってくれと言っているだけだ。

「鴟梟兄さん。僕は別になんともないです。これで西都が上手く回るのであれば、それでいいじゃないですか？」

虎狼の目には何の迷いもない。むしろ鴟梟が虎狼を庇《かば》うことに疑問を持っているようだ。

雀は座ったまま、その様子を眺めて目を細める。

「何を言っても無駄ですよぅ。生まれたときからそのように育てられたんですぅ。まず、根本となる考え方が違いすぎるんですよぅ。猫に鼠《ねずみ》を捕るなと言っても捕らないわけないじゃないですか？」

「そんなわけがあるか！　一体、なんでこんなことのために命を投げ出すのかって言うんだ？」

鴟梟が雀を睨《にら》む。だが、雀は山羊《やぎ》の乳を呑気《のんき》に飲んでいる。

「こんなこと？　そんなことを言うのであれば、本当に後継者になるのは無理ですよぅ。どんなに弟がかわいそうだからって、弟の代わりに役目を果たそうとか考えるのは勝手ですぅ。でも、鴟梟さん、あなたは全く後継者としての才能がありません。いくら玉の名前を捨てて汚れた名前を名乗ろうと、悪ぶって裏の人脈を増やそうとしても、まったく似合いませんよぅ。いるだけ邪魔なので、おとなしく表舞台で、傀儡《かいらい》でもやっていてくださ い。それが、あなたの弟を守る一番まともな方法ですよぅ」

雀は一息に言うと、山羊の乳をもう一杯飲み始めた。

呆然《ぼうぜん》とする鴟梟に対し、虎狼はまだ壬氏にきらきらとした目を向けている。

「虎狼さんも諦めてください。あなたに指令が出されているのはわかりますけど、雀さんが受けている指令と被ってしまったら雀さんはどんな手を使っても叩《たた》き潰すしかないんですよぅ？　あなたの存在は、月の君にとって邪魔でしかないのですからねぇ」

「雀さまこそ、そんな大怪我《おおけが》で何ができると言うんですか？　後遺症も残り、序列はぐんと下がるでしょう？」

「それでも虎狼さんよりは上ですよぅ。雀さんは器用なので左手一本あれば大概のことはやれますからねぇ。ですが、雀さんは優しいので、虎狼さんのような若造にも折衷案《せっちゅうあん》を提示いたしましょう。月の君が治めなくとも、代わりの顔があれば済むことでしょう？」

雀は壬氏に向けてにこりと笑う。

「鴟梟さんにも才能がありますよぅ。お父さまである玉鴛さまが欲しくて仕方がなかったもの、それを持っていますからねぇ。鶏《とり》の嘴《くちばし》ではなく竜の頭になってもらいます」

雀はにいっと笑ったまま、鴟梟を見る。

「きっと立派なあやつり人形として、西都に立ってくれるでしょう」

壬氏はそっと桃美を見る。桃美は嫁の仕事について理解しているのか、何も言わない。ただ食べ散らかしたかすが卓《テーブル》の上に散らばっているのを気にしているようだった。巳の一族の考えには深く立ち入らないようにしているのだろうか。

こんなことなら、部屋でもっと補充してくるんだったと壬氏は悔やんだ。

三十話　成長

吹きすさぶ風が冷たいを通り越して痛い。

時間が過ぎるのは早い。西都に戻ってきてから特に何もなかったかのように日常が過ぎ去った。

気がつけば年が明け、猫猫《マオマオ》は二十一歳になった。

猫猫の西都の生活は変わらず、医務室でやぶ医者と薬を作ったり、温室で生薬を育てたり、たまに壬氏《ジンシ》のところへ診察に行ったりするくらいだ。

少し、変わったことと言えば。

「父上！　遊んでー」

「こら、父ちゃんは今から仕事なんだ。あとでな、玉隼《ギョクジュン》」

西都の本邸には、鴟梟《シキョウ》がいた。

鏢師《ひょうし》の格好ではなくちゃんとした服を着たら、本当に玉鶯《ギョクオウ》によく似ている。これだけよく似ていたら、今まで玉鶯についていた民衆も鴟梟を支持するかもしれない。世の中、中身より外側のほうが判断しやすい。

（一体、どういう心変わりなのか？）

猫猫はただの薬屋なのでよくわからない。きっと壬氏たちの間でいろんな話し合いが行われたのだろう。

医務室には一つ、大きな長椅子が運び込まれていた。話によると猫猫がいない間、ちょくちょく変人軍師が医務室に来ていたらしい。その際、持ってきた物がそのまま残っている。

（どう説得したんだか）

猫猫不在の間、やぶ医者がずっと相手をしていたのだろう。やぶ医者の対人関係を構築する能力は、実は茘《リー》で最高峰にあるのではないだろうか。変人軍師を言いくるめられる人間など、猫猫としてはおやじである羅門《ルオメン》しか思いつかない。

「あー、すみませーん。そこの棒取っていただけませんかぁ。ちょいと背中がかゆくてー」

長椅子に横たわって言う雀《チュエ》。固定していた胴体は自由になり、右手の包帯も取れた。ただ、肘は今までの半分ほどしか曲げることができず、手も小指がかすかに動く程度だ。

腐ることもなく、指先だけでも動かせるだけ、猫猫はよくやったほうだろう。

雀の怪我《けが》はひどかった。しばらく仕事はできず、機能回復訓練《リハビリ》として医務室に来ていたが——。

（住みつかれてる！）

「はいはい、これでいいかい？　背中かゆいのなら、かゆみ止めの軟膏《なんこう》いるかい？」

やぶ医者はちょうどいい棒を雀に渡す。

「あー、いただけますかねぇ。ついでにそろそろ点心《おやつ》の時間かとおもいますけどねぇ？」

「そうだねえ。今日は甘藷《かんしょ》を蒸《ふか》して蜂蜜と混ぜて焼いたものだよ。隠し味に山羊《やぎ》の乳を入れてまろやかな口当たりにしたんだけどどうかねえ」

やぶ医者は無駄に料理技術が上がってしまった。それは雀が入り浸る理由の一つになっている。調剤技術は全く上がらないのに由々しき事態だ。

「やぶさん、腕を上げましたねぇ！　これは茘の芋料理界に革命を起こしちゃったりしますよぅ！」

むしゃむしゃと皿の上の芋の点心を平らげていく雀。左手だけでも器用に食べる。

「雀さん、残しておいてください。皆さん呼んできますから」

「ふはーい」

点心を頬張る雀の返事が信じられないので、猫猫は皿に載った菓子を別の皿に移しておく。やぶが茶を用意しているが、香りが強い。中央から来た茶葉だろう。散々、蒲公英《たんぽぽ》の根っこを炒って飲んだりしていたので、久しぶりのまともな茶だ。

「だいぶ安定してきましたね」

医務室の薬も余裕が出てきた。まだ、食糧問題などの不安要素もあるが、多少の目途《めど》はついたらしい。

「あっ、そういえばもうすぐ中央に帰れますよぅ」

「えっ？」

「言い忘れてましたぁ。てへっ、旦那さまから猫猫さんたちに伝えるように言われてましたのにぃ」

雀がこつんと左拳で額を叩《たた》く。片目を閉じて舌を出しているが、妙に腹が立つ仕草だ。

「壬氏さまも帰るんですか？」

「もちろん。さすがにこれ以上いるのは難しいでしょうし、だいぶ引き継ぎは終わりましたからねぇ。形態としては鴟梟さんを中心に、周りを徹底的に固める模様ですぅ」

「できるんですか？」

正直、不安だ。確かに美味しい所をかっさらっていくし、武生《ヒーロー》めいたところは大きい。次男や三男に比べると、魅力性《カリスマ》は高いだろうが、何年も放蕩《ほうとう》息子をやっていた。鏢師《ひょうし》という独自の情報網と武力があるのは強みかもしれないが、それでも足りないところが大きい。

「竜頭蛇尾《りゅうとうだび》になりませんかね？」

玉鶯に似ているので、最初は支持率は高いかもしれない。だが、その鍍金《めっき》が剥《は》がれたとき民衆にどう手のひらを返されるかわからない。

「たとえひょろひょろの蛇でも、やってもらわねば困りますよぅ。鴟梟さんにはそれこそ西都の武生《ヒーロー》になってもらわないといけませんから」

（武生ねえ）

今思うと、玉鶯が息子たちの中で鴟梟にのみ帝王学を学ばせていたのは、玉鶯の理想とする武生像を見たからかもしれない。自分がなりたいものを、なろうとしているものをはじめから持っていた息子に継がせたかったのかもしれない。

「鴟梟さんは、頭は悪くないですよぅ。元々、西の長《おさ》になるために教育を受けていましたし、鏢局《ひょうきょく》の経営もある意味人を使う訓練になってますよぅ」

「でも、どこか抜けているというか甘いというか」

鴟梟という名前とは裏腹な性格をしている。いくら悪ぶっていても、どこか甘いところがある。

「そうですねぇ。そこのところは周りを固める予定ですよぅ」

「周りが信用ならないのでは？」

猫猫の問に雀はにこにこして茶をすする。

「次男の飛龍《フェイロン》さんはお兄さんを支えるのは問題ないようですし、陸孫《リクソン》さんもいますよぅ。あと、意外かもしれませんが鴟梟さんは叔父さんたちには人気ですから」

「叔父さんたち？　同い年の叔父と喧嘩《けんか》したんじゃなかったんですか？」

「喧嘩するほど仲がいいんですよぅ。たぶん、次男や三男が跡目を継ごうものなら、何も言わずに下剋上《げこくじょう》を狙ってくるような野心家なんですねぇ。幼達《ヨーダ》叔父さんは」

面倒くさそうな男同士の関係性だ。

「あと、しばらく後処理として、魯侍郎《ルーじろう》も残るそうですよぅ」

「たしか礼部《れいぶ》の人でしたっけ？　祭事の人が残っても何になるんです？」

「魯侍郎はいろんな部署をたらいまわしになった人なので、いい意味で器用。悪い意味で器用貧乏。なんでもできるので、上手く立ち回ってくれることでしょう」

「まるで羅半兄《ラハンあに》のような人材ですね」

しかし、何はともあれようやくほっとできると猫猫は思う。

「中央に帰れるのか」

下手すればこのまま西の大地に骨《ほね》を埋《うず》めねばならないのでは、と思ったことさえあった。猫猫は大きく安堵《あんど》の息を吐く。

「李白《リハク》さんは知っていると思いますぅ。羅半兄は知らないでしょうねぇ。いろいろ準備ありますし教えてあげてください」

「わかりました」

羅半兄は、本邸の庭を潰して作った畑にいる。蝗害《こうがい》の中、命からがら持ち帰った麦を植えているのだ。

猫猫は医務室から出て羅半兄を探す。羅半兄は畑で蟹歩《かにある》きをしていた。どうやら麦踏みをしているようだ。

「らはんあ……」

声をかけようとしたところで、猫猫は視界の端《はし》に子どもが映ったのに気が付いた。

誰かと思えば、玉隼と小紅《シャオホン》だ。

（また虐《いじ》めているのか？）

玉隼は例の旅で多少は懲りたかと思ったが、そうでもなかった。

（何のために助けてやったと思っている！）

猫猫はずいぶん小紅の肩を持つようになった。なので、生意気ないじめっ子にげんこつを落としてやろうかと思ったが。

なんだか様子がおかしい。

玉隼がなにやら威張り散らしている中、小紅は半眼で呆《あき》れた顔をしていた。どこかで見たことがあるような表情だ。

「おい、きいているのか？」

玉隼が小紅の衿を掴《つか》む。しかし――。

ばしっと小気味いい音が響いた。

何かと思えば、小紅の平手打ちが玉隼の頬に炸裂《さくれつ》した。びっくりしたのか、玉隼は姿勢を崩して尻もちをついた。

「な、なに、する。おまえ、おれがこわくないのか？　おまえなんか西都からおいだすこともできるんだぞ！」

玉隼は混乱しながら、叩《たた》かれた頬に触れている。

「こわくない」

小紅は表情を変えずに、玉隼を見下ろす。

「おまえ、わかってんのか！　おれの父上は西都の長《おさ》になるんだぞ！」

「しきょうおじさんがおさになっても、べつになに？　おじさんはそれくらいいいつけたところで、わたしをおいだしたりしないよ？　そんなのぎょくじゅんがいちばんわかっているんじゃない？」

「父上のつぎはおれが長になる。おまえなんておいだしてやるからな！」

「ふふっ」

無表情だった小紅が笑う。

「何がおかしい！」

「だって、あんたくらいがおさになるなら。わたしはちゅうおうにでもいって、さらに上をめざせるかなっておもっただけ。父親のせなかにかくれるだけのざこになにができるというの？　はなみずたらしてにげただけのざこが！」

小紅は何事もなかったかのように、玉隼の前を立ち去る。

「つう、ううう」

玉隼は年下の娘に泣かされ、鼻水をたらしながら地面でじたばたしていた。

（視線を感じる）

猫猫がそっと後ろを見ると、羅半兄が見ていた。

「おまえ、あの子に何を教えたんだよ？」

疑いの眼差《まなざ》しで羅半兄が見る。

「いや、私は何も……」

「何もじゃねえよ。あんな表情、おまえそっくりじゃねえか！　もっと気弱そうな可愛い子だったはずだぞ！」

「誤解です！」

猫猫がいくら弁明しても羅半兄は信じてくれなかった。おかげで何か大事なことを伝え忘れてしまった。

終　話

潮風が気持ちいい。

猫猫《マオマオ》は海風に当たりつつ船の甲板を歩く。

戌西州《いせいしゅう》を後にし、のんびりとした航海が始まった。来たときの船とよく似ているが微妙に違う形をしている。今回は大型船が三つなのは同じで、交易船がまたくっ付いて来るようだ。

ここ数か月で西都は一変した。一時期、皇弟《おうてい》は玉鶯《ギョクオウ》を暗殺して西都の乗っ取りを企てているなどという陰謀論が蠢《うごめ》いていた。しかし、玉鶯の長男である鴟梟《しきょう》が政治に加わると周りの印象が変わってきた。

放蕩《ほうとう》息子と聞いていた噂《うわさ》の割に、鴟梟の印象は悪くなかった。何より人気があったのは、父親にそっくりな容姿だろう。

妙に人受けがいいのも、どこか演じているような玉鶯の武生《ヒーロー》ぶりが、鴟梟がやると違和感がないからかもしれない。

食糧危機についてはまだまだ問題があるが、皇弟である壬氏《ジンシ》がいつまでも地方にいるわけにもいかず帰ることになった。置いていかれる魯侍郎《ルーじろう》は大変だが頑張っていただきたい。

（正直、壬氏が中央にいるほうが動きやすいからなあ）

支援の出し渋りをする者たちも、皇弟《おうてい》が間近で迫れば断ることはできまい。本来、皇族がすることではないが壬氏ならやりかねないと猫猫は思う。

（帰るまでほぼ一年かかったなあ）

中央はどれだけ変わっているだろうか。皆は元気だろうか。

（お土産《みやげ》買い忘れたけど、諦めてくれるよな）

そんな暇はなかった。あるとすれば、竜涎香《りゅうぜんこう》くらいだ。一番面倒くさいやり手婆《ばばあ》の土産だけでも手元にあるのは助かった。でなければ、どう言い訳しようとも折檻《せっかん》されてしまう。

ほっとしたいところだが、帰りの船はほっとできない人員が揃《そろ》っている。

「雀《チュエ》さん、雀さん」

「はいはい、なんでしょうか、猫猫さん？」

雀は西都の名残といわんばかりに干し葡萄《ぶどう》を食べていた。左手だけで器用に房からちぎって口に入れている。

「なんであのおっさんがここにいるんですか？」

猫猫は半眼で船首《せんしゅ》でうずくまるおっさんこと変人軍師を見る。

「猫猫さんと同じく中央に帰るためですよぅ。なお、先ほどまで元気でしたが船が出た途端あの様子で厠《かわや》に向かうも間に合わず、胃の中のものをきらきらと潮風に乗せてまき散らしています」

「詳細に説明しなくてもわかりますよ」

吐しゃ物がきらきらとしぶきをまき散らしており、近くにいる副官がかわいそうに見えてきた。桶《おけ》を持っている小姓《こしょう》もいる。確か俊杰《ジュンジェ》という少年で、西都では猫猫の世話をしてくれていた。

「羅漢《ラカン》さまは本来別の船に乗る予定でしたが、今度こそ猫猫さんと一緒に乗るんだーいと駄々をこねまして、下手すりゃ火薬を持ち出す勢いだったので仕方ありませんよぅ。でも、船に乗っている間はおとなしいので大丈夫ですねぇ」

「まず火薬どこから取り出すんですか」

猫猫は呆《あき》れる。船の上で爆発を起こされたらたまったものではない。

「俊杰も付いてきてるとは思いませんでした」

まだ若いのに、家族のために出稼ぎに行くとは大変親孝行者だ。

「ええ。都に帰る人員として俊杰さんの名前もあったので、本人が一番驚いていましたよう。しばらく、羅漢さまについてもらいましょうねぇ。比較的、羅漢さまは子どもとは相性が良いようですから」

さて、これがほっとできない人員その一。

ほっとできない人員その二といえば。

「荷物の整理終わりました。次の仕事は何でしょうか？」

腰の低い青年が一人、両手に荷物を持っている。むき出しの手には火傷《やけど》の痕らしい赤い模様がまだらに見えた。

猫猫は半眼で睨《にら》む。

「あー、じゃあ個室の前の掃除お願いしますねぇ。羅漢さまが甲板に上がる前に吐き散らしていたので汚れているんですよぅ。猫猫さんと私の部屋です。お間違えなく」

「かしこまりました。終わりましたら、月の君の下《もと》へ行ってもよろしいですか？」

丁寧にお辞儀をする青年の名は虎狼《フーラン》。

「何を言っていますか？　お仕事はまだまだ続くのですよぅ。個室前の掃除が終わり次第、今度は甲板ですねぇ」

雀は吐き散らす変人軍師を指す。

「なんでこの人がいるんですか？」

猫猫は明らかに嫌な声で言った。

「この人とは手厳しい。気軽に虎狼とお呼びください」

普段と変わらない態度の青年はにこにこ笑っている。

猫猫が散々戌西州を逃げ回る羽目になったのは、毒矢を射られた鴟梟の手当てをしたからだ。だが、その鴟梟のところへ猫猫を導いたのは小紅《シャオホン》。そして、小紅は虎狼によって誘導されていた。

後継者争いのため、鴟梟を陥れようとしたのは虎狼だ。猫猫も巻き込まれたので、一発この男を殴るつもりでいたが、なぜか全身火傷だらけになっていたので、殴れないままでいる。

「猫猫さん猫猫さん」

「雀さん。さすがに私もあまり平静ではいられないのですが」

「ここは割り切ってください」

雀がにっこり笑い、あえて不自由な右手を挙げて見せる。今回大怪我《おおけが》を負い、一番ひどい目に遭ったのは雀だ。彼女に言われると何も言えなくなる。

「この通り、僕には西都に居場所がありません。何より、僕がなすべき使命は変わりました」

「居場所がないのはわかりました。使命とはなんですか？」

猫猫は白けた顔で虎狼に聞く。

虎狼は少し顔を赤らめて目を伏せる。

「仕えるべき主のために、一身《いっしん》をささげることです」

「意味がわかりません」

猫猫はぞくぞくと気持ち悪くなってきた。算盤《そろばん》眼鏡の羅半《ラハン》がたまに壬氏に向けて見せる表情に似ていた。

「猫猫さまは僕のことが気に食わないでしょうが、信じてください。僕は使命を全うするためにやってきました。この身は月の君のためにいつでも差し出します。彼《か》の御方《おかた》のために僕は生かされているのです」

（変な信者ができたなあ）

猫猫は呆《あき》れつつ雀を見る。

「こいつと小紅を交換できませんか？」

「私もそう思いましたけど、一応未成年ですから無理でした。銀星《インシン》さんの許可は取れませんでした」

すでに掛け合ったあとらしい。

「小紅！　お目が高い。あの子は以前から使える子だなあと思っていたんですよ、僕も」

「その使える子をなんで巻き込んだりしたんですか？」

「だって僕より適性があるなんて言われたら、気になってちょっかいかけたくなるじゃないですか？　そしたらまさか猫猫さまを連れてくるなんてことやったんです。巻き込む気はありませんでした。本当です、本当ですから、信じてください」

妙に虎狼の態度が軽くなっている。何か頭の螺子《ねじ》が外れたように見えた。

「あー、そういうことですかぁ」

雀が妙に納得している。

何に納得しているのかわからないが、猫猫はもう一つ確かめたいことがあった。

「それでは虎狼さま。もしかして、西都にいる間、私をずっと試していたのではないですか？」

醸造所の食中毒問題や異国の貴人の病問題を持ち掛けたのは虎狼だ。

「試すとは人聞きが悪いです。僕は猫猫さまが解決できるかなと思って連れて行ったのですよ」

「醸造所の食中毒についてもですか？」

猫猫は確認するように訊《たず》ねる。

虎狼は返事をせずに笑うだけだ。

「醸造所はそういえばあのあと大変だったみたいですねぇ」

雀が話題を変えてきた。虎狼を突き詰めたい気持ちもあるが、深追いするなという意味だと猫猫は悟った。

「試飲は問題ないのですけど、最上級の酒を空にしていたことがばれてしまったそうです。いくらなんでも飲みすぎで、出荷する分まで飲んでしまったらしく、薄めた粗悪品を混ぜて出したこともあったようですぅ」

「粗悪品って」

なんか聞いたことある話だ。

「ええ。ちょうど密造酒騒ぎがあった頃だったそうで、うまく誤魔化していたようですけど、食中毒事件のせいでばれてしまったそうですよぅ」

雀と虎狼は示し合わせたようににこにこ笑う。二人の顔は全然似ていないが、笑い方がそっくりに見えた。

「駄目なわけじゃないんですけど、いつも仕事が粗いんですよぅ。そこのところみっちり教えこまないといけませんねぇ」

「雀さんの部下になるんですか？」

「はい。びしばしこき使いますので、猫猫さんもどんどん粗雑に扱っていいですよぅ」

「よろしくお願いします」

家を追い出されたようなものなのに、虎狼は妙に明るい。

猫猫はふうっと息を吐いて背中を見せる。

胃の内容物を吐き散らして虹を作っている変人軍師に、何をやらかすかわからない虎狼。

この二人が視界に入るのが嫌だったので、どこか別の場所はないかと考える。

結果、どこがいいかと思ったら、帆柱にある見張り台が見えた。

「すみません、あそこに上ってもいいですか？」

近くにいた船員に確認する。

「上ってどうするんだ？　嬢ちゃんには危ないぞ」

「なんとなく」

「なんとなくって。中央の皆さんは高い所が好きなのかねえ」

呆《あき》れた顔をされたが仕方ない。危険ならやめておこうと思ったが、船員は猫猫に縄を持ってくる。

「ほれ、命綱だ。危ないからしっかり体に括《くく》り付けるんだぞ」

「あ、ありがとうございます」

あまりにすんなり了承してくれたので猫猫は呆気《あっけ》にとられた。腹に縄をくりつけてよじよじと上っていき、帆柱の中間にある見張り台に乗る。

「……」

足を踏み入れようとしたら先客がいた。

「なんで猫猫がここに来るんだ？」

「その台詞《せりふ》、そのままお返しします壬氏さま」

壬氏が見張り台に座っていた。

「俺は、まあ。なんか面倒くさいのから逃げてきた」

「馬閃《バセン》さま……じゃないですね。虎狼さまからですか？」

壬氏の顔が曇った。図星だったらしい。

「……おまえこそ何だ？」

「天気がいいから外にいたいのですが、変人軍師が吐しゃ物をまき散らしているのでいい場所がないかとやってきました」

大体似たような理由だった。

「まあ、座れ」

「狭いですね」

「我慢しろ」

猫猫は肩が触れ合う位置で座る。狭いので仕方がない。

もしかして見張り台に上ることを許してくれたのは先客がいたからかもしれない。

「ようやく帰れるな」

「家に着くまでが遠足でございます」

「そういうこと言うな。せっかく気持ちが晴れているのに」

壬氏は空を眺める。青い空に白い雲が見えた。何も起きなそうな平和な光景だ。

「中央に戻ってもいろいろお仕事がありますよ」

「そうだな。中央の仕事は溜《た》まっているだろうし、何より遠隔地から戌西州を支えるのは大変だろうな」

しかし、やらないわけにはいかないと、壬氏の表情は語っていた。端正な横顔には、ひと筋、傷が残っている。もう消えることはない傷痕だが、妙に壬氏が気に入っているのを思い出す。

（『子《シ》の一族』のことを思い出す）

壬氏もまた、鏡を見るたび、傷に触れるたびに子の一族のことを思い出しているはずだ。

壬氏という人間の責任感が強いのを猫猫は知っている。仕事があるなどと猫猫からいう必要もないのに、なんでそんな気が利かないことを口にしてしまうのだろう。

「壬氏さまは都に戻ったら何がしたいですか？」

特に話題が見つからないので言ってみた。

「……したいこと？」

壬氏は悩む。唸《うな》って頭をひねる。

（いや、そこまで悩まれても困る）

訊《たず》ねた猫猫に深い意図はない。

「そこまで悩むことでしょうか？」

猫猫だったら、薬草を採取したいとか、薬を作りたいとか、新しい薬の効能を試したいとかいくらでもあるように思えるのだが。

「いや、どうせしたくないことばかり用意されているだろうから、その対応ばかり考えていた」

「あー。妃《きさき》候補が来るとかそういう話ありましたねえ」

玉鶯の養女だっただろうか。玉鶯亡き今、送り込まれた娘が少々気の毒で仕方ない。

「そこは玉葉后《ギョクヨウきさき》がいろいろやってくれている。たぶん誑《たら》し込まれているだろうな」

「誑し込まれるって……」

「知らないのか？　玉葉后の人誑しぶりは有名だったぞ。後宮《こうきゅう》内の勢力図をどんどん書き換えていったからな」

猫猫は後宮時代を思い出す。そういえば、よく中級妃、下級妃と茶を飲んでは派閥に引き入れていた気がする。

「玉葉后のお立場は変わらないようで」

猫猫は中央に文を送ることはあったが、さすがに后ともなる方に送るのは憚《はばか》られた。どういう状況なのかは全くわからない。

「東宮も公主《ひめ》も元気にしているそうだ」

「それは良かったです」

猫猫にとっては東宮より公主のほうが馴染み深い。好奇心旺盛な公主はだいぶ大きくなられたはずだ。

「帰ったら一度、挨拶に行くか？」

「行ってもよろしいですか？　玉葉后からは何度か勧誘《スカウト》されてますけど」

「やっぱり行かなくていい」

壬氏は即答する。

「したいことか……。そういえばあったな」

「どんなことですか？」

壬氏は右手で猫猫の左手に触れる。

手のひらと手のひらを合わせ、その大きさの差があらわになる。

「これがやりたいことですか？」

「他にもある」

「そうですか」

「でもできない」

壬氏の視線は、甲板で吐しゃ物をまき散らす人物にそっと向けられていた。

「ものすごく我慢している。ちょっときつい」

猫猫とて、もう壬氏の感情についてよく知っているし、何よりもう宦官《かんがん》の真似事をしなくていいことを知っている。

なので、こうして壬氏の横に密着していることに妙な居心地の悪さを感じていた。

でも同時にそれほど不愉快ではないのだ。

『猫猫さんにもいろんな事情がありますから、感情に流されないことは大切ですぅ。でも……』

『それを言い訳にしちゃだめですよぅ』

雀の言葉を、壬氏の前にいると何度でも思い出してしまう。

たぶん猫猫の壬氏への気持ちは、燃え上がるような熱情ではない。壬氏が猫猫に対して寄せる想《おも》いに応えることはできないが、でも同時に、これだけ安堵《あんど》を感じられる人物はそうはいないと思いつつある。

猫猫は自分の感情がどういうものなのか把握しつつあった。

そして、ちゃんと受け止めるべきだと考えるようになった。

困ったことに、あのお茶らけた侍女に言われるとは思わなかったけど。

（さて、どうしようか）

猫猫の左手は壬氏の右手に触れたまま。何も起こらないのはいいが、いつ離せばいいのかわからない。

「猫猫」

「なんでしょうか？」

壬氏の顔を見上げるとともに、壬氏の顔がおりてきた。

軽く触れるように唇が落ちてきて、あまりにさりげない触れ方なので一瞬、何なのかわからなかった。

「……」

「何、照れているのですか？」

軽く接吻《せっぷん》した程度なのに、顔を赤くする壬氏を見て思わず猫猫は言ってしまった。

「いや、我慢、我慢するつもりでいたのだ」

「我慢って。前にもっとでかいのぶちかましたでしょうに」

思わず猫猫は言ってしまった。

「ぶちかます……」

壬氏はなにかを思い出したようで、どんよりとした空気になった。

以前、壬氏に無理やり接吻された時、つい条件反射でやり返してしまった。そのことを思い出したのだろう。

「はい、今回は仕返ししませんのでご安心を」

「いや、そういうのではなく」

「仕返ししたほうがいいのですか？」

壬氏は口をぎゅっとして猫猫を見る。

「嫌じゃなかったのか？」

「……」

猫猫はそっと目をそらす。

（たぶん、嫌ではないんだろうな）

でなければ、自分からすることはないだろう。でも、口に出すほど、雀の言葉を鵜呑《うの》みにできない。

「なあ」

「はいはい」

「誤魔化すな！」

「あんまり大きな声を出さないでください。変人軍師に見つかったらどうする気です？吐しゃ物まき散らしながら、ここまで登ってきますよ？」

「うっ、それは」

壬氏は黙る。

猫猫も黙ってぼんやり下を眺める。ただ、手だけはまだつないだままだ。

（行きとは違う人員がたくさん乗っているなあ）

変人軍師もそうだが、羅半兄《ラハンあに》が連れてきた農民仲間もいる。彼らには悪いことをしたと猫猫は申し訳ない気持ちになる。

　そしてあることに気が付いた。

「そういえば、羅半兄見かけませんね？」

「羅半兄？　今回、農業関連の人員はこの船に乗るように指定したはずだが」

　猫猫は思い出す。

　羅半兄に中央へ帰ることを伝えただろうか。

（小紅の激変ぶりを見て言い忘れていたけど）

　いやおかしい、猫猫が忘れてもきっと誰か伝えたはずだ。

「でも、羅半兄、数日前に『農村の畑見てくる』とか言ってたんですけど？」

「いや帰ってくるだろう。大体、乗組員は全員名簿で確認されるはずだ」

「そうですよね。いくらなんでも置いていかれることはないはずです。念のため、名簿を確認しておきましょうか」

「そうだな。ところで、羅半兄の名前は何というんだ？」

「……」

　猫猫は自分の手だけでなく、壬氏の手にもじわじわと汗がにじむのを感じた。

　猫猫と壬氏はだいぶ離れた陸地を見た。もう船が戻ることはなく、海猫《うみねこ》の鳴き声だけがかすかに聞こえた。

青い空にうっすらと羅半兄が見えた気がした。

その後、羅半兄が船に乗っていないことと同時に羅半兄の本名がわかったのだが、遠い西の大地にいる羅半兄は、まだ置いていかれたことにも気づいていない。

〈『薬屋のひとりごと13』につづく〉

家系図
楊《ヨウ》家 玉《ギョク》の一族

玉袁《ギョクエン》

妻（十一人有）

長男
玉鶯《ギョクオウ》
領主代行
四十代半ば

妻

長女
織物
四十代前半

次男
陸運
年齢不詳

次女
玉袁の補佐
年齢不詳

三男
大海《ダーハイ》
海運
三十代半ば

長男
鴟梟《シキョウ》
二十五歳

妻

長男
玉隼《ギョクジュン》
八、九歳

長女
銀星《インシン》
二十四歳

夫

長女
小紅《シャオホン》
七、八歳

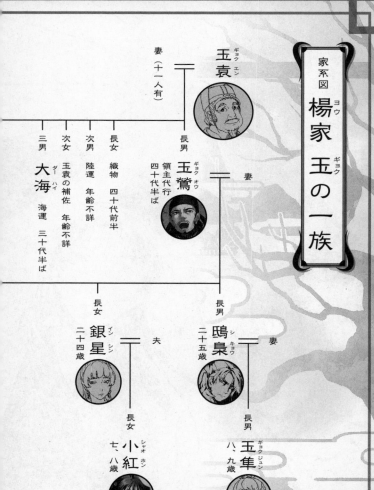